Léo Malet

Bei Rotlicht Mord

(Nestor Burma en direct)

Aus dem Französischen
von Hans-Joachim Hartstein

Elster Verlag
Moos & Baden-Baden

Lektorat: Anima Kröger
Einbandgestaltung: Christoph Brudi
Satz: Fotosatz Amann, Aichstetten
Reproduktion: Die Repro, Tamm
Druck: Clausen & Bosse, Leck
ISBN 3-89151-158-2

Léo Malet

Ermittlungen des Nestor Burma

I

Unten pfui!

Jung und hübsch, elegant und blond, ausgestattet mit allem, was nötig ist, um sich auf einen Stuhl zu setzen und gegebenenfalls einen Säugling zu stillen: Das war Françoise Pellerin, von Beruf Fernsehansagerin. An jenem Frühlingsnachmittag Ende März jedoch arbeitete sie nicht. Sie saß im Besuchersessel meines Büros in der Rue des Petits-Champs und erzählte mir ein wenig verlegen, daß ein übelgesinnter Zeitgenosse sie zu allen möglichen und unmöglichen Tageszeiten anrufe und ihr drohe, sie zu ermorden. Einfach so! Darum habe sie sich ein Herz gefaßt und sei zu mir gekommen, um mich zu bitten, sie zu beschützen. Ich gewährte ihr die Bitte und stellte ihr die üblichen Fragen: Ob sie ihren Feind kenne? Nein. Ob sie glaube, daß der Anrufer unter ihren Berufskollegen zu suchen sei? Wahrscheinlich, obwohl sie keinen Grund habe, sich über ihre Kollegen zu beklagen ... und umgekehrt. Ob sie mit jemandem über die Morddrohungen gesprochen habe?

„Oh, nein, Monsieur Burma!" seufzte sie. „Nein, ich ... Ich habe zu große Angst ... zu große Angst ..."

Und plötzlich stand ihr die Angst tatsächlich im Gesicht geschrieben. So als hätte sie sich soeben daran erinnert, daß man in solchen Fällen ein entsprechendes Gesicht machen müsse.

So als hätte das Wort „Angst" einen bestimmten Mechanismus ausgelöst...

„Hören Sie", sagte ich, so als hätte ich nichts bemerkt, „meiner Ansicht nach handelt es sich um einen kleinen Witzbold, der sich mit Ihnen einen Spaß erlauben will. Aber man kann nie wissen ... Es war richtig, daß Sie zu mir gekommen sind. Übrigens, wie sind Sie ausgerechnet auf mich verfallen? Hat Ihnen jemand etwas von meinen Talenten vorgeschwärmt?"

Diese Frage traf sie unvorbereitet. Sie fing an herumzustottern, doch dann fiel ihr Blick aufs Telefon.

„Oh, ich habe im Branchenverzeichnis nachgesehen", sagte sie.

„Ach ja, natürlich", murmelte ich und nickte verständnisvoll wie kein zweiter. „Und unter dem guten Dutzend Privatflics, die in Paris herumlaufen, haben Sie mich ausgewählt ... wegen des Fernsehens." Sie sah mich aus großen, runden Augen an. „Aber ja! Begreifen Sie denn nicht? Ein bekannter Fernsehregisseur heißt Barma ... Barma-Burma ..." Ich bewegte meine Hände wie zwei Waagschalen. „Barma-Burma ... Das hat Sie beeinflußt."

„Genau!" rief sie, erleichtert über die goldene Brücke, die ich ihr soeben gebaut hatte. „Na ja ... So ungefähr muß es gewesen sein", verbesserte sie sich, um einen nicht zu erleichterten Eindruck zu machen. „Barma ... Burma ... Ich habe meine Wahl wohl unbewußt getroffen."

„Na klar! Jetzt verstehen Sie, wie's abgelaufen ist, nicht wahr? Sehen Sie, vor einem Monat habe ich einen Gangster geschnappt. Unabsichtlich sozusagen, muß ich Ihnen gestehen, auch wenn die Presse mir einen Lorbeerkranz geflochten hat. Das Ganze hört sich an wie eine Geschichte zweier Besoffener. Wir standen zusammen in einem Bistro bei den Hallen, Mairingaud und ich. So hieß nämlich der Gangster. Mairingaud-die-Meringe. Haben uns in die Wolle gekriegt, sogar aufeinander geschossen – er hat angefangen! –, die Polizeistreife rückt an ... und stellt fest, daß dieser Mairingaud ein ausgezeichneter Fang ist. Mein Freund Marc Covet, ein Journalist vom *Crépuscule* ... Kennen Sie ihn vielleicht? Nein? Na, macht nichts, da haben Sie nichts verpaßt ... Also, Marc Covet vom *Crépu* hat mir prophezeit, daß die Klienten nach dieser Heldentat haufenweise in meine Agentur strömen würden. Seitdem hat sich aber kein einziger hier blicken lassen. Sie sind die erste, und Ihr Besuch hat nichts mit meiner ‚Heldentat' zu tun. Eine bloße Namensähnlichkeit hat den Ausschlag gegeben ... Aber kommen wir wieder auf Ihren Fall zurück.

Ich mache Ihnen folgenden Vorschlag: Natürlich kann ich nicht Tag und Nacht an Ihnen kleben; aber ein paar Tage könnte ich mich in Ihrer Umgebung aufhalten und unauffällig meine Nachforschungen anstellen. Wäre es möglich, daß ich Sie an Ihren Arbeitsplatz begleite?"

„Ganz bestimmt."

„Im Moment bin ich in den Studios am Parc des Buttes-Chaumont. Heute ist mein freier Tag, aber morgen nachmittag bin ich wieder draußen am Buttes."

„Gut. Ich werde auch dort sein."

„Wissen Sie, die Studios, das ist eine Welt für sich. Sie müssen nur die Telefonistin unten an der großen Treppe nach mir fragen."

„Mach ich."

Nachdem wir noch die delikate Honorarfrage geklärt hatten, gaben wir uns die Hand, beide hocherfreut über unser eigenes erfreutes Gesicht, und dann begleitete ich sie hinaus. Dazu mußten wir Hélènes Zimmer durchqueren. Meine Sekretärin sah den Fliegen beim Fliegen zu. Als sich die Eingangstür hinter unserer Besucherin geschlossen hatte, forderte ich Hélène auf, sich ans Fenster zu stellen und statt der Fliegen Mademoiselle Pellerin zu beobachten. So konnte sie erleben, wie das ist: eine Lügnerin von hinten zu sehen.

* * *

Am selben Tag noch holte ich einige Erkundigungen über meine hübsche Märchenerzählerin ein. Immerhin ließ sich sagen, daß sie nicht bösartig, sondern eher harmlos war. Ihr Debut beim Fernsehen vor relativ kurzer Zeit war nicht grade ermutigend gewesen. Und es hatte sie auch niemand ermutigt. Im Gegenteil, die Kritiker waren sofort über sie hergefallen. Nichts hatte man ihr durchgehen lassen: ihre Schüchternheit, ihre mangelhafte Aussprache, ihre etwas linkischen Bewegungen. Doch das war inzwischen vergeben und vergessen. Mit der Zeit hatte sie ihre Mängel behoben, und nun erledigte sie ihre Arbeit als Fernsehansagerin zur vollsten Zufriedenheit, ohne daß man allerdings von einem Naturtalent sprechen konnte. Sie galt als ehrgeizig, ja sogar als karrieresüchtig.

* * *

Am Nachmittag des folgenden Tages fuhr ich zu den Fernsehstudios am Parc des Buttes-Chaumont. Ich hatte Mühe, einen Parkplatz zu finden, so viele Autos standen in der Rue Carducci. Schließlich gelang es mir, meinen *Dugat 12* auf dem Seitenstreifen zwischen einen bescheidenen *Dauphine* und einen nagelneuen Oldtimer zu quetschen. Kaum hatte ich einen Fuß aufs Pflaster gesetzt, da hörte ich auch schon meinen Namen. René Lucot, der Regisseur, überquerte in Begleitung eines jungen Burschen mit fuchsrotem Schnäuzer und Plattfüßen die Straße und steuerte auf die *Tele-Bar* zu.

„Burma!“ rief er fröhlich. „Na so was! Was führt dich her? Willst du Loursais mit guten Ratschlägen versorgen? Er bereitet nämlich grade seine nächsten *‚Letzten Fünf Minuten‘* vor...“

Claude Loursais kannte ich noch aus der guten alten Zeit des Café Flore.

„Bin hier vorbeigekommen“, erwiderte ich, „und da dachte ich, schau doch mal bei den alten Kumpels rein.“

„Gute Idee“, lobte mich René und legte seine Stirn über der Brille nachdenklich in Falten. „Komisch, so sehr überrascht es mich gar nicht, dich hier zu sehen. Hab vor kurzem noch deinen Namen gehört, glaube ich.“

„Hast mich vielleicht mit Barma verwechselt“, scherzte ich, obwohl ich das Gefühl hatte, daß sich der Scherz so langsam abnutzte.

René Lucot stellte mich seinem plattfüßigen Begleiter vor. Montbazin, vom *France-Soir*. Wir gaben uns die Hand, wobei der Journalist mich mit einem komplizenhaften Augenzwinkern anlächelte. Er schien mit meinem Namen ’ne ganze

Menge anfangen zu können. Gemeinsam betraten wir die *Tele-Bar*, stellten uns an die Theke und fingen an, über dieses und jenes zu plaudern. So erfuhr ich, daß Lucot zur Zeit ein Fernsehspiel drehte, das ein gewisser Larville im Argot geschrieben hatte. Der Regisseur schlug mir vor, doch einen kurzen Blick auf seinen Arbeitsplatz zu werfen, und wir verließen das Bistro. Der Journalist hielt sich weiter an der Theke fest. Als wir an dem schon erwähnten Oldtimer vorbeigingen, konnte ich mir die Bemerkung nicht verkneifen, daß man beim Fernsehen ganz hübsch verdienen müsse, wenn man sich einen so aufsehenerregenden Schlitten zulegen könne.

„Moment mal!" protestierte Lucot lachend. „Der Schlitten, wie du ihn nennst, gehört tatsächlich *zu* Lydia Orzy, meinem Star. Aber er gehört nicht ihr, sondern dem Glückspilz, der mit ihr schläft. Der Kerl ist stinkreich, hat 'ne Restaurantkette oder so was Ähnliches. Manchmal bringt er sie zur Arbeit oder läßt sie von seinem Chauffeur herfahren. Du siehst, mit dem Fernsehen hat das nichts zu tun."

Indem wir so daherplauderten, betraten wir die Gebäude des ORTF und gingen in das Studio für Fernsehspiele. Sechs Personen waren anwesend, von jedem Geschlecht drei. Zwei der Frauen, eine falsche Rothaarige und eine relativ echte Brünette, beide recht nett anzusehen (später erfuhr ich, daß es sich um Lydia Orzy und Olga Maîtrejean handelte und daß sie sich die Starrolle in Lucots Produktion streitig machten), zwei der drei Frauen also standen sich gegenüber und schrien sich wie Fischweiber an. Die dritte Rockträgerin (die allerdings eine Hose trug) und ein kleiner Dicker in einem zu knappen Anzug saßen nicht weit von den beiden Furien entfernt und verglichen kopfschüttelnd den gesprochenen Text mit dem Drehbuch. Die beiden Schauspielerinnen schrien sich an, so als trügen sie einen persönlichen Streit aus. Die zwei übrigen Personen, ebenfalls Schauspieler, gingen im Hintergrund auf und ab und übten ihre Rolle ein. Unser Auftritt beendete sämtliche Aktivitäten. Gutgelaunt fragte Lucot, ob sie gut vorankämen. Ja, antwortete das Skriptgirl. Der Dicke stand auf und kam auf seinen Regisseur zu.

„Der Meinung bin ich ganz und gar nicht", sagte er leise, aber mürrisch. „Wie die den Text verhunzen! Das gibt 'ne Katastrophe! Na ja ... Was anderes: Ich habe vor, den Ansagetext im Argot zu verfassen. Das wär mal etwas origineller als die übliche Leier. Was halten Sie davon?"

„Gute Idee", stimmte mein Freund ihm zu.

Da er den Stückeschreiber schon mal zur Hand hatte, stellte er ihn mir vor. Larville. Sehr erfreut. Wir beeilten uns, unsere Mikroben per Händedruck auszutauschen. Dann rief Lucot, ganz Chef im Ring:

„Noch einmal von vorn, Kinder!"

Und noch einmal schnauzten sich die zwei Hübschen an, daß es nur so eine Freude war. Um den vorgeschriebenen Text kümmerten sie sich offenbar herzlich wenig. Nach einer Weile zog ich mich zurück. Auf dem Flur lief mir Montbazin über den Weg, der plattfüßige Schnauzbart vom *France-Soir*. Lächelnd, aber mit einem so offenen Blick wie ein in die Enge getriebener Esel, schoß er auf mich zu:

„Ah, M'sieur, 'tschuldigen Sie, aber ich wollte Sie fragen, was es mit einem gewissen Gerücht auf sich hat..."

„Nämlich?"

„Sie sind nicht zufällig der Leibwächter von Françoise Pellerin? Sie soll Morddrohungen erhalten haben...?"

„Im Ernst? Wer hat Ihnen das denn erzählt?" fragte ich zurück.

„Tja ... Wissen Sie, schließlich bin ich Journalist, oder?"

„Könnte es sein, daß Sie die Information von der Hauptbetroffenen persönlich erhalten haben?"

„Äh ... Ein Gerücht, wie gesagt..."

„Und hier ein Rat: Hüten Sie Ihren Riecher, sonst erkälten Sie sich noch womöglich!"

Mit diesen Worten ließ ich ihn stehen. Verdammt! Wenn ich mich von der Ansagerin auf den Arm nehmen ließ, so war das mein Bier. Aber daß diese Schwindlerin einen Typen wie

Montbazin an dem Spielchen beteiligte, paßte mir nicht. Sicher, diese halbe Portion von Zeitungsschreiber hatte mir nichts getan, aber ich konnte ihn irgendwie nicht riechen. Das Klügste würde bestimmt sein, mir die Sache so schnell wie möglich vom Hals zu schaffen.

So in Gedanken versunken, gelangte ich zu der Treppe, von der meine scheinheilige Klientin gesprochen hatte. Hier sollte also eine Telefonistin sitzen, die mir den Weg zu der bedrohten Ansagerin weisen würde. Als ich den verglasten Käfig betrat, schikanierte besagte Telefonistin die Vermittlungsanlage. Ich fragte sie, wo ich Mademoiselle Pellerin finden könne.

„Ach, Sie sind sicher Nestor Burma, nicht wahr?“ erwiderte sie, wobei sie mich wie einen seltsamen Vogel musterte. „Françoise erwartet sie bereits.“

Und mit einem Lächeln, das alle hier in dem Laden auf Absprache aufzusetzen schienen, verriet sie mir, wo meine Klientin mich erwartete. Ich begab mich dorthin.

Zwei Etagen höher, in einem düsteren, vollgestopften Zimmer. An einem runden Tischchen, das von einer Bürolampe erhellt wurde, saß die kleine Schwindlerin und arbeitete sich durch einen Haufen verschiedener Papiere, oder sie tat jedenfalls so. Sie begrüßte mich mit dem hauseigenen Lächeln und forderte mich zum Sitzen auf. Ich setzte mich.

Ihre zerknautschten Gesichtszüge unter dem Make-up zeugten davon, daß sie in der vorangegangenen Nacht nicht besonders gut geschlafen hatte. Davon abgesehen, machte sie einen frühlingshaften, ja sommerlichen Eindruck in ihrem Kleid, in dem man sie während ihrer offiziellen Arbeit leider nicht würde bewundern können. Bedauerlich bei dem Dekolleté, das zu betrachten für nicht schwindelfreie Asthmatiker strengstens verboten war. Innerlich stieß ich einen Seufzer aus. Wirklich schade, daß ich mit der Besitzerin dieser wundervollen Gaben keine weiteren Kontakte mehr pflegen wollte! Mein Entschluß, den Auftrag zurückzugeben, geriet ins Wanken...

„Was ist los?“ fragte meine Klientin, als sie mein Gesicht sah. „Sind Sie verärgert?“

„Überhaupt nicht! Das ist die Maske des seriösen, tüchtigen und erfolgreichen Privatdetektivs, nichts weiter. Und, wie geht es Ihnen? Haben Sie seit gestern weitere Morddrohungen erhalten?"

„Nein."

„Sie werden auch keine mehr erhalten."

„Sie ... Wie kommen Sie darauf? Meinen Sie, alleine durch Ihre Anwesenheit..."

„Ach was!" rief ich lachend. „Um Angst vor mir zu kriegen, müßten Ihre ... Bedroher erst mal wissen, daß ich hier bin. Nun, wer weiß darüber Bescheid? Niemand, außer einer furchtbar geschwätzigen Telefonistin und einem plattfüßigen Journalisten mit Entengang. Dieser Montbazin..."

„Ich verstehe nicht ganz", unterbrach sie mich mit einem nervös flackernden Blick. „Oder besser gesagt, ich glaube zu verstehen, daß Sie mir verübeln, daß ich der Telefonistin gesagt habe, ein Mann namens Nestor Burma werde nach mir fragen. Was hätte ich denn tun sollen?"

„Sie hätten diesen Montbazin nicht einweihen sollen."

„Ach, Montbazin ... Ein Journalist, der sich praktisch nicht aus den Studios fortbewegt. Gehört sozusagen zum Inventar ... Ja, ich habe ihm erzählt, daß ich grauenhafte Anrufe bekomme und daß ich einen Privatdetektiv engagieren wolle. Ich weiß nicht, was so schlimm daran sein soll. Früher oder später hätte es sich sowieso herumgesprochen, daß Sie für mich arbeiten! !"

„Schon möglich. Aber ich bin von meinen Klienten mehr Diskretion gewohnt, das ist alles. Also, was soll die Komödie?"

„Welche Komödie?"

„Die Drohanrufe. Sie müssen wissen, ich bin nicht blöd. Wenn ich gesagt habe, daß Sie keine weiteren Anrufe mehr bekommen, dann deshalb, weil Sie nie welche bekommen haben."

„Glauben Sie..." Ihr Blick fing wieder an zu flackern. „Glauben Sie das wirklich?"

„Steif und fest. Ein alter Trick, neu angewandt. Wie der von Thelma Kiss, einer reizenden Amerikanerin. Würde mich wundern, wenn Sie noch nie von ihr gehört hätten."

Mademoiselle Pellerin gab nicht auf.

„Thelma ... wie war noch der Name?" fragte sie unschuldig.

„Kiss, Thelma Kiss, ein Leinwandstar. Kam völlig fertig aus Hollywood nach Paris, um hier noch einmal ganz von vorne anzufangen. Zu diesem Zweck startete sie eine Werbekampagne – Sie wissen, von welcher ich spreche; die Zeitungen waren voll davon –, sie hatte Erfolg mit ihrer Komödie und begann in Rom eine zweite Karriere, und zwar eine ganz steile."

„Tut mir leid, daß ich Sie enttäuschen muß, aber davon habe ich nie gehört!"

Sie log wirklich sehr schlecht.

„Wie Sie meinen", seufzte ich. „Aber, zum Donnerwetter! Sie werden doch wohl zugeben müssen, daß an Ihrer Geschichte etwas faul ist, oder?"

„Ich dachte, es wäre ganz einfach", entgegnete sie achselzuckend. „Ich ... Ich wurde bedroht und wollte mich von einem Privatdetektiv beschützen lassen, mehr nicht."

„Nachdem Sie mich zufällig mit Ihrem hübschen rosa Fingernagel aus dem Branchenverzeichnis herausgepickt hatten ..."

„Nicht zufällig! Sie wissen doch, wie das kam ... Barma ... Burma ... Das haben Sie selbst gesagt."

„Eben! Ich war's nämlich, der Ihnen diese Erklärung geliefert hat, und Sie haben sich sofort draufgestürzt. Das hat mich stutzig gemacht."

„Was soll ich dazu sagen? Ist das denn so wichtig?"

„Das ist ein unbedeutendes Detail, reine Routine. So was erledigt sich normalerweise im Handumdrehen. Sie aber, Sie machen ein Riesengeheimnis daraus. Warum? Verstehen Sie mich recht: Es ist Frühling, Sie sind hübsch ... Kurz und gut, selbst auf die Gefahr hin, mich lächerlich zu machen, bin ich gerne bereit, mit Ihnen eine neue Version der Operation

Thelma Kiss durchzuspielen. Auch wenn es mir gewaltig stinkt, daß dieser Journalist offensichtlich auf dem laufenden ist. Ich glaube aber nicht, daß Montbazin ein Problem darstellt. Schlimmer wäre es schon, wenn hinter der Sache etwas anderes steckt als das, was ich vermute. Hinter der Sache und hinter Ihnen! Wenn sich dahinter – das ist nur so 'ne Idee, die mir durch den Kopf schießt – etwas zusammenbraut, dessen Opfer ich werden könnte ... Ich will wissen, woran ich bin, verdammt nochmal! Sind Sie sicher, daß hinter Ihnen niemand steht? Ich meine, jemand, der Sie dazu benutzt, um mir einen üblen Streich zu spielen? Um *uns* einen üblen Streich zu spielen, besser gesagt mir und Ihnen."

Sie klimperte mit den Wimpern.

„Wie kommen Sie darauf?"

„Oh, ich hab schon 'ne Menge Halunken kennengelernt! Ich würde Ihnen ja zu gerne glauben. Nur ... Ich möchte Sie warnen, verstehen Sie? Sollte ich hinterher als Blödmann dastehen, dann können Sie mich schimpfen hören, das verspreche ich Ihnen! Im übrigen, was die Publicity angeht, die können Sie haben! So, das ist alles, was ich Ihnen sagen wollte."

„Das ist 'ne ganze Menge, finde ich", erwiderte sie bissig. „Trotzdem vielen Dank, daß Sie sich herbemüht haben."

„Sie setzen mich vor die Tür?"

„Na ja, so wie die Dinge liegen ... Die saubere Meinung, die Sie von mir haben ... Sie wollen Ihren Auftrag wieder zurückgeben, oder täusche ich mich?"

„Sie täuschen sich! Ich mache weiter."

Meine Klientin stieß etwas aus, was man einen Seufzer nennen konnte.

„Sie ... machen ... weiter ..."

Ihre Lippen zitterten. Nicht einfach, noch einmal mit einem blauen Auge davongekommen zu sein! Sie stand kurz vor einem Nervenzusammenbruch. Mit letzter Anstrengung beherrschte sie sich jedoch und sagte:

„Sie sind wirklich ein merkwürdiger Mensch!"

„Vor allem bin ich neugierig. Möchte wissen, wohin uns das Ganze führt."

Mademoiselle Pellerin raschelte mit dem Papierkram, der vor ihr auf dem Tisch lag.

„Oh!" stöhnte sie. „Ich muß das alles noch bis heute abend vorbereiten ... Ich bitte Sie, gehen Sie jetzt", flehte sie mich an. „Sie haben mich völlig aus der Fassung gebracht."

„In Ordnung", sagte ich. „Ich will Sie ja nicht auch noch bedrohen! Und außerdem geben Sie im Moment sowieso nichts als Lügen von sich. In ein oder zwei Stunden komme ich wieder. Machen Sie sich in der Zwischenzeit ein paar Gedanken."

Als ich zur Tür ging, hörte ich es hinter mir hageln: Mademoiselle Pellerin trommelte mit den Fingern auf das hölzerne Tischchen, sehr zum Leidwesen ihrer lackierten Fingernägel.

* * *

Ungefähr zwei Stunden später stand ich immer noch in der *Tele-Bar* und trank ein Gläschen mit meinem Freund Lucot. Larville, der Drehbuchautor hatte an einem Tisch im Hintergrund gesessen und Papier vollgekritzelt. Jetzt kam er zu uns an die Theke.

„Hier", sagte er und reichte dem Regisseur ein Blatt Papier, „ich glaube, so müßte es hinhauen."

Es war der Text, der als Ansage für den Fernsehfilm dienen sollte und den der um Originalität bemühte Autor im Argot verfaßt hatte.

„So wird's gehn", stellte Lucot fest.

„Gut, ich bring's ihr sofort!"

„Das eilt doch nicht, mit den Dreharbeiten werden wir frühestens in zwei Wochen fertig."

„Wenn schon! Unsere Ansagerin ist doch Françoise Pellerin, stimmt's? Dann müssen wir vorsichtig sein. Sie braucht mindestens zwei Wochen, um den Text ohne Stottern aufsagen zu können. Wo kann ich sie finden?"

Unter den erstaunten Blicken der beiden teilte ich Larville mit, daß ich es wisse und er mir nur zu folgen brauche.

Françoise Pellerin befand sich nicht mehr in dem Zimmer, in dem ich sie zurückgelassen hatte. Wir machten uns auf die Suche. Ein junger Mann mit Brille, der in der Nähe eines Regieraums herumlungerte, konnte uns weiterhelfen.

„Neben der Künstlergarderobe gibt es einen kleinen Ruheraum. Vielleicht ist sie dort."

Er wies uns den Weg. Nachdem wir ihn gefunden hatten, stieß ich die erstbeste Tür auf. Es war die richtige.

Dornröschen lag auf einem kleinen Sofa und schlief den Schlaf der Gerechten. Ich ging zu ihr. Auf dem Boden neben dem Sofa stand ein Glas. Ich sah es nicht und beförderte es mit einem Fußtritt gegen das Abflußrohr eines Waschbeckens, wo es mit einem Höllenspektakel zersplitterte.

„Hepp!" rief ich.

Françoise Pellerin rührte sich nicht. Ich packte sie an der Schulter und schüttelte sie. Meine Kehle schnürte sich zu. Mit erstickter Stimme sagte ich zu Larville:

„Scheiße, schnell, holen Sie Lucot!"

Ich schloß die Tür hinter dem Drehbuchautor und ging zum Sofa zurück. Arme Kleine! Sie würde nie mehr Privatflics an der Nase herumführen.

2

Nächtliches Vergnügen

Der diensthabende Inspektor des Bezirks hieß Dubois. Er stürzte sich sogleich mit seinen Fragen auf mich, während ein Arzt in dem Totenzimmer seines Amtes waltete. Wir waren grade mittendrin in unserem Frage- und Antwortspiel, als man Dubois mitteilte, daß Kommissar Faroux von der Kripo und sein Schatten, Inspektor Fabre, vom Quai des Orfèvres eingetroffen seien. Mit dieser Verstärkung hatte Dubois nicht gerechnet.

„Ich habe den Kommissar benachrichtigt“, erklärte ich ihm. „Er ist ein alter Freund von mir. Immer wenn ich in irgendeinen Fall verwickelt bin, rufe ich ihn an. Eine reine Vorsichtsmaßnahme, damit er nicht gerüchteweise davon erfährt und sich falsche Gedanken macht. Allerdings wußte ich nicht, daß er hier aufkreuzen würde.“

Dubois öffnete den Mund, kam aber nicht dazu, etwas zu erwidern. Von zwei uniformierten Flics begleitet, kam Florimond Faroux herein, in seinem Kielwasser Inspektor Fabre.

„Kommissar Faroux von der Mordkommission“, stellte sich mein Freund selbst vor und gab Dubois die Hand. „Und das ist Inspektor Fabre.“ Zu den Uniformierten gewandt, fuhr er fort: „Sperren Sie den Kerl in einen Schrank. Wenn ich ihn brauche, sag ich Bescheid.“

Der Kerl, das war ich.

Da sie keinen passenden Schrank fanden, sperrten sie mich in ihrem Dienstwagen ein, der gleich vor der Tür stand. Ich machte es mir auf der unbequemen Rückbank des Wagens bequem und zündete mir eine Pfeife an.

So verging eine gute Stunde. Ein Ambulanzwagen kam, lud Françoise Pellerin ein und brachte sie zur Morgue, dem Leichenschauhaus von Paris.

Schließlich befreite mich ein Flic auf Anweisung des Kommissars aus meinem Gefängnis.

Mein Freund empfing mich, zusammen mit dem unvermeidlichen Fabre, in einem Zimmer neben der Telefonzentrale.

„Setzen Sie sich", befahl er mir. „Entschuldigen Sie, daß ich Sie für einen Moment aus dem Verkehr gezogen habe. Aber ich wollte in Ruhe arbeiten ... Und jetzt zu Ihnen. Ich höre!"

„Meine Geschichte ist kurz", sagte ich. „Monsieur Larville wollte Mademoiselle Pellerin den Text für eine Ansage bringen. Ich habe ihn begleitet. Wir haben die Tote gefunden. Monsieur Larville hat meinen Freund Lucot alarmiert, und während der die Studioleitung informierte, daß man eine neue Sprecherin anheuern müsse, habe ich Sie angerufen."

„Schön. Ich glaube, Sie waren wegen der unglücklichen Toten hier, die Morddrohungen erhalten hatte. Richtig?"

„Richtig. Zum Teil."

„Wieso?"

„Daß ich auf Bitten von Mademoiselle Pellerin hier war, ist richtig. Falsch dagegen ist es, daß sie Morddrohungen erhalten haben soll. Ein großer Schwindel."

„Aber immerhin ist sie doch tot!"

„Ja, und ich möchte ebenfalls tot umfallen, wenn ich wüßte, warum! Auf den ersten Blick war es Gift, oder?"

„Auch auf den zweiten. Eine Überdosis Schlafmittel..."

„Die sie ganz alleine eingenommen hat, wie eine Erwachsene, oder die ihr verabreicht wurde?"

„Das wissen wir noch nicht. Auf jeden Fall hat sie das Zeug in Wasser aufgelöst. Der Arzt hat an den Glasscherben genug Flüssigkeit gefunden, die für eine Analyse ausreicht. Apropos, Larville hat mir erzählt, daß Sie das Glas kaputtgeschossen haben. Ich hoffe, das war keine Absicht?"

Ich hob die Schultern. Faroux fuhr fort:

„Ist auch halb so schlimm. Wir konnten zwar keinen einzigen Fingerabdruck auf den Glasscherben finden, aber bestimmt hätten wir mit einem heilen Glas auch nicht viel mehr

Glück gehabt. Um auf das Schlafmittel zurückzukommen, das Zeug hießt *Aquahypnosal* oder … *zol*. Wird in kleinen Fläschchen verkauft und in kleinen Schlucken getrunken, in Wasser aufgelöst. Neben der Leiche haben wir kein solches Fläschchen gefunden, dagegen in der Handtasche der Toten, die nebenan in der Garderobe hing. Ich rede von der Tasche. Es handelt sich aber nicht um die Originalflasche. Kein Aufkleber, kein Verschluß, mit dem man die Tropfen abzählen kann. Soviel zu den Details. Wie dem auch sei, die Tatsache, daß sich ein Fläschchen mit diesem Aquadingsbums in der Handtasche der Toten befand, läßt mich folgende Überlegungen anstellen: Mademoiselle Pellerin verspürt das Bedürfnis, ein paar Stunden zu schlafen … oder für immer und ewig, das wollen wir mal dahingestellt sein lassen. Sie mixt sich einen Schlaftrunk, steckt das Fläschchen wieder in ihre Tasche und bringt diese in die Garderobe. Dann geht sie zurück in den Ruheraum und nippt an ihrem Giftbecher. Wie finden Sie das?"

„Paßt gut zusammen."

„Ach ja, wirklich? Sie sind aber nicht anspruchsvoll! Wäre das Verhalten der Toten nicht ziemlich verrückt?"

„Nicht verrückter, als mir den Bären mit den Morddrohungen aufzubinden."

„Sie bleiben also bei Ihrer Meinung, daß das alles nur falscher Zauber war?"

„Ja."

„Aber was hätte das für einen Sinn haben sollen?"

„Publicity! Sie sind aber heute schwer von Begriff, Florimond! Manche Leute unternehmen einen mißglückten Selbstmordversuch oder verlieren ihren Schmuck. Warum soll nicht jemand telefonische Morddrohungen erfinden?"

„Nicht zu fassen!"

„In diesem Milieu muß man auf alles gefaßt sein. Ich hab von Anfang an geahnt, daß die Kleine ein falsches Spiel mit mir spielte. Aber so richtig begriffen, wohin der Hase laufen sollte, habe ich erst, als ich mich mit einem Journalisten vom *France-Soir* unterhalten habe, einem gewissen Montbazin."

„Den kenn ich. Er hat sich sogleich als Zeuge angeboten. Durch ihn haben wir erfahren, daß Mademoiselle Pellerin bedroht worden war und Sie engagiert hatte."

„Die Information hatte er direkt von Françoise, stimmt's?"

„Ja."

„Vor mir wollte er's nicht so offen zugeben, aber ich hab's trotzdem geahnt. Und das hat mich auf Thelma Kiss gebracht."

„Wer ist das denn nun schon wieder? Noch so eine Bekloppte?"

„Kann man wohl sagen. Eine amerikanische Schauspielerin. Hat sich vor einem Jahr für rund zwei Monate hier in Paris aufgehalten und ist dann nach Rom weitergezogen. Zwei Privatflics sind ihr nicht von der Seite gewichen..."

„Jaja", sagte der bisher stumme Inspektor Fabre. „Ich glaube, ich weiß, worauf Sie hinaus wollen."

„Richtige Leibwächter waren das", fuhr ich fort. „So was macht natürlich Eindruck! Zwei Privatflics für sie ganz alleine! Die Zeitungen haben lang und breit darüber berichtet, und siehe da!, dank dieser Werbekampagne ist Thelma Kiss zur Zeit dabei, eine blendende zweite Karriere in Italien zu starten. In Hollywood war sie schon lange aus dem Geschäft gewesen. Hier aber konnte nichts die Begeisterung der Leute bremsen, auch wenn sich hinterher herausstellte, daß die beiden Leibwächter erstens keine richtigen Leibwächter waren und sich zweitens die Gunst der Dame teilten."

„Also wirklich!" Faroux pfiff durch die Zähne. „Ihrer Meinung nach hat sich Françoise Pellerin nun einen ähnlichen Trick ausgedacht? Sagen Sie mal, Burma ... Für Sie hätte die Zukunft in nächster Zeit rosig ausgesehen, nicht wahr?"

„Warum auch nicht?"

„Tja ... Na schön! Das ist ja alles sehr hübsch, aber letztlich sind das nichts als Vermutungen. Ich meine die angebliche Werbekomödie. Das einzig Konkrete ist der Tod des Mädchens. Und damit fangen die Probleme auch schon an: War es Mord oder Selbstmord? Unter den gegebenen Umständen wäre Selbstmord wahrscheinlich. Und wenn's Mord war, haben wir's schon wieder mit einem Verrückten zu tun. Der Mörder muß dann nämlich das Giftfläschchen samt Handtasche des Opfers in die Garderobe gebracht haben, anstatt es am Tatort liegenzulassen. Das paßt doch nicht zusammen!"

Während Faroux philosophierte, rutschte ich nervös auf meinem Stuhl hin und her. Irgend etwas beschäftigte mich seit ein paar Minuten.

„Scheiße!" knurrte ich. „Ich bin ja ein schönes Arschloch!"

„Was ist denn los, Burma?" fragte der Kommissar. „Eine Ausdrucksweise haben Sie..."

„Hab auch allen Grund dazu!" schimpfte ich. „Wissen Sie, wer das Mädchen umgebracht hat? Ich! Na ja, so ungefähr ... Begreifen Sie denn nicht? Heute nachmittag hatte ich eine Unterhaltung mit Françoise, während der ich ihr klipp und klar erklärt habe, was ich von ihr hielt: daß sie mich an der Nase herumführe. Als ich sie verließ, war sie furchtbar aufgeregt. Jetzt versetzen Sie sich mal in ihre Lage: Sie hat sich einen erstklassigen Plan ausgedacht, um sich in den Vordergrund zu spielen. Der auserkorene, unfreiwillige Komplize durchschaut sie auf Anhieb und droht auszusteigen. Da verliert sie die Nerven. Sie möchte sich beruhigen, ausruhen ... ein paar Stunden schlafen ... Später wird man weitersehen ... Wie so viele Leute nahm sie ein Schlafmittel und schleppte dieses Hypnozeug in ihrer Handtasche mit sich herum. Eine andere Erklärung gibt es nicht. Es muß sich genauso zugetragen haben, wie Sie's vermuten: Sie hat sich ihren Cocktail gemischt und das Fläschchen in die Garderobe gebracht – auch wenn dieser Ordnungsfimmel Ihnen etwas übertrieben erscheint. Dann ist sie zurück in den Ruheraum gegangen, hat das Glas geleert und sich aufs Sofa gelegt. Unglücklicherweise war sie so aufgeregt – meine Schuld! –, daß sie sich eine Überdosis verabreicht hat."

„Demnach war es ein Unfall?" bemerkte Faroux. „Ein Unfall, für den Sie sich verantwortlich fühlen?"

„Nur ein bißchen. Wenn ich die Kleine nicht aus der Fassung gebracht hätte …"

„Sie war verrückt. Wir wollen nicht wieder davon anfangen, aber ich persönlich würde die Geschichte mit den Morddrohungen nicht so einfach abtun …" Der Kommissar stand auf. „Die Kollegen vom Revier werden bestimmt was rauskriegen. Wir jedenfalls fahren zurück zum Quai 36, Fabre und ich. Wie wär's, trinken wir vorher noch ein Gläschen zusammen? Hab den Eindruck, daß Sie's brauchen könnten, Burma."

Wir gingen in die *Tele-Bar.* Lucot hockte hier mit seinem Skriptgirl und seinem Drehbuchautor zusammen. Larville war verzweifelt.

„Wenn ihre Nerven so blank liegen, werden wir überhaupt nie fertig", stöhnte er. „Wir sind so schon spät dran. Hoffentlich dauert das nicht tagelang …"

„Morgen ist es vorbei", beruhigte ihn Lacot. „Dann können wir weiterdrehen."

Ich glaubte zu verstehen, daß die reale Tragödie unangenehme Folgen hatte für die fiktive, die aus Larvilles Feder. Die Aufregung hatte den beiden Stars des Fernsehfilms, Lydia Orzy und Olga Maîtrejean, die Sprache verschlagen. So ein Pech aber auch!

Faroux bezahlte die Runde und fuhr zusammen mit Fabre in die *Tour Pointue*. Kurz darauf gingen auch Lucot und seine Leute. Das Bistro leerte sich zusehends. Ich blieb alleine zurück mit zwei Technikern … und einem schlechten Nachgeschmack im Mund. Die Abendausgaben einiger Zeitungen lagen auf der Theke, zerlesen und rotweinbefleckt. In informationsarmen Artikeln unter dicken Schlagzeilen berichteten sie bereits über den Tod meiner Klientin. Von einem Foto lächelte die Tote den Leser an – aus einer Zeit, als sie noch lächeln konnte. In einem Artikel wurde erwähnt, daß ich mich in den Fernsehstudios am Parc des Buttes-Chaumont aufgehalten hatte. Um die Seite vollzukriegen, erinnerte der Journalist daran, daß ich einen Monat zuvor einen gefährlichen Gangster geschnappt hatte. Mairingaud schrieb er dabei *Marengo*, wie das Schaf. Sicher würde mein Freund Marc Covet mir bald auf die Nerven fallen. Der Journalist vom *Crépu* war immer ganz heiß auf Informationen aus erster Hand.

Ich verließ die *Tele-Bar* und stieg in meinen Wagen. Die Nacht war hereingebrochen. Um ins Bett zu gehen, war ich jedoch viel zu erschöpft. Stundenlang fuhr ich ohne ein bestimmtes Ziel durch Paris. Gegen Mitternacht trudelte ich endlich bei mir zu Hause in meiner Privatwohnung ein. Ich war völlig fertig. Die Leiche meiner hübschen armen kleinen Mythomanin lag mir quer im Magen.

Als erstes stellte ich das Telefon ab. Belästigungen irgendwelcher Art konnte ich im Moment wirklich nicht gebrauchen ... Dann begann ich mich auszuziehen. Ich hatte nur noch meine Hose an, als es stürmisch an meiner Wohnungstür klingelte. Nicht nötig, sich zu fragen, wer das sein könnte! So aufdringlich klingelte nur ein Flic. Bestimmt Faroux, der mir etwas Wichtiges mitzuteilen hatte.

Ich öffnete die Tür.

Es war nicht Faroux.

Ich hatte sie noch nie gesehen. Der eine war groß, der andere klein, und beide trugen Handschuhe wie vornehme Bürger. Der Große hatte ein Gesicht, das mit seinen Narben an einen glücklosen Boxer erinnerte. Und der Kleine mit seinem kurzen Staubmantel sah einem Steuerbeamten ähnlich, mit dem ich es schon mehrmals zu tun gehabt hatte. Man kann nicht behaupten, daß besagter Steuerbeamter stets nett zu mir gewesen wäre. Aber wenigstens hatte er mich noch nie mitten in der Nacht aufgesucht und mit einem Revolver direkt auf meinen Bauch gezielt.

Genau das tat jedoch sein Doppelgänger.

„Hände hoch", befahl er mir, „und hinter dem Kopf verschränken, bitte."

Weil er flüsterte, klang seine Stimme ganz sanft. Auf seine

Art war er sehr höflich. Ich gehorchte ihm. Er bohrte mir den Lauf seiner Kanone direkt unter der Gürtelschnalle in den Bauch und stieß mich zurück in die Wohnung. Sein Komplize, der Boxer, schloß leise die Tür. Hatte wohl Angst vor Einbrechern.

Ein paar Sekunden später stand ich wieder in meinem Schlafzimmer, allerdings immer noch von dem Revolver in der Hand des Steuerbeamten bedroht. Der Boxer vergewisserte sich, daß ich keine Waffe in meiner Hose versteckt hatte. Dann warf er mich blitzschnell aufs Bett, und ich wurde mit meinem Gürtel und meiner Krawatte gefesselt. Nachdem das erledigt war, wühlte er, wahrscheinlich wieder auf der Suche nach einem Revolver, in meinen Jackentaschen. Er fand nichts. Ich hatte es nicht für nötig gehalten, bei meinem Gang in die Fernsehstudios eine Waffe mit mir herumzuschleppen. Der Boxer zog meine Brieftasche aus der Innentasche meines Jacketts und kippte den Inhalt auf die Marmorplatte der Kommode, die von meiner Großmutter stammte. Mechanisch oder von einem ganz besonderen Instinkt geleitet, öffnete er die oberste Schublade des Erbstücks und holte die *Smith & Wesson* hervor, die zwischen der Wäsche gelegen hatte. Einen Augenblick lang begutachtete er sie mit Kennerblick, bevor er sie einsteckte. Eine hübsche Ausbeute!

„Sie sind also Privatdetektiv", sagte der Steuerbeamte. „Mit anderen Worten: einer, der seine Nase in Dinge steckt, die ihn nichts angehn. Sie haben doch Marengo geschnappt, stimmt's?"

„Marengo? Ach, Sie meinen Mairingaud?"

„Das bleibt sich doch gleich!" erwiderte er böse, so als hätte ich ihm auf den Fuß getreten.

„Gehören Sie zu seinen Kumpels?"

„Ganz genau!"

Damit war die Unterhaltung beendet. Er steckte seinen Revolver ein und fing an, das Zimmer auf den Kopf zu stellen. Kurz darauf herrschte das schönste Durcheinander. Dann ging er in die anderen Räume und setzte die Hausdurchsuchung fort, nach deren Beendigung ich wohl um einen weiteren Revolver ärmer sein würde. Ich hatte noch einen *Webley* in Reserve. Mehr oder weniger gut versteckt, wartete er im Garderobenschrank im Flur auf seinen Einsatz. Wenn der Kleine ihn entdeckte, würde er bestimmt dasselbe tun wie sein Freund, der Kraftprotz. Der sah mich verschmitzt an und sagte:

„Na? Interessant, das Fernsehen, so hinter den Kulissen?"

„Sehr", erwiderte ich. „Vor allem, wenn man auf seinen eigenen Beinen rausspazieren kann."

Der Boxer lachte wie ein Lachsack.

„Was man heute nicht von allen behaupten kann, was?" sagte er glucksend.

„Schnauze!" schrie der andere, der inzwischen von seiner Expedition zurückgekehrt war.

Er ähnelte immer mehr dem Steuerbeamten, von dem ich gesprochen habe. Hatte denselben Gesichtsausdruck, so als hätte man ihn reingelegt.

„Nichts gefunden?" fragte ich.

„Sieht nicht so aus, als hätten Sie Ihre Akten offen rumliegen", gab er als Antwort zurück.

„Meine Akten befinden sich an einem sicheren Ort."

„An einem sicheren Ort? Daß ich nicht lache! Wenn Sie die Büroräume Ihrer Agentur in der Rue des Petits-Champs sehen würden...!"

„Ach, da waren Sie auch schon?"

Er gab keine Antwort, starrte mir nur auf die Stirn, als wolle er meine Falten zählen. Dabei trat er verlegen von einem Fuß auf den andern. So wie jemand, der nicht weiß, wie er sich aus der Affäre ziehen soll, wenn eine Situation sich nicht wie vorgesehen entwickelt.

„Die Antwort auf die Fragen, die ich mir stelle", sagte er schließlich, „befindet sich irgendwo in Ihrem Kopf. Da ich sie aber nicht gleich hier aus Ihnen herausprügeln kann, sehe ich mich gezwungen, Sie zu bitten, uns zu begleiten. Wir werden mit Ihnen hinaus aufs Land fahren."

Sprach er im Ernst, oder war das nur dummes Gequatsche? Mir blieb keine Zeit, mir darauf eine Antwort zu geben. Es passierte nämlich etwas, was meine Gedanken – und die meiner Besucher – in eine ganz andere Richtung lenkte.

Zum zweiten Mal in dieser Nacht klingelte es an meiner Wohnungstür.

So leise und geschmeidig wie eine Katze stürzte sich der Größere der beiden auf mich und hielt mir mit seiner schwarzbehandschuhten Pranke den Mund zu. Der Kleine spannte seine Muskeln, brachte die Kanone wieder in Anschlag und hielt den Atem an.

Es wurde wieder geklingelt. Ich hörte, wie jemand meinen Namen rief, und erkannte die Stimme von Florimond Faroux.

Der kleinere Gangster beugte sich über mich und flüsterte mir ins Ohr, wobei er mich mit dem Revolverlauf an den Rippen kitzelte:

„Sie werden jetzt fragen, wer da ist. Und zwar ganz ruhig, ganz gelassen. Und keine Zicken, verstanden? Danach sehen wir, wie's weitergeht."

Die Riesenpranke seines Komplizen hob das Redeverbot wieder auf.

„Ich kann Ihnen wohl sagen, wer da vor der Tür steht und klingelt", sagte ich. „Da brauche ich gar nicht zu fragen. Es ist ein Flic, Kommissar Faroux."

„Fragen Sie trotzdem!"

Der Kleine gab dem Großen ein Zeichen. Der Hüne packte mich und schleppte mich beinahe unterm Arm in den Flur. Dort hielt er mich am Hemdkragen fest, so daß ich auf meinen gefesselten Beinen nicht umfallen konnte. Zwei Revolver waren jetzt auf mich gerichtet: einer auf meine Nieren, der andere auf meine Leber. Der Steuerbeamte zischte mir zu:

„Los, fragen Sie!"

„Wer ist da?" fragte ich.

„Ich bin's, Faroux. Störe ich?"

„Aber nein!" rief ich erfreut. „Ich mach sofort auf."

Kaum hatte ich die Worte, die mir der Kleine vorgesagt

hatte, ausgesprochen, da bekam ich einen Schlag hinter die Ohren, der sich gewaschen hatte. Ich muß wohl zu Boden gegangen sein; gemerkt hab ich's allerdings nicht mehr.

* * *

Als ich wieder zu mir kam, brauchte ich, benommen wie ich war, eine ganze Weile, um zu kapieren, daß ich auf dem Fußboden meines Schlafzimmers lag. Mein schmerzender Hinterkopf war auf zwei oder drei nasse Handtücher gebettet. Auf meinem Bett saß Faroux, seinen Kopf in den Händen vergraben. Auch er machte nicht grade den Eindruck, als sei er voll auf der Höhe. Wie ich hatte er einen kräftigen Schlag auf den Kopf abgekriegt!

Da ich nicht die Kraft aufbrachte, mich hinzustellen, setzte ich mich auf und lehnte mich mit dem Rücken gegen die Kommode meiner Großmutter.

„Na, wir geben ja ein hübsches Paar ab!“ stellte ich fest.

„Kann man wohl sagen“, knurrte der Kommissar. „Ich hab Sie von Ihren Fesseln befreit und vom Flur hierhergeschleift. Um Sie aufs Bett zu hieven, fehlte mir die Kraft.“

„Macht nichts, ich fühl mich überall wohl.“

„Verdammt und zugenäht! Wie die sich wohl über uns Flics kaputtlachen werden! Normalerweise treten wir nur paarweise auf. Dann hätten die uns nicht so einfach zusammenschlagen können ... Aber ich bin nicht im Dienst, hab nur gedacht: Besuch mal einen Freund! Was waren das denn für Vögel?“

„Freunde von Mairingaud. Behaupten sie jedenfalls.“

„Und was wollten die von Ihnen?“

„Wahrscheinlich sollte ich für seine Verhaftung büßen. Zum Glück sind Sie aufgetaucht, Florimond. Warum eigentlich?“

„Ich wollte Ihnen Ihre Gewissensbisse nehmen. Wegen der Toten, Françoise Pellerin ...“

„Ach ja?“

„Ja. Sie waren so niedergeschlagen, und als ich die Ergebnisse der Laboruntersuchungen hatte, hab ich mir gesagt: ‚Na, das wird ihn sicher beruhigen, in gewissem Sinne ...' Wollte Sie anrufen, aber Sie hatten Ihr Telefon abgestellt, um in Ruhe gelassen zu werden ..."

„Ganz genau: um in Ruhe gelassen zu werden!"

„Und da Sie sozusagen auf meinem Weg liegen, ich meine Ihre Wohnung ... Kurz und gut, ich bin gekommen, um Sie zu beruhigen. Hätt's mir besser verkneifen sollen, wenn ich an meinen Kopf denke ... Aber sagen Sie mal, das waren ja zwei ganz fixe Kerlchen, Ihre nächtlichen Besucher! Einer macht die Tür auf, ich denke, das sind Sie, strecke die Hand aus, er nimmt sie, packt mich gleichzeitig am Schlafittchen, zieht mich zu sich ran, und zack!, der berühmte Karnickelfangschlag. Ich hatte nicht mal Zeit, mir sein Gesicht anzusehen."

„Wenn Sie Wert darauf legen, kann ich's Ihnen beschreiben. Aber später, mit klarem Kopf ..."

„Mit klarem Kopf! Hören Sie auf, vom Kopf zu sprechen!"

„Jetzt sagen Sie mir doch endlich, was Sie mir sagen wollten", forderte ich meinen Freund auf.

„Ach ja, richtig! Also, ich wollte Ihnen sagen, daß die Morddrohungen kein falscher Zauber waren und daß Ihre Fernsehansagerin tatsächlich vergiftet wurde."

„Was Sie nicht sagen! ... Und was veranlaßt Sie zu dieser Schlußfolgerung?" fragte ich, nachdem sich meine Überraschung etwas gelegt hatte.

„Ganz einfach ... Sagen Sie, Burma, Sie haben nicht zufällig eine Aspirin im Haus?"

„Doch, zwei sogar."

Ich rappelte mich hoch (es ging nicht ganz so schlecht, wie ich gedacht hatte) und schleppte mich ins Badezimmer, um in meiner Hausapotheke etwas zu suchen, das unserer beider Kopfschmerzen lindern könnte.

„Sie müssen wissen", fuhr Faroux fort, als er sich etwas besser fühlte, „ich habe das Fläschchen mit dem Schlafmittel – das in der Handtasche des Mädchens – untersuchen lassen.

Also, die im Labor haben nicht schlecht gestaunt! Kein Fingerabdruck auf dem Glas, kein einziger!"

„Ja und? ... Ach, verstehe ... Wenigstens die von Françoise Pellerin hätten drauf sein müssen."

„Richtig! Also, quälen sie sich nicht länger. Sie sind für ihren Tod nicht verantwortlich, kein bißchen. Ich sehe keinen Grund, warum die Tote ihre eigenen Fingerabdrücke hätte abwischen sollen."

„Dann könnte es durchaus sein – nach den Vorsichtsmaßnahmen zu urteilen –, daß es sich bei dem Täter um jemanden handelt, der bereits auf dem ‚Piano' der Mordkommission gespielt hat?"

„Durchaus, jedenfalls hoffen wir das."

„Und was habe Sie als nächstes vor?"

Faroux betastete seinen Hinterkopf, um zu sehen, ob sich sein Zustand etwas gebessert hatte.

„Wir werden in ihrer ehemaligen Umgebung herumschnüffeln, um ihre Freunde von ihren Feinden zu trennen. Denn Feinde hatte sie, das steht fest! Außerdem werden wir herauszukriegen versuchen, wer bei ihr gewesen ist, in der Zeit zwischen Ihrem ersten Besuch – alleine – und Ihrem zweiten – zusammen mit Larville. Unsere Nachforschungen in dieser Richtung haben bisher noch nichts ergeben, aber wir versuchen's weiter. Bis dahin gilt offiziell: Mademoiselle Pellerin hat Selbstmord begangen."

Ich gähnte.

„Gut ... Ja, Sie haben mein Gewissen ganz schön erleichtert, wissen Sie das? Und ... Was wollte ich noch sagen? ... Ach ja, in Anbetracht dessen, daß die Tote ja schließlich meine Klientin war, werde ich ..."

„Nein!" unterbrach mich der Kommissar entschieden. „Sie werden gar nichts tun und die Flics schön ihre Arbeit machen lassen und sich nicht um etwas kümmern, was Sie nichts mehr angeht!" Er sah auf seine Uhr und betastete wieder seinen Schädel. „Die haben ganz schön kräftig zugeschlagen, die Freunde von Mairingaud, was? Wenn ich die erwische ...!

Apropos, Sie hatten mehr Zeit als ich, sich ihre Visagen zu merken. Kommen Sie im Laufe des Tages in meinem Büro in der *Tour Pointue* vorbei, dann sehen wir uns gemeinsam ein paar Familienfotos an …"

„In Ordnung."

Er sah wieder auf seine Armbanduhr.

„Gleich vier! Für heute nacht haben wir genug erlebt. Wir sollten uns ein wenig Ruhe gönnen. Ich werd mal gehen …"

Er ging. Als ich alleine war, sah ich in dem Wandschrank im Flur nach, ob der Reserve-*Webley* noch dort lag. Er lag noch dort. War den suchenden Blicken des kleinen Steuerbeamten entgangen. Ein schwacher Trost in einer so trostlosen Nacht. Ich steckte den Revolver ein und ging ins Schlafzimmer zurück.

* * *

Ich schlief wenig und schlecht. Um acht Uhr wachte ich plötzlich auf und dachte sofort an Hélène. In dem ganzen Durcheinander hatte ich sie beinahe völlig vergessen. Ich gab meinem Telefon grünes Licht und rief meine Sekretärin zu Hause an.

„Wir haben unsere einzige Klientin verloren", sagte ich.

„Ich weiß", antwortete sie. „Hab's gestern abend in der Zeitung gelesen. Dann war sie also doch keine Schwindlerin?"

„Ich bleibe bei meiner Meinung. Aber irgend etwas oder irgend jemand muß ihr in die Quere gekommen sein. Die offizielle Version lautet Selbstmord. Faroux glaubt jedoch, daß eine verbrecherische Hand, wie man so sagt … Ich teile seine Auffassung. Etwas anderes: Wenn Sie gleich ins Büro kommen, wundern Sie sich nicht über das Durcheinander, das dort herrscht. Es war Besuch da, heute nacht. Bestimmt hat er das Schloß aufgebrochen und alle Unterlagen durcheinandergewirbelt. Versuchen Sie, wieder Ordnung zu schaffen, und lassen Sie das Schloß reparieren."

„Was hat der Einbruch nun wieder zu bedeuten?"

„Eine Art Fortsetzung. Sie waren zu zweit, ein Großer und ein Kleiner..."

Ich erzählte ihr, was vorgefallen war, einschließlich Faroux' unerwartetem Eintreffen.

„Also wirklich!" empörte sich Hélène. „Und was waren das für Ganoven?"

„Haben sich als Freunde von Mairingaud vorgestellt, sind es aber genausowenig wie ich. Seinen Namen haben sie so ausgesprochen, wie er gestern im *France-Soir* stand: *Marengo*."

„Und was war der Grund ihres Besuches?"

„Der Grund ihres Besuches, wie Sie es so nett umschreiben, war höchstwahrscheinlich die kleine Pellerin. Die beiden tauchten prompt nach den Zeitungsmeldungen über den Tod der Ansagerin und über meine Anwesenheit am Tatort auf. Anscheinend hatten sie einen Zusammenhang hergestellt und sind zu mir gekommen, um irgend etwas zu suchen. Irgendwelche Unterlagen, zum Beispiel. Ist ihnen gründlich danebengegangen..."

„Ja, allerdings. Und was haben Sie jetzt vor, Chef?"

„Dasselbe wie Faroux, sozusagen eine Parallelaktion. Schließlich kann ich sein Verbot nicht respektieren, dafür hat man mich bei dieser Geschichte schon zu sehr verarscht, in mehr als einer Beziehung. In allernächster Zeit jedoch, würde ich sagen ... Ich meine, ich sollte mich erst mal ein wenig ausruhen. Bin wirklich fix und fertig."

„Gut, bevor ich ins Büro gehe, komme ich kurz bei Ihnen vorbei. Ich glaube, Sie brauchen eine Krankenschwester."

Das war eine ausgezeichnete Idee. Kaum erschien sie an meinem Krankenbett, als sich mein Kopf auch schon mit außergewöhnlicher Intensität an das Vorgefallene erinnerte. Man hätte meinen können, ich hätte soeben wieder einen Schlag hinter die Ohren verpaßt gekriegt. Diesmal gab es keinen Zweifel: Ich hatte mindestens einen Schädelbasisbruch. Bei dieser erfreulichen Eigendiagnose wurde es mir schwarz vor Augen, und ich verlor das Bewußtsein.

3

Hier 'ne Falle, da 'ne Falle

In einem weißen Zimmer der Klinik von Dr. H... kam ich wieder zu mir. Hélène hatte den Arzt und langjährigen Freund zu Hilfe gerufen, als sie sah, wie schlecht es mir ging. Entgegen meinen Befürchtungen hatte ich keinen Schädelbasisbruch, doch mein Zustand bedurfte liebevoller Fürsorge. Sie wurde mir drei Tage lang durch ein kompetentes Personal zuteil; dann, am Samstagmorgen, entließ man mich mit meinem gepeinigten Schädel in die freie Natur, um gegebenenfalls wieder einen kräftigen Schlag zu kassieren.

Gutgelaunt kehrte ich in mein Büro, zu Hélène und meiner guten alten Pfeife zurück.

„Und nun", sagte ich zu meiner Sekretärin, „machen wir da weiter, wo wir aufgehört haben. Gibt's was Neues? Erneute Einbruchsversuche während meiner Abwesenheit?"

„Nein. Dafür aber ein paar merkwürdige Telefonanrufe."

„Von wem?"

„Die Anrufer haben ihren Namen nicht genannt." ‚Ist Monsieur Burma nicht da? Danke, ich rufe später noch mal an.' So in der Art."

„Vielleicht waren das die Kerle, die mich niedergeschlagen haben und jetzt wissen wollen, ob ich's überstanden hab. Warten wir auf ihren nächsten Anruf ... Und Faroux?"

„Ach, der! Wollte ihn gestern anrufen, aber in der *Tour Pointue* teilte man mir mit, er sei aufs Land gefahren. Von wegen! Ich glaube, er sitzt zu Hause in einem stillen Winkel und leckt seine Wunden. Schließlich hat er genausoviel abgekriegt wie Sie!"

„Und die Ermittlungen im Studio am Buttes?"

„Sie können's selbst feststellen: In den Zeitungen steht kein Wort darüber. Doch das will nicht viel heißen ... Apropos

Zeitungen: Marc Covet läßt Ihnen die besten Genesungswünsche ausrichten. Hat mich bekniet, um zu erfahren, was Ihnen zugestoßen ist. Aber ich bin standhaft geblieben. Er solle sich direkt an Sie wenden, wenn es Ihnen wieder besser gehen werde, hab ich ihm geraten. Bestimmt steht er bald auf der Matte. Das heißt, sobald er von seinem Ausflug aufs Land wieder zurück ist..."

„Was denn? Er ist auch aufs Land gefahren?"

„Ja, im Auftrag des *Crépuscule*. Das ist übrigens der Grund dafür, daß er Ihnen nicht gleich am Tag Ihres ... äh ... Unfalls auf die Nerven gegangen ist."

„Sieh mal einer an! Dann sind wohl alle aufs Land gefahren, was?"

„Könnte man meinen. Und Sie sollten das ebenfalls tun. Ein bißchen Erholung..."

„Quatsch! Hab schon viel zuviel Zeit in der Klinik verloren. Nein, ich werd mich schnellstens hinter diesen verdammten Fall klemmen. Nachdem ich aus meiner todesähnlichen Ohnmacht aufgewacht war, hab ich ein wenig nachgedacht..."

„Und ich hab geglaubt, Sie hätten die ganze Zeit vor dem Fernseher gehockt. Die Klinik Ihres Freundes ist ja wirklich supermodern! Fernsehen auf dem Zimmer ... Donnerwetter! Ihr Freund ist wohl sehr besorgt um das Wohl seiner Patienten, was?"

„Daß ich nicht lache! Damit will er nur einen Rückfall bei dem Kranken provozieren ... Jawohl, ich habe ferngesehen. Wollte mir Anregungen holen."

„Und, haben Sie welche bekommen?"

„Nein. Mußte mich damit begnügen, in meinen alten Ideen zu wühlen."

„Und das Ergebnis Ihrer Wühlarbeit?"

„Das läßt sich in ein paar Worten zusammenfassen. Ich glaube nach wie vor, daß Françoise mich an der Nase herumgeführt hat. Sie hatte keine Morddrohungen erhalten. Ihre Rolle war Teil eines Drehbuchs, in dem sie nichts weiter als ein Mittel zum Zweck war. Wie dem auch sei, wahrscheinlich wollte sie an einem bestimmten Punkt aussteigen. Sagen wir, nachdem ich erklärt hatte, daß ich sie für eine Lügnerin hielt. Und genau in diesem Moment hat man sie aus dem Weg geräumt. Bleibt die Frage nach dem Täter." Ich seufzte. „Erst einmal werde ich versuchen, Informationen über das arme Mädchen einzuholen. Was wissen wir letztlich von ihr, außer daß sie Françoise Pellerin hieß und tot ist?"

Ich schnappte mir das Telefon und wählte die Nummer meines Freundes Lucot. In der Avenue Kléber klingelte es ein paarmal, aber niemand machte Anstalten, den Hörer abzunehmen. Als ich es schon aufgeben wollte, meldete sich doch noch jemand am anderen Ende der Leitung:

„Hallo!"

„Hallo, Lucot. Hier Nestor Burma. Wie läuft's? Gut?"

„Könnte besser laufen."

„Ich hab dich auf gut Glück angerufen. Wollte wissen, ob du mitten in der Arbeit steckst oder aufs Land gefahren bist ... Geht's mit deinem Fernsehdrama voran?"

„Red nicht davon! Drama ist das richtige Wort. Nach den Ereignissen ist erst mal alles gestoppt worden. Ich hoffe, daß ich Montag mit den Dreharbeiten weitermachen kann. Der Tod von Françoise hat bei meiner Truppe eine ganze Serie von Krisen ausgelöst. Maîtrejean war die ganze Woche über nicht in der Lage zu arbeiten, und Orzy hat sich erst mit ihrem Freund und dann mit der Maîtrejean gestritten. Na ja, im Moment geht es Olga wieder besser, ihre Nerven sind soweit stabil ... Tja, jetzt kannst du dir ein Bild machen."

„Nicht so ganz. Ziemlich viele Personen auf dem Gruppenfoto, aber das macht nichts."

„Maîtrejean und Orzy sind meine beiden Stars. Oder vielleicht sollte ich besser sagen: Orzy und Maîtrejean. Lydia ist die Rothaarige mit dem schönen Oldtimer. Die beiden können sich nicht riechen. Ich meine Olga und Lydia. Und genau wegen ihrer gegenseitigen Abneigung hab ich sie engagiert. In Larvilles Stück spielen sie zwei Rivalinnen, und ich dachte, das könnte besonders echt wirken. Aber so ein Experiment wiederhole ich nie wieder! Egal ... Und, den Flics zufolge hat Françoise also Selbstmord begangen?"

„Du sagst das in so einem komischen Ton! Scheint nicht deiner Meinung zu entsprechen ..."

„Ach, weißt du ... Ich kann mir nicht vorstellen, warum sie sich hätte umbringen sollen, das ist alles."

„Vielleicht hatte sie Liebeskummer?"

„Würde mich wundern. Roudier war immer furchtbar nett zu ihr. Und daß sie in Dolguet verknallt gewesen war, glaube ich nicht."

„Die Kleine hatte ja 'n mächtigen Verschleiß! Welche Rolle spielten denn Roudier und Dolguet?"

„Na ja ... Roudier, das war der, den sie bald heiraten wollte, wenn man den Gerüchten glauben darf."

„Einer vom Fernsehen?"

„Ja, ein Techniker. Im Augenblick ist er irgendwo in Afrika, glaub ich, für *Schlagzeilen im Ersten*."

„Aha! Und während seiner Abwesenheit wurde er von Dolguet vertreten?"

„Du mußt immer gleich das Schlechteste annehmen, was?"

„Sagen wir, diese Geisteshaltung gehört zu meinen beruflichen Pflichten."

„Ja, ja ... Jedenfalls wurde Roudier von niemandem vertreten, und schon gar nicht von Dolguet."

„Warum nicht? Ist der auch unterwegs? Vielleicht auf dem Lande? Das ist nämlich zur Zeit groß in Mode."

„Nein, er ist noch weiter weg."

„Wo denn?"

„Bagneux."

„Das nennst du weit weg?"

„Wirst du schon sehen, wenn du erst mal dort landest. Verdammt schwer, wieder zurückzukommen ... Hast du noch nie vom Pariser Friedhof gehört?"

„Ach, da befindet er sich, dieser Dolguet?"

„Ja."

„Und wie ist er dorthin gekommen?"

„Im Leichenwagen."

„Dachte ich mir! Ich wollte wissen ... Siehst du, ich nehme wieder das Schlechteste an ... Unter welchen Umständen, wollte ich wissen. Hat man ein wenig nachgeholfen – ihn ins Grab geschubst oder so –, oder ist er eines natürlichen Todes gestorben?"

„Eines natürlichen Todes? Ganz im Gegenteil! Gebrannt hat er!"

„Gebrannt?" fragte ich ungläubig. „Wie 'ne Fackel?"

„Genau so."

„Höchst interessant."

„Nicht wahr? Da lacht dein altes Vampirherz, stimmt's? Möchtest du Einzelheiten hören?"

„Nun ja..."

„Also schön ... Vor sechs Monaten ... sechs oder sieben Monaten ... hat es wieder mal in den Studios am Buttes gebrannt. Und wieder in den älteren Gebäuden. Nicht ganz so schlimm wie beim letzten Mal vor ein paar Jahren, aber trotzdem ... Dolguet hat's erwischt, jede Hilfe kam zu spät."

„Hatte er auch beim Fernsehen gearbeitet?"

„Ja, und auch als Techniker."

„Und zu dem Zeitpunkt, als er in den Flammen umkam, schliefen er und Françoise zusammen?"

„Sie wohnten sogar zusammen, glaube ich."

„Verstehe ... Sag mal, könntest du mir nicht 'n bißchen mehr über Mademoiselle Pellerin erzählen? Das ist nämlich der eigentliche Grund meines Anrufs. Praktisch kenne ich grade mal ihren Namen..."

„Da geht's dir beinahe so wie mir. Aber ich kenne einen Jungen in der Verwaltung, Jacques Mortier. Der wird dir mit größtem Vergnügen die gewünschten Auskünfte geben. Er ist schlimmer als jede Concierge! Werd ihn gleich anrufen und ihm deine Nummer geben. Er meldet sich dann bei dir. Ist es dir recht so?"

„Sehr sogar."

* * *

Eine Stunde später klingelte mein Telefon.

„Hier Jacques Mortier", tönte eine sympathische, jugendliche Stimme. „Lucot hat mir Ihre Nummer gegeben. Ich weiß Bescheid. Sie benötigen ganz bestimmte Informationen. Da bin ich der richtige Mann für Sie, aber lassen Sie mich vorher..."

In seiner Eigenschaft als Oberschwätzer setzte er mich gut zehn Minuten lang über seine Lieblings-Krimiautoren und, da er schon mal dabei war, über seine künstlerischen Präferenzen in Kenntnis. Dann endlich kam er auf Françoise Pellerin zu sprechen. Er ertränkte die Tote in einer Flut von Wörtern. Doch etwas wirklich Wichtiges erfuhr ich von ihm nicht. Das einzige, was ich hinterher in Händen hielt, war so eine Art Personalbogen.

Geboren war sie 1942 in Paris. Wie alle hatte sie ein wenig Schauspielunterricht genommen und danach hier und da einige unbedeutende Nebenrollen gekriegt. Von Dolguet ermuntert, hatte sie an einem Wettbewerb für Fernsehansagerinnen teilgenommen und es geschafft. Bis vor einer Woche hatte sie in der Rue Saint-Benoît gewohnt. Ihr Vater war tot, aber ihre Mutter lebte noch, und zwar in der Rue des Forges Nr. 15, in Châtillon.

„Ausgezeichnet", sagte ich. „Ich danke Ihnen, Monsieur Mortier. Und jetzt hätte ich noch gerne ein paar Informationen über Roudier und Dolguet. Ist das möglich?"

„Alles ist möglich! Nur nicht im Augenblick. Soll ich Sie Montag oder Dienstag noch einmal anrufen?"

Wahrscheinlich wollte er einen ganzen Roman zusammenbasteln. Aber vielleicht würden dabei ein paar nützliche Details für mich abfallen. Jedenfalls hoffte ich das.

* * *

Am Steuer meines Wagens bog ich langsam in die Rue des Forges ein und nahm die Umgebung unter die Lupe. Das Häuschen von Madame Pellerin sah nicht sehr einladend aus mit den drei ausgetretenen Stufen, die zur Haustür hinaufführten, seinem kümmerlichen Gärtchen, das auch ein paar Fliedersträuche nicht verschönern konnten, und seinem verrosteten Gartentor. Auf der gegenüberliegenden Straßenseite parkte eine *Floride*.

Ich wollte gerade halten, als ich eine große, elegant gekleidete Brünette aus dem Häuschen von Madame Pellerin herauskommen sah. Unsicher auf ihren hohen Stöckelschuhen, überquerte sie die Straße und stieg in die *Floride* ein.

Die Dame war mir nicht unbekannt. Es war Olga Maîtrejean, eine von Lucots Schauspielerinnen.

Die *Floride* startete und entfernte sich in Richtung Paris. Ich hielt an, stieg aus und läutete an dem Tor mit der Nr. 15.

Es dauerte eine ganze Weile, bis auf mein Läuten hin etwas geschah. Der Grund dafür wurde mir klar, als die alte Frau auf dem Eingangstreppchen erschien: Sie war sehr gebrechlich und gehbehindert. Augen, Gesicht und Kleidung sahen traurig und verbraucht aus. Für die Mutter eines jungen Mädchens von zweiundzwanzig Jahren war sie schon recht betagt. Eine Spätgebärende, wie man so unschön sagt.

„Ich möchte mit Ihnen über Ihre Tochter sprechen", sagte ich.

„Das ist sehr nett von Ihnen", erwiderte sie, wobei sie ein Schluchzen unterdrückte. „Kommen Sie doch rein, das Tor ist nur angelehnt."

Sie führte mich in ein Zimmer im Erdgeschoß. Sogleich stieg mir ein latenter Geruch nach Gerichtsvollzieher in die Nase.

Ich nahm Platz und legte meinen Hut auf das kleine Tischchen neben mir. Dort lagen schon eine Zeitung, ein Buch, ein Brillenetui und auch ein grünes Blatt Papier, ein Schreiben von den städtischen Gaswerken. Ich kannte diese Art Liebesbrief aus Erfahrung: die letzte Zahlungsaufforderung, bevor das Gas abgedreht wird. Nein, in Sachen Geld stand es nicht zum besten hier...

Madame Pellerins Stimme riß mich aus meinen Träumereien:

„Arbeiten Sie auch beim Fernsehen?“

Ich mußte sie enttäuschen. Als ich ihr gesagt hatte, wer ich war, sagte sie:

„Ach so, Sie sind das also, der…“

Sie hatte Zeitung gelesen und wußte über mich und meine Erwerbstätigkeit Bescheid. Auch hatten sie die Flics sicherlich besucht und ihr von mir erzählt.

„Ihre Tochter hatte mich als Leibwächter engagiert“, erklärte ich. „Es tut mir sehr leid … Was ihr zugestoßen ist, hat mich tief getroffen … Das wollte ich Ihnen sagen, auch wenn ich nicht die richtigen Worte finde.“

„Vielen Dank, das ist sehr nett von Ihnen.“

„Ich wollte Ihnen auch noch etwas anderes sagen. Eine Frage der Berufsehre, sozusagen. Ich möchte Sie bitten, mir die Erlaubnis zu erteilen, Nachforschungen über den … über das Hinscheiden Ihrer Tochter anzustellen. Sie verstehen, ich fühle mich ein wenig verantwortlich für das, was passiert ist.“

„Was ist denn eigentlich genau passiert?“ fragte die alte Frau.

„Nun, die Polizei wird es Ihnen bestimmt schon mitgeteilt haben, aber … Entschuldigen Sie meine Direktheit … Ihre Tochter hat Selbstmord begangen, oder aber man hat sie vergiftet. Genau weiß man es noch nicht.“

Sie biß sich auf die Lippen.

„Das hat mir die Polizei allerdings bereits gesagt“, flüsterte sie. „Mein Gott, ich verstehe das nicht! Warum sollte sie Selbstmord begangen haben? Oder warum sollte man sie vergiftet haben?“

„Das versucht die Polizei herauszufinden. Und ich ebenfalls.“

Ein kurzes Schluchzen schüttelte die alte Frau.

„Ich erkenne mein kleines Mädchen nicht wieder“, sagte sie. „Es ist so, als wäre das gar nicht mein kleines Mädchen…“ Sie sah mich mit ihren braunen, fast schwarzen Augen an. „Gut, Monsieur, stellen Sie Ihre Nachforschungen an. Ich erteile Ihnen die Erlaubnis dazu. Die Polizei … Oh, bestimmt sind sie sehr fähig, all die Inspektoren. Aber sie haben einen so großen Abstand dazu, sind so desinteressiert … Außerdem müssen sie sich jeden Tag mit einem anderen Fall beschäftigen. Ihnen, Monsieur, geht das Ganze doch sicher sehr nahe, nicht wahr?"

„Da können Sie ganz sicher sein, Madame", versicherte ich ihr.

„Ich möchte … Solange ich nicht genau weiß, warum Françoise gestorben ist, ist sie wie eine Fremde für mich. Ihr Tod kommt mir so unwirklich vor! Wenn ich den Grund dafür wüßte, könnte ich vielleicht begreifen und sie wiederfinden … wie früher …"

„Ja, Madame, ich verstehe Sie. Ich werde Ihnen ein Schreiben zukommen lassen, in dem Sie mir durch Ihre Unterschrift bestätigen, daß Sie mich mit der Untersuchung des Todes Ihrer Tochter beauftragen. Eine bloße Formalität, nur um mich gegenüber der Polizei abzusichern. Und nun … Entschuldigen Sie, wenn ich an Ihren Schmerz rühre, aber … Ich würde mich gerne mit Ihnen über Ihre Tochter unterhalten."

Ich erfuhr, daß Françoise zwar keine schlechte Tochter, jedoch sehr launenhaft gewesen war. Eine unabhängige, aber dabei in gewisser Weise naive junge Frau, die sich leicht hatte beeinflussen lassen. Mit kaum zwanzig Jahren hatte sie sich in Paris ein Zimmer gemietet, so daß sie nicht jeden Abend nach Châtillon zurückfahren mußte. Und das, obwohl es ihrer Mutter gesundheitlich schon damals nicht gut ging. Schließlich war sie ganz von zu Hause ausgezogen. Allerdings hatte sie ihre Mutter nicht völlig im Stich gelassen. Hin und wieder war sie in dem Häuschen aufgetaucht, um nach dem Rechten zu sehen. Außerdem hatte sie jeden Monat Geld geschickt. Ich glaubte zu verstehen, daß Madame Pellerin nach dem Tod ihrer Tochter nicht so recht wußte, wovon sie leben sollte.

„Was meinen Sie, Madame: Hatte Françoise Feinde?" fragte ich sie.

„Oh, ganz im Gegenteil! Sie hatte nur Freunde …"

„Kennen Sie einen gewissen Roudier?"

„Paul Roudier, ja. Ein reizender junger Mann! Zur Zeit ist er im Ausland, glaube ich, beruflich. Françoise und er hatten die Absicht zu heiraten."

„Und Henri Dolguet?"

Der Blick der alten Frau verdüsterte sich.

„Ach, von dem haben Sie auch gehört?"

„Er war so gut wie verlobt mit Ihrer Tochter, hat man mir erzählt."

„Ja, aber den hätte ich mir nicht als Schwiegersohn gewünscht. Erstens war er viel älter als sie, und dann ... Na ja, ich mochte ihn eben nicht. Hab ihn nur zwei- oder dreimal gesehen, aber trotzdem ... Er wirkte nicht offen auf mich. Nun, ich will nicht schlecht über ihn reden. Er ist tot und ... Sie wissen doch sicher, auf welch grausame Weise er gestorben ist?"

„Ja, ich weiß. Ihre Tochter", hakte ich nach, „hat in der Rue Saint-Benoît gewohnt. Ich würde gerne einen Blick auf ihre persönlichen Sachen werfen. Haben Sie einen Schlüssel zu ihrer Wohnung?"

„In diesem Punkt hat man Sie schlecht informiert", erwiderte Madame Pellerin.

Sie erzählte mir, daß Françoise zwar offiziell in der Rue Saint-Benoît in einem Mansardenzimmer gewohnt habe – eine Zeitlang eben zusammen mit Dolguet –, aber daß sie seit ihrer Verbindung mit Roudier in dessen Wohnung in der Rue des Saules gelebt habe.

„Die Sachen, die noch in der Rue Saint-Benoît waren", fuhr sie fort, „sind gestern mit Erlaubnis der Polizei hergebracht worden. Lauter alter Kram! Ich hab alles nach oben in ihr Mädchenzimmer bringen lassen. Wenn Sie es sehen wollen ... Im Flur führt eine Treppe nach oben in die erste Etage. Es ist die erste Tür rechts. Es stört Sie doch nicht, alleine hinaufzugehen? Ich schone meine Beine, sooft ich kann."

* * *

Ein Sofa, ein einzelner Stuhl, ein kleiner Schrank, ein Tisch und ein eingebautes Bücherregal möblierten das Zimmer. An der Wand hing zwischen zwei Bildern hinter Glas ein gerahmtes Foto, von dem mir ein Mädchen von etwa fünfzehn Jahren entgegenlächelte. In dem Lächeln des Kindes steckte bereits das der jungen Frau...

Die Sachen, die aus der Rue Saint-Benoît stammten („Lauter alter Kram!"), lagen durcheinander unten in dem Schrank. Ein richtiger Flohmarkt, der allerdings auch den optimistischsten Trödler zur Verzweiflung hätte bringen können. Da lag eine kaputte Puppe neben einem Strumpfhalter, einigen Zeitschriften und einer Menge anderem Zeug. Ein Schuhkarton enthielt verschiedene Schlüssel, einige davon mit einem Bindfaden, andere mit einem Reklameanhänger versehen, und alle mehr oder weniger rostig. Alte Schlüssel verlorener Schlösser! Man konnte darüber in poetische Träumereien geraten. Der ganze Plunder mußte aus der Mädchenzeit der Toten stammen. Wahrscheinlich hatte die Kleine Schlüssel gesammelt wie andere Kinder Kronkorken. Auch originelle Schlüsselringe mußten sie interessiert haben. Ich fand ungefähr zehn Exemplare in einer staubigen Schrankecke.

Einer abgegriffenen Mappe entnahm ich einen Stapel Briefe und Fotos. Auf gut Glück fischte ich einen Brief heraus und überflog seinen Inhalt. Auf den ersten Blick war nichts für mich dabei. Die Fotos zeigten Personen beiderlei Geschlechts, einzeln und in Gruppen. Eine ansehnliche Menge männlicher Vertreter ... Mehr Männer als Frauen ... Na ja, bis jetzt war es das Beste, was ich in Händen hielt.

Ich klemmte mir die Mappe unter den Arm und ging wieder hinunter zu Madame Pellerin.

„Ich möchte Sie bitten, mir dies hier zu überlassen, Madame, damit ich es mir in Ruhe ansehen kann", sagte ich und legte die Mappe vor sie auf den kleinen Tisch. „Es handelt sich um Briefe relativ jüngeren Datums und um Fotos. Die Flics haben sicherlich schon einen Blick darauf geworfen und das, was wichtig ist, an sich genommen. Aber man kann nie wissen, vielleicht haben sie etwas übersehen."

„Tun Sie, was Sie für richtig halten", sagte sie.

Die Mappe lag geöffnet vor ihr. Madame Pellerin setzte ihre Brille auf, nahm einen Brief heraus und begann zu lesen. Dann legte sie ihn wortlos wieder zu den anderen. Dabei fielen einige Fotos aus der Mappe. Sie legte sie vor sich hin, so als wären es Tarockkarten, aus denen sie mir die Zukunft lesen wolle.

„Ah, das ist Henri Dolguet", sagte sie.

Das Foto sah ziemlich mitgenommen aus. Es war in der Mitte geknickt, doch das Wichtigste davon hatte überlebt. Ich meine das Gesicht des Mannes, der zu seinen Lebzeiten nicht grade sehr viel hergemacht zu haben schien: ein schmächtiges Kerlchen, eins von denen, die den Frauen jedoch gefallen. Das Sprechendste an ihm waren die schmachtenden Augen in seinem femininen Gesicht. Als Ergänzung dazu und zur Abrundung des Gesamtbildes trug er unter seinem gutgeschnittenen Jackett eine Weste im Schottenmuster mit Aufschlägen und Perlmuttknöpfen. Alles, was einen Dandy und Lackaffen ausmacht! Wirklich schade, daß er tot war. Ich hätte ihn liebend gerne in den Hintern getreten.

Mit diesen unchristlichen Gedanken schob ich die Fotos in die Mappe. Da Madame Pellerin mir offenbar nichts mehr zu sagen hatte, klemmte ich meine Beute unter den Arm, nahm meinen Hut und verabschiedete mich. Trotz meines Protestes bestand die gebrechliche alte Frau darauf, mich zur Tür zu begleiten. Auf dem Weg nach draußen sagte ich zu ihr:

„Als ich eben hierherkam, bin ich einer *Floride* begegnet, in der jemand saß, den ich kenne: Olga Maîtrejean, eine Schauspielerin vom Fernsehen..."

„Eine sehr nette Frau", stellte Madame Pellerin fest. „Sie war bei mir. Schuldete meinem kleinen Mädchen Geld, und da hat sie gedacht... Wirklich sehr nett von ihr..." Sie schwieg eine Weile und fuhr dann mit veränderter Stimme fort, die von weither zu kommen schien: „Sie waren alle sehr nett, die Kollegen meiner Tochter. Warum soll ich es verschweigen? Sie wußten über meine schlechte finanzielle Situation Bescheid … Haben eine kleine Sammlung veranstaltet …"

„Und Olga Maîtrejean hat Ihnen das Geld gebracht, das dabei zusammengekommen ist?"

„Nein, nein. Das war etwas anderes. Geld, das sie meinem kleinen Mädchen schuldete."

Sie seufzte, und dann sagten wir nichts mehr. Als sie die Tür öffnete, sagte ich „Auf Wiedersehen, Madame", und reichte ihr meine Hand. Sie ergriff sie und hielt sie lange fest.

„Sie war keine schlechte Tochter", flüsterte sie. „Ich möchte, daß alle das wissen. Auch wenn sie von zu Hause fortgegangen ist, mit kaum zwanzig Jahren … Das muß man verstehen! Sie war so quicklebendig, sprudelte über vor Lebenslust. Welches Leben hätte sie hier bei mir erwartet? Ich komme ja grade mal so über die Runden … Und was für ein Leben wäre das für mich gewesen, sie hier zu sehen, unbewußt voller Groll auf mich? Wir hätten uns am Ende gehaßt. Sie war keine schlechte Tochter, und deswegen ist sie von hier fortgegangen. Doch das werden viele nicht verstehen … Ich verstehe sie … Ich habe mein kleines Mädchen immer verstanden. Nur ihren Tod … den verstehe ich nicht."

Sie ließ meine Hand los. Ich sagte noch einmal „Auf Wiedersehen" und beeilte mich, zu meinem Wagen zu kommen.

* * *

Kurz vor der Porte d'Orléans hielt ich an und ging in ein Bistro. Von dort aus rief ich Hélène an, um ihr zu sagen, sie solle einen Schrieb vorbereiten, in dem Madame Pellerin mich mit den Privatermittlungen in Sachen Tod ihrer Tochter betraue. Im Gegenzug teilte meine Sekretärin mir mit, daß Marc Covet angerufen habe. Er erwarte meinen Anruf.

„Sehr schön", erwiderte ich, „dann soll er mal ruhig warten."

Doch nachdem ich aufgelegt hatte, überlegte ich es mir

anders. Ich rief meinen Freund in der Redaktion des *Crépuscule* an.

„Hallo, Covet!“

„Ach, Sie sind’s, Burma? Also, was ist los?“

„Sie wissen genausoviel wie ich. Aber vielleicht wissen wir beide bald mehr. In den Zeitungen steht nichts mehr über den Fall Pellerin. Ich hätte gerne, daß Sie ihn am Montag im *Crépu* wiederaufleben lassen. Nur eine Art Zwischenbilanz, in die Sie die Adresse von Madame Pellerin einbauen. Wäre das möglich?“

„Selbstverständlich. Wie lautet die Adresse?“

Ich nannte sie ihm.

„O.k.“, sagte Covet. „Und was brütest du zur Zeit aus?“

„Eine Falle, aufs Geratewohl.“

Ich legte auf und verließ das Bistro, um wieder zu Madame Pellerin zu fahren.

„Ich bin’s noch mal“, sagte ich zu ihr. „Entschuldigen Sie, aber ich bin von Berufs wegen ein argwöhnischer Mensch, der immer das Schlechteste annimmt. Vielleicht sehe ich Gespenster, aber ich fürchte, Sie könnten in nächster Zeit unangenehmen Besuch bekommen …“

„Um Gottes willen!“ rief Madame Pellerin halb ungläubig, halb erschrocken. „Wer könnte etwas von mir wollen?“

„Das weiß man nie so genau. Sehen Sie … Es ist ein bißchen heikel …“

Ich servierte ihr eine gut verdauliche Geschichte und überredete sie dazu, ihr Häuschen überwachen zu lassen. Tagsüber von außen, nachts von innen.

„Meine Mitarbeiter werden Sie gleich Montag aufsuchen“, schloß ich. „Merken Sie sich ihre Namen: Reboul, ein Einarmiger, und Zavatter, ein elegant gekleideter junger Mann.“

Als das erledigt war, fuhr ich wieder los. Von einem Bistro aus – diesmal in Montrouge – rief ich Reboul an, einen der angekündigten Mitarbeiter. Reboul hat im Krieg einen Arm verloren, was ihm zu seinem Werbeslogan verhalf: „Der Einarmige, der Ihnen beide Hände reicht.“

„Rue des Forges Nr. 15 in Châtillon-sous-Bagneux", sagte ich, als ich ihn an der Strippe hatte. „Häuschen samt Bewohnerin, Madame Pellerin, sind rund um die Uhr zu bewachen. Teilen Sie sich die Arbeit mit Za." Za, das ist Roger Zavatter, mein anderer Mitarbeiter. „Montagmorgen stellen Sie sich der alten Dame vor. Dann steht nämlich ihre Adresse im *Crépu*. Möglich, daß bestimmte Leute dort auftauchen. Bei mir waren sie schon."

„In Ordnung", sagte Reboul und legte auf.

Ich sah im Telefonbuch nach, ob Olga Maîtrejean drinstand. Sie stand drin: Schausp., Rue du Dobropol (XVII.), N-i-e-l 78–15. Ich schaute in meinem Büro vorbei, legte die Mappe mit den Briefen und Fotos vertrauensvoll in die Hände meiner Sekretärin und bat sie, den Inhalt zu sichten. Dann fuhr ich in die Rue Dobropol.

Olga Maîtrejean war nicht zu Hause. Von der Concierge erfuhr ich, daß sie wie üblich übers Wochenende weggefahren sei. Ich fuhr wieder in die Agentur in die Rue des Petits-Champs.

Hélène hatte sich schon durch eine Anzahl von Briefen hindurchgearbeitet, aber ohne Erfolg. Sie war auf nichts Interessantes gestoßen. Ich war ihr bei der Durchsicht behilflich, ohne das Ergebnis verbessern zu können.

Der Nachmittag ging zu Ende. Wir wollten schon den Laden dicht machen, als das Telefon klingelte. Ich nahm den Hörer ab.

„Hallo, Nestor Burma?" fragte eine heisere Frauenstimme.

„Am Apparat."

„Ah, guten Tag. Hören Sie, ich habe etwas zu verkaufen."

„Was denn?"

„Das weiß ich selbst nicht, aber wenn ich Ihnen einen Teil meiner Lebensgeschichte erzähle, wird es Sie vielleicht interessieren."

„Ach ja?"

„Ja, ich glaube schon."

„Und darf man fragen ... Haben Sie auch einen Namen?"

„Dolguet."
„Dolguet?"
„Jeanne Dolguet."
Das war eine Neuigkeit.
„Aha!" stieß ich hervor.
„Den Namen kennen Sie, nicht wahr? Ich meine natürlich nicht mich..."
„Ja, ja, Dolguet ... Hab ich schon mal gehört..."
„Der Liebhaber Ihrer Sprecherin, stimmt's?"
„Meiner Sprecherin? Na ja ... gut."
„Um den geht es."
„Ihr Bruder?"
„Nein, mein Mann."
Wieder eine Neuigkeit!
„Sehr schön", sagte ich. „Wenn Sie zu mir ins Büro kommen wollen ... Ich werde hierbleiben."
„Oh!" seufzte sie. „Können Sie nicht vielleicht zu mir kommen? Sehen Sie, Monsieur, seit mehreren Tagen bin ich krank. Ich bin völlig entkräftet, kann mich kaum auf den Beinen halten. Ich schaff es nicht mal mehr, mich anzukleiden..."
„Ziehen Sie sich aber trotzdem etwas über, wenn Sie mich empfangen."
„Sie kommen also?"
„Natürlich! Besser, wir bringen's gleich hinter uns."
„Wann?"
„Jetzt gleich, wenn's Ihnen recht ist."
„Ja, es ist mir sehr recht ... Ah, bevor ich's vergesse ... Ich wohne in der Rue d'Alésia, Ecke Rue Sarrette."
Sie verriet mir auch noch die Hausnummer und die Etage, dann legten wir auf.
„Also wirklich!" fauchte Hélène, die das Gespräch über einen Kopfhörer verfolgt hatte. „‚Ich schaffe es nicht mal mehr, mich anzukleiden'! Und auf Ihre Aufforderung, sich wenigstens etwas überzuziehen, hat sie gar nicht reagiert! So was kann auch nur Ihnen passieren!"
Ich nahm das Telefonbuch zur Hand, das nach Straßen ge-

ordnet ist. In der Rue d'Alésia wohnte unter der angegebenen Nummer tatsächlich ein Dolguet. Einfach nur Dolguet, ohne Vornamen – oder zumindest dem Anfangsbuchstaben des Vornamens – und ohne Berufsangabe. Die Telefonnummer lautete Denfert 12-13. Ich wählte sie. Es meldete sich dieselbe rostige Stimme wie kurz zuvor.

„Entschuldigen Sie", sagte ich, „aber gerade ist mir ein Klient unerwartet in die Quere gekommen. Ich werde mich ein wenig verspäten."

„Das macht nichts, Monsieur."

Ich legte wieder auf.

„Huch, sind Sie aber mißtrauisch!" lachte Hélène.

Ich nickte langsam, legte das Foto von Henri Dolguet in meine Brieftasche (doppelt identifiziert hält besser!), wünschte Hélène einen schönen Sonntag und ging hinaus.

* * *

Es war ein dreistöckiges Haus. Wenn man dem Schild, das seit mindestens zehn Jahren im Fenster der Loge hing, Glauben schenken durfte, dann war die Concierge „gleich wieder zurück". In jeder Etage wohnte nur eine Mietpartei, und in der zweiten war es Madame Dolguet. Das wußte ich bereits, und die Aufschrift des Briefkastens bestätigte es mir. Ich stapfte also die Treppe hoch und läutete an der Tür in der zweiten Etage. Als Antwort darauf klapperten Absätze drinnen im Korridor.

„Wer ist da?" fragte die heisere Stimme, die ich vom Telefon her kannte.

„Nestor Burma", antwortete ich.

Die Tür wurde geöffnet.

Madame Dolguet war meinen Vorstellungen von Kleiderordnung gefolgt. Mehr als das: Sie hatte sich richtig aufgedonnert, so als wolle sie ausgehen. Ich war ein wenig enttäuscht von meiner Gastgeberin. Ihre blonden Haare waren gefärbt, und im großen und ganzen wirkte die junge Frau etwas ordinär, um nicht zu sagen, wie eine Nutte.

Sie schien sich besser auf den Beinen halten zu können, als sie am Telefon behauptet hatte. Doch so richtig wohl schien sie sich auch nicht zu fühlen.

„Hier entlang“, sagte sie.

Wir durchquerten einen kurzen Korridor, dann öffnete sie eine Tür, und wir betraten eine Art Studio, das recht geschmackvoll eingerichtet war: warmer Teppich, freundliche Peddingrohrmöbel, weiches Sofa. Das Sofa stand in einer Nische...

Und auf dem Sofa lag eine zweite Blondine. Doch diese war, so ganz nebenbei gesagt, an Hand- und Fußgelenken gefesselt, und sie rührte sich nicht. Nicht mehr als ein Stück kaltes Rindfleisch.

Ich wich zurück. Zu spät! Jemand stand zwischen mir und der inzwischen wieder geschlossenen Tür und versperrte mir den Weg.

Und ein großer schwarzer Vogel hüllte mich in seine duftenden Flügel, nachdem man mir einen Lappen, der mit einem ganz beschissenen Zeug getränkt war, vors Gesicht gedrückt hatte.

Ich war mißtrauisch gewesen, aber nicht mißtrauisch genug!

4
Lieferung frei Haus

Tausend Geräusche dröhnten in meinem Kopf. Sie wurden allerdings von einem Rauschen überlagert, das sich wie das romantische Klagelied des Herbstwindes in den Kronen hoher Bäume anhörte. Soweit ich es beurteilen konnte, saß ich in einem schrottreifen Sessel mit angriffslustigen Sprungfedern. Meine Arme hingen an meinem Körper herab. Mit größter Anstrengung gelang es mir, sie zu bewegen und meine Hände auf meine Oberschenkel zu legen. Die Zeiger meiner Armbanduhr waren auf fünf nach zehn stehengeblieben.

„Er wacht auf“, sagte eine Stimme.

„Bearbeiten wir ihn?“ schlug eine andere vor.

„Lassen wir der Natur ihren Lauf“, entschied eine dritte Stimme, die dumpf von weither kam.

Ein, zwei Minuten versanken in der Ewigkeit. Ganz langsam hob ich den Kopf.

Ich spürte, daß hinter mir jemand stand. Aber, verdammt nochmal, ich wollte ihn mir etwas genauer ansehen! Mein Kinn von meiner Brust zu heben, bereitete mir schon genug Mühe. Schließlich gelang es mir, meinen Kopf in einem halbwegs normalen Winkel zu halten und geradeaus zu sehen. Mein Blick fiel zuerst auf einen wackligen, niedrigen Tisch, auf dem der Inhalt meiner Brieftasche ausgebreitet lag. Hinter dem wackligen Möbelstück, in dem gelblichen Lichtkegel einer mit einem riesigen, aber löchrigen und schief aufgesetzten Schirm versehenen Stehlampe, wurde ein weiterer Sessel sichtbar; und in dem Sessel saß jemand.

Der Mann war kräftig, wahrscheinlich sehr groß, gut gekleidet und wohlgenährt, und er wog so einige Kilos. In seiner Rechten schimmerte der blanke Stahl einer großkalibrigen Kanone.

So flink wie ein alter Schuh wanderte mein unsicherer Blick von der Waffe zu dem Gesicht dessen, der sie in der Hand hielt. Der Weg führte über den Ärmel eines eleganten Glencheck-Jacketts und über einen italienischen Kragen.

Für einen Moment blieb mir die Spucke weg. Was sollte der Quatsch? Träumte ich, oder wurde ich ganz langsam verrückt? Ja, das Fernsehen! Es verfolgt einen überallhin...

Der Kerl mir gegenüber, der mit einem Revolver direkt auf meinen Kopf zielte, war ... war Léon Zitrone!

* * *

Jedenfalls glaubte ich das im ersten Augenblick. Man muß bedenken, daß ich gerade erst aus einem tiefen Chloroformschlaf erwacht war und noch nicht klar gucken konnte. Allerdings verbesserte sich mein Zustand. Ich begriff, daß ich nur eine Maske aus Pappmaché vor mir hatte, eine ganz gewöhnliche Karnevalsmaske! Der Kerl mit dem Revolver hatte sie sich aufgesetzt, bevor man mich zu ihm geschleppt hatte. Das ließ immerhin auf eines schließen: Das Gesicht des Mannes mußte mir bekannt sein. Nur das Gesicht, denn ich konnte noch so sehr in meinem Gedächtnis kramen, ich erinnerte mich an niemand in meinem Bekanntenkreis, der so groß und kräftig war wie mein Gegenüber.

Als ich an diesem Punkt meiner Überlegungen angelangt war, sprach der Kerl mich an.

„Wie fühlen Sie sich?" erkundigte er sich mit einer Höflichkeit, die mich überraschte.

Seine Stimme wurde von der Maske gedämpft und war schwer zu identifizieren. Ich versuchte es erst gar nicht.

„Nicht besonders munter", gestand ich.

Meine Stimme klang belegt, und ich konnte sie ebenfalls kaum wiedererkennen.

„Vielleicht möchten Sie etwas trinken?"

Er war wirklich die Höflichkeit in Person. Fehlte nicht viel, und er hätte mir eine Striptease-Tänzerin angeboten.

„Ja, gerne“, antwortete ich auf seine Frage.

Er machte ein Zeichen mit der Hand. Hinter mir bewegte sich jemand. Ich hörte, wie die Tür geöffnet und wieder geschlossen wurde. Irgendwo gluckste es in der Wasserleitung. Kurz darauf wieder Geräusche an der Tür, und eine ziemlich dreckige Hand reichte mir ein nicht sehr sauberes Glas. Ich hielt es einen Moment lang zögernd in der Hand.

„Es ist kein Zyanid drin“, lachte der Mann mit der Léon-Zitrone-Maske.

Ich trank. Es schmeckte nach gutem Weinbrand mit Wasser. Ich ließ das Glas sinken. Die dreckigen Finger nahmen es mir ab.

„So“, sagte der Mann im Sessel, „jetzt geht es Ihnen bestimmt sehr viel besser, und Sie müßten einer kleinen Unterhaltung gewachsen sein, nicht wahr?“

„Was für einer Unterhaltung?“

„Unterhaltung ist nicht das richtige Wort. Eher eine kleine Rede ist es, die ich von Ihnen erwarte. Ein Geständnis, in gewisser Weise. Ich gebe das Startzeichen, indem ich Ihnen eine Frage stelle. Sie brauchen dann nur noch loszulegen. Ist es recht so?“

„Stellen Sie Ihre Frage.“

„Zuerst möchte ich mich noch bei Ihnen für die Behandlung entschuldigen, die ich Ihnen angedeihen lassen mußte. Ich meine damit: Ihnen eine Falle stellen, Sie kidnappen und alles, was dann folgte. Es war die einzige Möglichkeit für mich, bestimmte Dinge zu überprüfen und jetzt mit Ihnen diese Unterhaltung zu führen. Ich hätte auch zu Ihnen kommen können, aber ich habe gehört, daß man dort schnell in schlechte Gesellschaft gerät...“

„Kann man wohl sagen! Mein letzter Besucher, ein Flic namens Faroux, ist unerwartet bei mir vorbeigekommen und hat sich prompt zusammenschlagen lassen!“

„Sehen Sie? Na schön ... Also, hier meine Frage: Welche Rolle spielen Sie bei dem Ganzen?“

„Bei welchem Ganzen?“

„Nun ja ... Einerseits die Fernsehansagerin, andererseits Henri Dolguet."

„Das wüßte ich selbst zu gerne."

„Oh, oh! Das ist genau die Art von Antwort, die mir so gar nicht gefällt. So kommen wir nämlich nicht weiter. Wir sind nicht hier, um Dialoge für einen Film oder fürs Theater einzustudieren."

„Sind Sie da ganz sicher?" fragte ich. So langsam ging er mir auf die Nerven. „Wenn ich Sie so sehe, muß ich lachen. Mit der Kanone in der Hand sehen Sie aus wie 'n zweitklassiger Schauspieler in einem drittklassigen Film. Außerdem versuchen Sie krampfhaft, sich auf eine Art auszudrücken, die Ihnen nicht geläufig ist. Entweder Sie haben sich gut unter Kontrolle, oder aber Sie hören sich gerne quatschen. Sie ..."

„Schnauze!" knurrte eine tiefe Stimme an meinem Ohr, während eine mächtige Pranke – die mit den dreckigen Fingern von eben – meine Schulter zerquetschte.

„Halt du lieber deine, und rühr ihn nicht an!" bellte „Zitrone" sein elegantes Machtwort.

Meine Schulter wurde losgelassen. Ich drehte mich um, um endlich meinen Bewacher zu sehen. Meine Bewacher, sollte ich besser sagen, denn hinter mir standen zwei Kerle. Auch sie hatten sich eine Léon-Zitrone-Maske aufgesetzt, aber ich erkannte das Paar trotzdem wieder: Es waren der Kleine und der Große ... meine nächtlichen Besucher von neulich ... das knallharte Duo ... die angeblichen Freunde von Mairingaud ... die beiden, die meine Wohnung durchsucht und mich und Faroux niedergeschlagen hatten.

„Also gut", sagte der Mann, der offensichtlich ihr Chef war.

Ich drehte mich wieder zu ihm um. Er trommelte mit den Fingern der freien Hand auf seinen Oberschenkel.

„Sie sind ein kleiner Witzbold, Monsieur Burma", fuhr er fort, „und trotz des Brummschädels, der Ihnen zweifellos zusetzen muß, haben Sie ein ziemlich loses Mundwerk. In diesem Sinne, fahren Sie fort!"

„Wo?"

„Herrgott nochmal! Geht das schon wieder los?!"

In einem plötzlichen Wutanfall packte er den Revolver am Lauf und schlug mit dem Kolben auf das niedrige Tischchen, daß es nur so wackelte. Dann, als er sich wieder beruhigt hatte, sagte er versöhnlicher:

„Sehen Sie ... Wir haben bei Ihnen nichts gefunden, weder in Ihrer Agentur noch in Ihrer Wohnung. Und in Ihren Taschen auch nicht..."

Er legte seine Waffe auf das Tischchen und breitete, soweit das noch möglich war, den Inhalt meiner Taschen noch ein wenig sorgfältiger aus. Er nahm das Foto von Dolguet in die Hand, sah es sich ohne besonderes Interesse an und legte es wieder zu den anderen Dingen.

„Nichts, nirgendwo", brummte er und machte es sich wieder in seinem Sessel bequem. „Aber trotzdem ... Sie werden sich doch wohl nicht für nichts und wieder nichts so sehr ins Zeug legen, oder? Für nichts und wieder nichts lassen Sie sich doch wohl nicht mit dem Namen Dolguet ködern und kommen in die Rue d'Alésia gerast, wo Madame Dolguet angeblich etwas zu verkaufen hat..."

„Das muß ich allerdings zugeben", warf ich ein. „Ziemlich blöd von mir, in diese Falle zu laufen."

„Das können Sie laut sagen! Aber hätte der Trick genausogut funktioniert, wenn Sie sich nicht für Dolguet interessieren würden, den ehemaligen Techniker vom Fernsehen? Sehen Sie, Monsieur Burma, die Eile, mit der Sie auf den Anruf von Madame Dolguet ... oder von der, die ihren Platz eingenommen hat, was aufs gleiche rauskommt ... diese Eile war der Beweis dafür, daß Sie sich tatsächlich für Dolguet interessieren. Würden Sie mir jetzt bitte verraten, warum?"

„Unmöglich."

„Warum das?"

„Weil ich mich nicht für Dolguet interessiere. Ich interessiere mich ausschließlich für Françoise Pellerin."

„Nun, dann sagen Sie mir, warum Sie sich für Mademoiselle Pellerin interessieren! Sie sehen, ich komme Ihnen entgegen."

„Na ja, von mir aus...", seufzte ich. „Sie hatte Morddrohungen erhalten und mich als Leibwächter engagiert. Ich konnte ihr leider nicht sehr nützlich sein, denn schließlich ist sie tot. Ermordet, wie man mit gutem Grund annehmen kann."

„Ermordet?"

„Ja."

„Sehr interessant!"

„Warum?"

„Darum. Bisher war von Selbstmord die Rede. Das hat mich, ehrlich gesagt, ein wenig gestört. Ermordet, das gefällt mir schon viel besser."

„Ach ja? Tja, die Geschmäcker sind verschieden ... Ich jedenfalls stehe in der Geschichte als der große Blödmann da! Ich bin von ihr engagiert worden, um ihr solch einen Ärger zu ersparen, und dann beißt sie buchstäblich vor meinen Augen ins Gras! Das schadet meinem Ruf. Ich muß herausfinden, warum sie gestorben ist und wer es getan hat. Deswegen schau ich mich ein wenig um, wühle in ihrer Vergangenheit usw. Die übliche Routinearbeit eben."

„Und das führt Sie zu Dolguet?"

„Genau! Die beiden haben nämlich zusammengeschlafen."

„Moment..."

Er hob die Hand, um jeglicher Einmischung von meiner Seite vorzubeugen und in aller Ruhe seinen tiefschürfenden Gedanken Ausdruck verleihen zu können.

„Also: Die Ansagerin wird umgebracht, Sie wollen den Täter finden, schnüffeln in ihrer Vergangenheit herum, finden heraus, daß Dolguet ihr Liebhaber war, und als Madame Dolguet – oder so ähnlich – Sie anruft, hopp!, beißen Sie an!"

„Sie sagen es. Was..."

„Moment! Sie suchen den Täter. Genauer gesagt: den Mörder von Françoise Pellerin. Kommt Dolguet dafür in Frage?"

„Nein, natürlich nicht! Dolguet ist vor ein paar Monaten gestorben."

„Also? Was wollen Sie dann noch von ihm?"

„Nichts Besonderes, verdammt nochmal! Wie oft soll ich Ihnen das noch erklären? Was meinen Sie: Wie arbeitet ein Privatflic? Lesen Sie keine Kriminalromane? Hätte ich eigentlich angenommen ... Das alles ist reine Routine. Dolguet hat mit Françoise geschlafen. Zur selben Zeit gab es da vielleicht eine andere Geschichte, mit einem anderen Kerl, was weiß ich? Dolguets Frau, von deren Existenz ich keine Ahnung hatte, Dolguets Frau oder eine andere, die in ihre Haut schlüpft, ruft mich an und sagt zu mir: ‚Kommen Sie, ich hab etwas zu verkaufen.' Ich tanze natürlich an. Reine Routine, wie gesagt. Ich interessiere mich für Dolguet, weil er mit Françoise Pellerin irgendwann einmal liiert war. Vielleicht kann ich in seiner Umgebung irgend etwas über den einen oder andern in Erfahrung bringen, der hinter der Fernsehansagerin her war. Das ist alles."

„Nur aus diesem Grund interessieren Sie sich für Dolguet?"

Seinem Tonfall nach zu urteilen, glaubte er mir kein Wort.

„Nur aus diesem einzigen kühlen Grund", beteuerte ich. „Sehen Sie noch weitere?"

„Oh ja! Viele! Mindestens dreihundert Millionen."

Ich sah ihn mit offenem Mund an. Was sollte der Blödsinn denn nun schon wieder? Wenn das so weiterging, würden wir noch eine Zwangsjacke benötigen ... Währenddessen starrte er mich durch die Sehschlitze der grotesken Karnevalsmaske ebenfalls an.

„Oh, verdammt nochmal und zugenäht!" stöhnte er plötzlich angesichts der nicht gespielten Verblüffung und des vollkommenen Unverständnisses, die sich auf meinem Gesicht spiegelten. „Das ist doch nicht möglich! Sollten wir uns tatsächlich geirrt haben?"

Er sackte in seinem Sessel zusammen, so als hätte man ihm einen Schlag mit dem Knüppel verpaßt, nahm seinen Kopf in beide Hände – wobei die Pappmachémaske krachte – und stieß eine ganze Reihe gesalzener Flüche aus.

„Aber was ist denn los?" fragte einer meiner Bewacher hinter mir.

Der kräftige Mann im Sessel gab keine Antwort. Wie ein Ochse schnaufte er unter seiner Maske, und sicherlich schwitzte er entsprechend. Jetzt hatte er aufgehört zu fluchen und dachte nach. Mechanisch ordnete er noch einmal meine Papiere auf dem niedrigen Tischchen vor ihm.

In diesem Augenblick stieß jemand ein unangenehmes, irres Lachen aus und rief mit einem starken Marseillaiser Akzent:

„Gibt's hier was zum Feiern? Was soll der Maskenball?"

Alle Blicke, meiner eingeschlossen, richteten sich auf die Stelle, von der die Stimme kam.

An der Tür, die er soeben hinter sich geschlossen hatte, lehnte ein junger Ganove in fast schon ein wenig zu klassischer Haltung: Modell typischer Halbstarker mit Segelohren und schiefem Maul à la harter Bursche aus dem Film. Seine Hose fiel in Ziehharmonikafalten auf seine ziemlich dreckigen nackten Füße. Eine aufgeknöpfte, zerknitterte Pyjamajacke flatterte um seinen Oberkörper. Seine ungekämmten Haare standen wirr vom Kopf ab, und seine Augen blickten verschwommen und farblos wie die eines Blinden. Doch er blickte ganz gut durch, was er uns bald beweisen sollte. Von welcher Seite man ihn jedoch auch betrachtete, ob er nun Rauschgift genommen hatte oder besoffen war, auf jeden Fall hatte er eine dreckige, häßliche Visage.

„Was machst du denn hier, Roger?", fragte „Zitrone".

„Los, hau ab!" schnauzte einer meiner Bewacher zur Unterstützung. „Wir können dich im Augenblick nicht gebrauchen."

Gleichgültig gegenüber allem, was die anderen gegen ihn haben mochten, fragte der häßliche Kerl noch einmal:

„Was soll der Maskenball?"

Er löste sich vom Türrahmen und kam ein paar Schritte auf uns zu.

„Und der Kerl da?"

Er zeigte auf mich.

„Was ist das für'n Kerl?"

„Ein Kerl eben", bekam er zur Antwort. „Geht dich nichts an."

Er runzelte die Stirn.

„Ist das hier 'ne Besprechung?"

„Geht dich nichts an, hast du nicht gehört?"

„Wenn ihr hier 'ne Besprechung abhaltet, will ich Bescheid wissen. Hab 'n Recht darauf..."

Er hatte sich dem wackligen Tisch genähert. Seine Augen überflogen alles, was dort ausgebreitet lag. Seine verschwommenen, farblosen Augen ... Plötzlich pfiff er durch die Zähne und fragte:

„Was sucht denn der hier, Dolguet?"

Alle fuhren erschreckt hoch, so als wäre ein Gespenst vor uns aufgetaucht.

„Dolguet?" schrie „Zitrone". „Wo soll Dolguet sein?"

„Na ja ... da! Auf dem Tisch ... auf dem Foto, das ist Dolguet."

„Dolguet?"

„Zitrone" nahm das Foto in die Hand und fluchte. Ich glaubte zu sehen, daß seine Augen durch die Sehschlitze hindurch Funken sprühten.

„Herrgott nochmal!" keuchte er. „Das hatten Sie bei sich, Burma? Dann haben wir uns vielleicht doch nicht geirrt, und Sie kennen ihn nicht erst seit heute, diesen Dolguet! Ah, jetzt werden Sie das Maul aufmachen, das verspreche ich Ihnen!"

Er streckte die Hand nach seiner Waffe aus, die noch eben auf dem Tisch gelegen hatte, und machte ein dummes Gesicht. Der Revolver lag nicht mehr auf dem Tisch ... Und da ertönte auch schon die unangenehme Stimme des häßlichen Knaben:

„Habt 'ne Besprechung abgehalten, verdammte Maskenbande! Kriegsrat, was? Na, dann erzählt mal! Ich hab 'n Recht darauf..."

Im Augenblick allgemeiner Verwirrung, die seine Entdekkung von Dolguets Foto hervorgerufen hatte, hatte niemand auf ihn geachtet. Er hatte die Situation ausgenutzt und den

Revolver geklaut. Jetzt stand er in der Ecke des Zimmers und richtete die Waffe auf die Vierergruppe, die wir bildeten.

„Hör auf, den wilden Mann zu spielen", sagte der Pappmaché-Mann betont ruhig. „Was soll das Ganze?"

Er hatte zwar keine große Angst; aber besonders sicher fühlte er sich auch nicht.

„Gib die Kanone her und geh deinen Rausch ausschlafen!" sagte einer meiner Bewacher. „Wir erklären's dir später. Hör auf, sonst verletzt du noch jemand."

Roger der Häßliche lachte. Hörte sich an wie 'ne verrostete Wetterfahne oder wie 'n Güterzug in einer Kurve. Solche Geräusche ziehen einem die Zähne besser als die beste Zange.

„Ja und?" gab er gefährlich erregt zurück und begleitete seine Worte mit ausladenden Gesten seines Armes, des Armes, der den Revolver hielt. Gleich würde das Ding losballern! „Und wenn ich nun Lust habe, auf Masken zu schießen? Auf solche Masken wie eure, zum Beispiel? Hm? Ihr glaubt wohl, ich brächte so was nicht fertig, was? Wofür haltet ihr mich eigentlich? Was macht es mir schon aus, euch einfach abzuknallen, alle wie ihr daseid, einen nach dem andern ... Wollt ihr mich etwa verarschen? Da wärt ihr nicht die ersten. Meint ihr, das mit Dubaille, das wär 'n Unfall gewesen? Von wegen! Hab ihm absichtlich die Fresse poliert!"

Er stampfte mit seinem nackten Fuß auf, wohl um zu demonstrieren, was er mit besagtem Dubaille angestellt hatte. Doch man wußte immer noch nicht, ob er ihn nun erschossen oder einfach nur verprügelt hatte. Anscheinend kam es dem Kerl auf ein Mißverständnis mehr oder weniger nicht an.

„Du gehst uns auf die Nerven!" rief derjenige von uns, der offenbar die schwächsten Nerven hatte. Es war der größere der beiden Gangster, die mich bewachten.

Plötzlich stieß er mich zur Seite und stürzte sich auf Roger. Sogleich bekam er Unterstützung von seinem kleineren Kollegen. Laut brüllend fielen sie über den häßlichen Roger her. Es entstand ein wirres Durcheinander, das ich auszunutzen beschloß. Ich sprang aus meinem Sessel hoch und stürzte auf den Tisch zu, um meine Brieftasche und deren Inhalt an mich zu nehmen, bevor ich versuchte, im allgemeinen Chaos die Flucht zu ergreifen. Den ersten Programmpunkt konnte ich ohne Zwischenfall erledigen. „Zitrone“ war aufgestanden und beobachtete den Ringkampf seiner Komplizen. Doch dann merkte er, was ich im Schilde führte, und packte mich an der Schulter. Die Karnevalsmaske war kaum zehn Zentimeter von meinem Gesicht entfernt. Ich mochte sie einfach nicht mehr sehen ... und riß sie dem Mann vom Kopf.

In meinem ganzen Leben war ich noch nie so überrascht gewesen. Wir befanden uns hier wirklich in einem Tollhaus!

Wenn man sich hinter einer Maske versteckt, dann will man normalerweise nicht erkannt werden. Aber der Kerl mit dem kantigen Kinn, der etwas zu kräftigen Nase und den kleinen, harten Augen, die so durchdringend waren wie ein Klistier, diesen Kerl hatte ich noch nie gesehen. Was sollte also der Maskenball?, wie der andere Verrückte schon wiederholt gefragt hatte. Vielleicht würde ich „Zitrone“ eines Tages wieder begegnen, und er traf schon jetzt seine Vorsichtsmaßnahmen? Vielleicht ... Ich wollte später noch weiter darüber nachdenken. Im Moment war es wichtiger, dem Faustschlag des unfreiwillig Demaskierten auszuweichen. Meine Reflexe waren trotz allem noch in Ordnung und funktionierten tadellos. Ich tauchte nach unten weg und spürte lediglich einen Schlag gegen die Schulter. Da ich schon mal in gebückter Haltung dastand, packte ich mit beiden Händen den wackligen Tisch und kippte ihn um, direkt auf die Füße meines Gegners. Der schrie auf und verlor das Gleichgewicht. Im Fallen versuchte er, den Tisch in meine Richtung zu stoßen. Aber ich hatte genug Zeit, um zurückzuspringen. „Zitrone“ landete wieder in seinem Sessel, wobei er alles mit sich riß. Das letzte, was ich sah, waren seine seidenen Socken und die spitzen Schuhe. Dann hüllte uns undurchdringliche Finsternis ein. „Zitrone“ hatte sich an der Stehlampe festzuhalten versucht und sie so unglücklich umgestoßen, daß die Glühbirne zerplatzt war.

* * *

Mit einem Satz war ich bei der Tür. Ich sprang wie eine Gazelle nach draußen und schloß die Tür hinter mir, um Zugluft zu vermeiden. Im selben Moment hörte man drinnen im Zimmer einen Knall. Das überraschte mich nicht. So wie das Schauspiel begonnen hatte, mußte es auf diese Weise – mit einem Knall! – enden.

Blitzschnell rannte ich durch einen dunklen, feuchten Korridor ... und stieß gegen eine verschlossene Tür. Völlig sinnlos, gegen diese massive Holztür mit dem unerschütterlichen Schloß anzurennen. Ich ging ein paar Schritte zruück, tastete die Wand ab und fand eine weitere Tür. Sie war nicht abgeschlossen. Ich drückte sie auf und befand mich in einer Küche. Im Hintergrund war ein schwach erleuchtetes Rechteck zu sehen: das Fenster. Es herrschte keine vollkommen schwarze Nacht. Ich lief zu dem Fenster, öffnete es und ließ mich außen hinabgleiten. Zwei Meter tiefer stieß ich mit einem Fuß auf einen Kiesweg, mit dem anderen auf eine alte Kiste.

Zehn Meter weiter vor mir erhob sich wie eine Mauer eine Reihe von Bäumen, die im Nachtwind stöhnten. Unter ihnen konnte ich zwei dunklere Formen ausmachen: zwei Autos! Ich rannte hin und erkannte meinen eigenen Wagen neben einem fremden. Ich sprang in meinen *Dugat 12*. Kaum hatte ich die Tür zugeknallt, als auch schon der Motor aufheulte und ich mich ans Steuer klammerte wie ein Schiffbrüchiger an einen Rettungsring.

Ein paar Sekunden lang ließ ich meine Scheinwerfer über die Kulisse leuchten, um so schnell wie möglich das Terrain und die Fluchtmöglichkeiten zu sondieren. Zwischen zwei Platanen zeichnete sich etwas ab, was früher einmal, etwa während des Zweiten Kaiserreichs, eine befahrbare Allee gewesen sein mochte. Es war der einzige sichtbare Weg nach draußen. Ich hatte keine Wahl. Ich fuhr also los, ohne zu wissen, was mich erwartete: eine Mauer oder ein Gitter.

Ein Tor erwartete mich, aber es war aus Holz. Eins von diesen Gartentoren aus Latten. Unter dem Gesplitter des Materials fuhr ich vom Gelände und war so schön in Schwung, daß ich beinahe im Feld auf der anderen Seite eines Grabens gelandet wäre. Gerade noch rechtzeitig konnte ich das Steuer herumreißen. Ich gab Gas und folgte den Wagenspuren, die einen kurvenreichen Weg bildeten. In was für einem gottverlassenen Nest mochte ich mich wohl befinden?

* * *

Nach geraumer Zeit, die mir wie eine Ewigkeit erschien, und nach vielem Kreuz- und Quergefahre, wobei ich ständig das Gefühl hatte, von einem anderen Wagen verfolgt zu werden, gelangte ich wie durch ein Wunder auf eine asphaltierte Straße. Ein einzelnes Haus stand da, klotzig und quadratisch, verlassen wie eine einsame Schildwache.

All das sah ich im Schein des Mondes, der extra für mich hinter einer dunklen Wolke hervorgekommen war. Endlich eine Straße gefunden zu haben, die diese Bezeichnung verdiente, freute mich sehr. Was mich aber schon weit weniger freute, war das, was ich neben dem Haus zu erkennen glaubte: das Meer, hätte man meinen können. Ja, so langsam hatte ich Visionen...

Mit dem Mut des Verzweifelten fuhr ich auf das Haus zu. Ich war keine hundert Meter mehr von ihm entfernt, da weigerte sich mein Wagen, auch nur einen Zentimeter weiterzufahren. Klar, ohne einen Tropfen Benzin...

Ein paar Minuten lang vergaß ich meine aussichtslose Situation, meine Müdigkeit und Mutlosigkeit. Ich kauerte auf meinem Sitz und atmete die feuchte Meeresluft ein, die durch die kaputte Windschutzscheibe ins Wageninnere drang. Der Wind frischte noch ein wenig auf, pfiff um den Wagen herum, glitt sanft übers Dach und strich mir übers Gesicht. Die Geräusche des Windes wurden von nahem Wellengeplätscher übertönt. Davon abgesehen, war alles still.

Ich schüttelte mich, sah auf meine Uhr, die immer noch stand und mir deshalb nicht weiterhelfen konnte, und stieg aus, um mir die Beine auf dem Seitenstreifen ein wenig zu vertreten. Zum hundertsten Mal fragte ich mich, in was für ein verdammtes Seeräubernest mich meine Gangster, Diebe, Schläger und Kidnapper verschleppt hatten.

Zu beiden Seiten der Straße, die wie ein Deich mit Stützmauern aussah, erstreckte sich bis zum Horizont das, was mein umnebeltes Hirn eben für das Meer gehalten hatte und was nichts anderes war als ein See, dessen Wasser vom Wind bewegt wurde und im Mondschein glitzerte, sobald der sich hinter einer Wolke hervorwagte.

Als Landschaft ganz hübsch. Sehr malerisch. Etwas zu romantisch für meinen Geschmack. Für einen Touristen mochte der Anblick faszinierend sein.

Ich beugte mich über die Stützmauer, an der das gelblich schäumende Wasser leckte. Die Sträucher, die am Fuß der Mauer wuchsen, wiegten sich im Wasser. Einige Meter weiter schien das Wasser unter der Straße herzufließen, und zwar in Richtung auf den schon erwähnten quadratischen Kasten.

Ohne einen bestimmten Grund ging ich auf das Haus zu, um es mir von nahem anzusehen.

Es brachte keinerlei lustige Farbtupfer in die Landschaft. Seine zugemauerten Fenster, seine grobe Holztür, die von einem verrosteten Vorhängeschloß, das die Ausmaße einer Bratpfanne hatte, verschlossen war, seine vom Wasser umspülten Grundmauern, all das machte es in meinen Augen zu einer Karikatur des Hauses Usher. Aber ganz ohne Zweifel und abgesehen von allen Auswüchsen meiner Phantasie, mußte dieses offensichtlich verwahrloste Haus über eine Schieberanlage oder einen derartigen Mechanismus verfügen. Ich war auf etwas Interessantes gestoßen, wie ich später feststellen sollte; aber im Augenblick konnte ich nicht viel damit anfangen. Über meine Position hinsichtlich des Pariser Meridians gab es mir jedenfalls keine Auskunft.

Ich ging zu meinem Wagen zurück, nahm den Reservekanister aus dem Kofferraum und goß Treibstoff in den Tank. Danach zündete ich mir eine Pfeife an und verließ diesen trostlosen Ort. Ich hatte nach wie vor das unangenehme Gefühl, mich hinter den sieben Bergen zu befinden.

Mein Gefühl täuschte mich. Schon nach etwa zwei Kilometern, auf einer verlassenen Kreuzung, erfaßte der eine, noch funktionierende Scheinwerfer eine ganze Armee von Wegweisern. Christ-de-Saclay ... Versailles ... Jouy-en-Josas ... Paris ...

Ich fuhr über die Porte d'Orléans nach Paris hinein. Ich hatte Hunger und Durst. In Montparnasse hielt ich an. Hier konnten meine Bedürfnisse trotz der vorgerückten Stunde (zwei Uhr morgens) befriedigt werden.

Eine Dreiviertelstunde später, satt, aufgebügelt, beinahe überhaupt nicht mehr müde, lediglich ein wenig nervös, stand ich vor meiner Wohnungstür.

Auf der Fußmatte lag zusammengerollt ein Haufen alter Kleider – schmieriger Mantel, geflickte Jeans, verdreckte Turnschuhe – und schnarchte sanft vor sich hin.

* * *

Ich schüttelte den Schläfer. Er brummte etwas, gähnte und richtete sich auf, ohne jedoch die Augenlider zu heben. Wahrscheinlich schlief er noch weiter.

In diesem Augenblick ging das Flurlicht aus, und ich knipste es wieder an.

Während der kurzen Dunkelphase hatte der Mann die Augen geöffnet. Sie waren sehr schwarz und verschmiert. Die untere Partie des jugendlichen Gesichtes verlangte nach einer Rasur. Oberhalb der Stirn sah es ganz ordentlich aus. Die braunen Haare waren sogar noch kürzer, als es die Mode verlangte. Mit anderen Worten: Der Haarschnitt erinnerte lebhaft an den Einheitsschnitt der Strafanstalt von Fresnes ...

Der Schläfer sah auf die Schlüssel in meiner Hand und stammelte mit undeutlicher Stimme:

„Sind Sie Monsieur Burma?"

„Ja. Und wer sind Sie?"

„Jean."

„Und wie weiter?"

„Ganz einfach Jean. Ist mein Familienname. Hab auf Sie gewartet."

„Das sehe ich. Warum?"

„Muß unbedingt mit Ihnen reden."

Träge stellte er sich auf seine Füße. Der Mann gab eine perfekte Vogelscheuche ab. Eine Zeitung war ihm aus der Tasche gefallen. Er hob sie auf und hielt sie wie einen Blumenstrauß in der Hand. Wieder gähnte er und schüttelte sich fröstelnd. Nein, hier im Treppenhaus war es wirklich nicht warm.

„Na schön", sagte ich und steckte den Schlüssel ins Schloß. „Woher haben Sie meine Adresse?"

„Aus dem Telefonbuch. Normalerweise wär ich in Ihre Agentur gekommen, aber da es Samstag ist, hab ich mir gedacht, ich würde Sie eher zu Hause antreffen."

Seine Stimme war klarer geworden. Ein leichter Akzent hing bestimmten Wörtern an.

„Da hätten Sie aber noch lange warten können", sagte ich, während ich aufschloß und das Licht im Korridor anknipste. „Kommen Sie rein…"

Ich ging voran, um einen schnellen Blick in die Runde zu werfen. Einen professionellen, taxierenden Blick, hätte man sagen können. Dann schloß ich die Wohnungstür, schob den Riegel vor und knipste das Licht im Wohnzimmer an. Mein nächtlicher Besucher schien die behagliche Wärme zu genießen.

„Setzen Sie sich", forderte ich ihn auf.

Er gehorchte. Bis jetzt war er nicht sehr widerspenstig gewesen. Er hielt immer noch seine Zeitung in der Hand. Einer schmutzigen Hand. Es war wohl die Zeit der schmutzigen Hände. Die meisten Leute, denen ich heute begegnet war, standen mit ihrer Seife auf Kriegsfuß. Ich sah meine Hände an. Auch sie strahlten nicht grade vor Sauberkeit.

Schließlich legte mein Gast die Zeitung auf den Stuhl neben sich. Ich las die fettgedruckte Überschrift: *Das Fernsehen und seine Geheimnisse*.

„Ja, Sie hätten noch lange warten können", wiederholte ich.

„Es ist Samstag ... das heißt, inzwischen ist es Sonntag. Ich hätte übers Wochenende aufs Land gefahren sein können ...“

„Daran hab ich auch gedacht, aber ich bin trotzdem gekommen, so gegen elf ... Sie sind mir sehr sympathisch“, fügte er hinzu. „Ich glaube, wir beide werden uns verstehen.“

„Aber natürlich werden wir das! Warum denn auch nicht? Zigarette?“

Inzwischen hatte ich mich ebenfalls gesetzt und hielt ihm ein Päckchen *Gauloises* hin.

„Nein, danke“, sagte er. „ich würde lieber etwas essen.“

Ich war platt. Solche Burschen können mich wirklich Bauklötze staunen lassen!

„Ich hab seit vierundzwanzig Stunden nichts mehr zu mir genommen“, versuchte er zu erklären.

„So abgebrannt?“

„Nicht nur ... Ich war so aufgeregt, daß es mir den Appetit verschlagen hat. Aber jetzt hab ich das Gefühl, ich könnte was essen ...“

„Aufgeregt? Warum?“

„Werd's Ihnen erklären.“

„Na gut. In der Küche muß noch Brot und etwas Schinken sein. Bedienen Sie sich.“

Wir gingen in die Küche. Ich zeigte ihm, wo die Lebensmittel standen, und während er sich ein Sandwich machte, ging ich ins Schlafzimmer, um mir meinen Zweitrevolver zu holen. Zu dem Plauderstündchen mit „Madame Dolguet“ hatte ich ihn nicht mitgenommen. Gut, daß ich mich so entschieden hatte! Sonst hätten die Ganoven mir den auch noch abgenommen. Jetzt konnte ich ihn gut gebrauchen. Leute mit viel Phantasie sind ja ganz unterhaltsam; aber man sollte auf der Hut sein.

Mit dem Revolver in der Hand kehrte ich also in die Küche zurück. Der hungrige Wolf biß gerade herzhaft in sein Sandwich. Beim Anblick der Kanone wäre er beinahe an seinem Bissen erstickt.

„Also ... Was ist das denn?“ stotterte er.

„Ein Revolver.“

„Das seh ich, aber … verdammt nochmal! Was wollen Sie mit dem Ding?“

„Weiß ich noch nicht. Den ganzen Abend über hat man mir so ein ‚Ding‘, wie Sie sagen, unter die Nase gehalten, ohne daß ich etwas sagen konnte. Jetzt räche ich mich ein wenig.“

„Unter die Nase?“

„Ja. Deine Freunde haben mir eine Waffe unter die Nase gehalten.“

Verständnislos schüttelte er den Kopf.

„Kapier ich nicht.“

„Schade. Sollte ’n Gag sein. Ist aber anscheinend nicht besonders gut angekommen.“

„Ein Gag?“

„Das Fernsehen hat ’n Dutzend Gags bei mir bestellt. Und nun teste ich ihre Wirkung bei meinen nächtlichen Besuchern … wenn welche kommen.“

„Ein Gag? Also wirklich!“

Er schüttelte wieder den Kopf, diesmal enttäuscht.

„Ich weiß nicht, ob ich jetzt noch den Mund aufmachen werde“, sagte er. „Das Vertrauen, das ich zu Ihnen hatte, schwindet.“

„Vertrauen hin oder her, du wirst den Mund auf jeden Fall aufmachen!“ erwiderte ich. „Du hast eine Rolle bekommen, und ich werd dir nicht den Spaß daran verderben.“

„Ach nein? Ist das auch wieder einer Ihrer Gags?“

„Das wirst du selbst am besten wissen. Los, Alter, gehen wir wieder ins Wohnzimmer.“

Als wir wieder gemütlich saßen, begann der Junge zu reden, wobei er mit vollen Backen weiterkaute:

„Hören Sie, M’sieur, an Ihrer Stelle würde ich das Schießeisen wieder weglegen. Ich hab nämlich nicht die Absicht, Ihnen etwas zu tun. Aber … na ja, verstehe … Wenn ich mich in Sie hineinversetze, kann ich’s Ihnen nicht verdenken, daß Sie mißtrauisch sind. Deshalb will ich Ihnen schnell erzählen, worum’s geht. Wenn ich Mist gebaut habe, wär das nicht das erste Mal. Also: Ich sitze in der Klemme, M'sieur, und da hab ich mir gedacht ... als ich 'n paar Zeitungen gelesen habe, zum Beispiel die hier ..." Er zeigte auf die *Dimanche-Gazette* neben sich. „Da ist viel von Ihnen die Rede ... Und deswegen bin ich so aufgeregt! Ich hab nämlich gedacht, daß Sie mir vielleicht aus der Patsche helfen könnten ..."

„Aus welcher Patsche?"

„Aus der Klemme, in der ich sitze."

„Aus welcher Klemme?"

„Na ja ... äh ... Bin erst vor 'n paar Tagen aus dem Knast gekommen ..." Mechanisch klopfte er die Brotkrümel von seiner Hose. „Sie haben's bestimmt schon an meinem Haarschnitt erkannt. Also, ich war im Knast. In Lyon. Hatte meine Strafe fast abgesessen. In zwei Monaten wär ich entlassen worden. Deswegen wollte ich gar nicht ausbrechen. Hab's aber trotzdem gemacht ... Moment! Gegen meinen Willen, sozusagen! Stellen Sie sich vor: Ich war mit zwei Leuten aus Paris zusammen, zwei unruhigen Geistern, die ihren Ausbruch bis ins kleinste vorbereitet hatten. Mir haben sie nicht vertraut, und deshalb wollten sie mich nicht alleine zurücklassen, damit ich keinen Alarm schlagen konnte, sobald sie weg waren. Verdammt nochmal, ich wär nicht abgehauen! So einer bin ich nicht. Im Grunde bin ich ein korrekter Mensch ... Ich hab versucht, den beiden das begreiflich zu machen, aber genausogut hätte ich in eine Geige pinkeln können. Die zwei kannten mich eben nicht, genausowenig wie Sie, M'sieur. Kurz und gut, ich mußte mit ihnen zusammen ausbrechen. Zwei Monate vor der Haftentlassung! Wenn das kein Pech ist! Also, wir verabschiedeten uns vom Strafvollzug. Die Einzelheiten will ich Ihnen ersparen. Nur, daß meine ‚Komplizen' Gangster eines anderen Kalibers waren als ich. Wissen Sie, ich bin mehr so ein kleiner Ganove. Hier 'ne Registrierkasse, da 'ne Tankstelle, mehr nicht. Und außerdem laß ich mich fast jedesmal erwischen. Na ja, egal ... Meine beiden ‚Komplizen' dagegen waren organisiert und alles, und ihre Freunde haben draußen auf sie gewartet, mit 'nem fahrbaren Untersatz und Klamotten zum Wechseln. Natürlich wollten sie nicht in den Anstaltsklamotten flüchten, nicht wahr? Für mich blieb nur der Mist hier übrig ..."

Angewidert wies er auf die Clochardsachen, die er trug.

„Das lag noch in ihrem Kofferraum. Sie meinten, für mich würd es reichen. Na ja, schließlich war's besser als nichts ... Dann haben sie mich mitgeschleift, um sicher zu gehen, daß ich ihnen keinen Ärger machen würde. Aber im Vorort von Paris angekommen, haben sie mich rausgeschmissen, hopp! Sieh zu, wie du fertig wirst! Haben mir etwas Geld zugesteckt, nicht der Rede wert, nur für den Anfang. Weniger hätten sie nicht für mich tun können! Na gut ... Sie können sich vorstellen, daß ich gar nicht glücklich bin über meine Rückkehr in die freie Wildbahn. Möchte nur wissen, wie ich ohne viel Ärger wieder zurück in den Knast kommen kann! Freies Geleit, sozusagen, nur umgekehrt. Das Leben, das ich seit 'n paar Tagen führe, ist kein Honigschlecken, sag ich Ihnen! Wegen der zwei Monate, die ich noch absitzen mußte, werd ich mich nicht durch ganz Frankreich jagen lassen. Und das ohne einen Franc in der Tasche und mit den Klamotten hier! Über kurz oder lang würden die mich wieder einfangen, und dann müßte ich nicht nur die zwei Monate absitzen, sondern würd noch 'ne saftige Extrastrafe aufgebrummt kriegen für den Scheiß-Ausbruch. Verstehen Sie jetzt, in welchem Schlamassel ich stecke?"

„Ich verstehe", sagte ich. „Aber ich glaube, nichts läßt sich leichter wieder einrenken als das. Du mußt dich nur freiwillig stellen."

„Genau das wollte ich ja! Aber da hab ich von Ihnen in der Zeitung gelesen und bin ins Grübeln gekommen ... Von Privatflics hat man manchmal komische Vorstellungen ..."

„Falsche, vor allem", korrigierte ich ihn.

„Tja, aber nicht immer ... Ein Privater, das ist schließlich kein richtiger Flic, stimmt's? Ich glaub, mit einem Privaten kann man reden ... sich einigen oder so. Na ja, daran hab ich gedacht, als ich Ihnen auf die Bude gerückt bin."

„Und jetzt denkst du das nicht mehr?"

„Doch, das denk ich immer noch, trotz Ihres Revolvergags, wie Sie's nennen..." Mit der Hand, die nicht das Sandwich hielt, kratzte er sich das unrasierte Kinn. „Also, ich komme hierher, erzähle Ihnen die Geschichte von meinem Ausbruch, und Sie raten mir, mich freiwillig zu stellen. Nehmen wir mal an, ich befolge Ihren Rat ... Und wenn ich das nicht tu? Was können Sie mir sonst noch raten?"

„Nichts."

„Gut ... Wenn aber so ein kleiner Gauner wie ich die zwei Monate, die er der Gesellschaft noch schuldet, einfach sausen läßt, das würde Sie doch nicht um Ihren Schlaf bringen, oder?"

„Bestimmt nicht, mein Lieber."

„Also dann, im Klartext: Ich werd's riskieren! Ich vertraue Ihnen und hoffe, daß Sie mein Vertrauen nicht enttäuschen. Wie gesagt, ohne einen Franc in der Tasche und in diesem Aufzug komme ich nicht weit und lande bald wieder im Knast. Wenn ich aber das nötige Geld hätte, könnte ich mir was Ordentliches anziehen und hätte eine reelle Chance, nicht erwischt zu werden. Und Sie, Sie tun so, als hätten Sie mich nie gesehen."

„Nachdem ich dir das nötige Geld gegeben habe, nehme ich an?"

„Ja."

„Und warum sollte ich dir das Geld geben?"

„Weil wir jetzt so gut wie Partner sind."

„Partner?"

„Nennen wir's mal so."

„Aber hör mal, Alter, zu einer Partnerschaft trägt jeder etwas bei. Was wäre denn dein Anteil, außer dem Wunsch, dich ordentlich zu kleiden und frei herumzulaufen?"

„Ach ja, natürlich!" Er lächelte. „Ich werde Ihnen bestimmte Dinge erzählen, die etwas mit dem zu tun haben, was in den letzten Tagen passiert ist. Ich meine den Tod der jungen Frau vom Fernsehen."

„Du hast Françoise Pellerin gekannt?“ fragte ich und sah mein Gegenüber skeptisch an.

„Nein. Hab ihren Namen zum ersten Mal in der Zeitung gelesen. Aber da steht auch, daß sie die Puppe von Dolguet war. Und Dolguet hab ich gekannt.“

„Ach. Und?“

„Das ist sein Geld wert.“

„Die bloße Tatsache, daß du Dolguet gekannt hast?“

„Dolguet und...“

Er zögerte, zwinkerte mir zu und sagte, so als würde er ins kalte Wasser springen:

„Und Dubaille.“

„Aha! Und wer ist dieser Dubaille?“

„Ein Don Juan. Und noch so einiges mehr. Aber bevor ich weitererzähle, müßten wir ein wenig über die Finanzen plaudern. Ich...“

Er wurde unterbrochen. Es läutete an meiner Wohnungstür. Ein kurzes, freundschaftliches Läuten, leicht und beruhigend. Ping-Bingebing-Ping. Mach auf, mach auf, ich bin weder der Gerichtsvollzieher noch der Kassierer von den Gaswerken. Ich bin ein guter Freund, ein Kumpel, ein Kollege.

Einige Sekunden lang sahen wir uns stumm an, der junge Clochard und ich.

Unten auf der verlassenen Straße raste ein Auto vorbei und zerriß mit quietschenden Reifen die nächtliche Stille.

„Was soll das denn?“ stieß der entsprungene Häftling hervor, wobei er instinktiv die Stimme dämpfte.

Auf sein müdes Gesicht trat ein unwilliger Ausdruck, der dem, was ich soeben gedacht hatte, entsprechen oder aber widersprechen konnte.

„Was soll das?“ wiederholte er. „Noch so ein Gag?“

„Ich fürchte, ja“, seufzte ich. „Ein Gag. Einer, der alles auffliegen läßt. Genau in dem Moment, in dem ich so langsam anbeiße! Deine Leute hätten noch ein wenig mit ihrem Auftritt warten sollen. Pech, was? Ihr habt euren Sketch schlecht getimt.“

Angeekelt verzog er das Gesicht.

„Verdammt!“ fluchte er. „Meinen Sie, das wär 'n abgekartetes Spiel?“

„Warum nicht? Wär schon das zweite Mal in ganz kurzer Zeit. So langsam gewöhne ich mich daran.“

„Also wirklich, Sie machen mir Spaß“, entgegnete er achselzuckend, wobei seine Miene allerdings seine Worte Lügen strafte.

Währenddessen fuhr der Mann draußen vor der Tür fort, das lustige Klingelmännchen zu spielen.

„Was sollen wir machen?“ fragte der Junge. „Ihn bis morgen mittag klingeln lassen?“

„Keine Ahnung. Man hat mir das Drehbuch nicht zu lesen gegeben.“

„Oh, verdammt!“ Er schluckte den letzten Bissen seines Sandwichs hinunter. „Das sind die Flics, was? Ich weiß nicht, wie Sie's geschafft haben, sie zu benachrichtigen. Aber irgendwie haben Sie's fertiggebracht.“

Wir gaben ein hübsches Paar ab! Um zwei so Schlauberger wie uns zu finden, hätte man lange suchen müssen. Allerdings waren wir beide übermüdet...

„Das sind nicht die Flics!“ beruhigte ich ihn. „Ich hab sie nicht angerufen. Und ich erwarte auch keinen Besuch.“

„Ich auch nicht.“

Ich sah meinem Gegenüber tief in die schwarzen Augen. Nein, er schien mich nicht hereinlegen zu wollen.

„Herrgott nochmal!“ zischte ich. „Wer ist es dann? Um diese Uhrzeit!“

„Am besten, Sie sehen mal nach“, zischte er zurück. „Schließlich sind Sie hier zu Hause, oder?“ Er sackte auf seinem Stuhl zusammen. „Sie werden's mir schon nicht auf die Nase binden, wenn's die Flics sind ... Na ja, ist mir auch egal! Irgendwann mußte das ja so enden. Ich konnte mich nicht ewig verstecken...“

„Halt die Klappe und steh auf! Du wirst nämlich nachsehen, wer draußen steht.“ Ich hielt den Revolver immer noch in der Hand. Langsam bewegte ich ihn hin und her. „Wenn ich's mir recht überlege, ist es mir lieber, wenn du vor, als wenn du hinter mir stehst."

„Von mir aus", sagte er resigniert. „Wenn's Ihnen Spaß macht..."

Er stand auf und schlich lautlos in seinen Turnschuhen durch den dunklen Flur. Die Tür zum Wohnzimmer ließ er offenstehen, so daß er genug sehen konnte. In dem Augenblick als ich aufstand, ohne genau zu wissen, was ich tun oder was ich von der ganzen Sache überhaupt halten sollte, genau in dem Augenblick schob er den Riegel zurück und öffnete die Tür.

Der Sinn all dieser Komödien – wenn es denn Komödien waren – entging mir nach wie vor vollkommen. Der entsprungene Häftling öffnete also die Tür und...

Es fielen drei Schüsse. Mein Gast zuckte dreimal zusammen, so als hätte er einen Schluckauf.

Als letzte und instinktive Rettungsaktion streckte er den Arm aus, lehnte sich mit seinem Gewicht gegen die Tür und schloß sie mit einem Knall. Einem vierten.

Zu spät! Der Tod war bereits eingetreten.

5

Die Leiche schnappt frische Luft

Monsieur Jean drehte sich um die eigene Achse und starrte mich an. Die Hände gegen den Bauch gedrückt, versuchte er, die Ströme von Blut aufzuhalten. Oder vielleicht versuchte er es auch gar nicht. Auf jeden Fall hatte er keinen Erfolg. In seinem blutleeren Gesicht trat der Dreitagebart immer plastischer hervor. Seine schwarzen, mit einemmal glasigen Augen sahen in meine Richtung, aber durch meine in Zukunft für ihn unwichtige Person hindurch, weit weg, dorthin, wo es nichts mehr zu sehen gab ... Seine Beine knickten ein, und er fiel mit einem nicht lauten, aber ziemlich unangenehmen Geräusch vornüber auf den Boden.

Mir wurde bewußt, daß ich bis jetzt wie versteinert dagestanden hatte. Mein offener Mund wartete vergebens auf einen langgezogenen Entsetzensschrei, den wohl mein angespannter Kiefer verhinderte. In meiner Hand hielt ich immer noch den lächerlichen, überflüssigen Revolver.

Ich schüttelte meine Erstarrung ab, steckte die unnütze Waffe ein, stieg über die Leiche hinweg und schob den Riegel wieder vor die Wohnungstür, auch wenn ein zweiter Angriff des Mörders meines Clochardbesuchers höchst unwahrscheinlich war. Dann ging ich ins Badezimmer, um mir etwas kaltes Wasser ins Gesicht zu schütten. Nachdem ich mich in der Küche mit einem geistigen Getränk versorgt hatte, kehrte ich wieder zu der Leiche zurück.

Als ich mich gerade über den Toten beugen wollte, schrillte das Telefon, so daß mir Hören und Sehen verging. Ohne besonderen Grund ließ ich es dreimal klingeln. Dann setzte ich mich neben den Apparat und hob ab.

„Hallo!“

„Ah, Chef! Endlich! Gott sei Dank ...“

Es war Hélène, meine Sekretärin.

„... Freut mich, daß ich Sie endlich an der Strippe habe. Sind Sie ihnen entwischt?"

„Wem?"

„Na, Ihren Kidnappern natürlich?"

„Ach, Sie wissen, was passiert ist?"

„Klar! Was ich mir für Sorgen gemacht habe! Wir hatten zwar nichts vereinbart, als Sie zu dieser Madame Dolguet gefahren sind; aber ich habe trotzdem mit einem Telefonanruf von Ihnen gerechnet. Erst hab ich im Büro gewartet, dann hier bei mir zu Hause. Zwischendurch hab ich nur 'ne Kleinigkeit gegessen. Sie haben aber nichts von sich hören lassen, und da bin ich so langsam nervös geworden. Gegen zehn hab ich bei Madame Dolguet angerufen. Nichts. Nun, ich weiß nicht ... Ich ... Na ja, vielleicht war es Intuition ... Ich beschloß, in die Rue d'Alésia zu fahren. Schließlich bin ich die Sekretärin eines Privatdetektivs, nicht wahr?"

„Ja, ja."

„Und außerdem ... Die Art und Weise, wie diese Frau Sie in ihre Wohnung gelockt hatte ... ‚Ich schaff es nicht mal mehr, mich anzuziehen' ... Sie erinnern sich? Also, kurz und gut ..."

„Ja?"

„Ich fahre also in die Rue d'Alésia. Vor dem Haus sehe ich nichts Außergewöhnliches. Nur ein paar geparkte Autos. Aber Ihr *Dugat* ist nicht darunter. Ich gehe in den zweiten Stock hinauf. Läute. Nichts. Da sehe ich, daß der Schlüssel in der Tür steckt. Ich gehe in die Wohnung. Alles dunkel. Ich taste nach dem Lichtschalter, mache Licht. Im ersten Zimmer finde ich eine gefesselte blonde Frau auf einem Sofa. Es ist Madame Dolguet, wie ich später erfahre. Ich bekomme natürlich Angst. Im ersten Augenblick glaube ich, Sie hätten die Frau gefesselt. Aus weiblicher Solidarität befreie ich sie von ihren Fesseln. Es gelingt mir, sie davon zu überzeugen, daß ich ihr nichts Böses tun will. War nicht ganz einfach, aber schließlich erzählt sie mir das, was sie weiß. Wenig genug. Zwei Männer seien zu ihr in die Wohnung gekommen. Sie kenne sie zwar nicht mit Namen, aber vor ein paar Monaten seien sie schon einmal bei ihr gewesen. Nachdem man sie gefesselt habe, habe man ihr Telefon benutzt, um Sie in eine Falle zu locken. Sie habe gesehen, wie man Sie gepackt und betäubt habe. Dann habe man Ihnen einen schwarzen Rock – einen aus ihrem Kleiderschrank – über den Kopf geworfen, wahrscheinlich um die Wirkung des Betäubungsmittels zu verstärken. Bevor man Sie verschleppt habe, habe man Ihnen eine Karnevalsmaske übergestülpt. Raffiniert, was? So ausstaffiert, konnte man sich mit Ihnen getrost auf die Straße wagen. Eventuelle Passanten würden Sie und die beiden Männer, die Sie in die Mitte genommen hatten, für Besoffene halten, die sich einen Scherz erlaubten. Übrigens ist anzunehmen, daß Sie keinen weiten Weg zurückzulegen hatten. Nur auf die andere Straßenseite, wo bestimmt ein Wagen bereitstand. So hat mir's Madame Dolguet erzählt. Ich hatte keinen Grund, an ihren Worten zu zweifeln. Jetzt kriegte ich es so richtig mit der Angst zu tun. Was sollte ich tun? Die Polizei alarmieren? Abgesehen davon, daß die Gangster Madame Dolguet davor gewarnt hatten, die Flics einzuschalten, wußte ich nicht, ob Sie damit einverstanden gewesen wären. Und außerdem: Was konnten Ihnen die Flics im Moment nützen? Sie waren bereits seit mehreren Stunden in den Händen der Verbrecher. Wenn Ihnen etwas zugestoßen wäre, dann schon längst. Ich bin also nach Hause gefahren und hab in regelmäßigen Abständen Ihre Nummer gewählt, in der Hoffnung, daß Sie sich irgendwann melden würden. Gegen zwei Uhr morgens war ich am Ende meiner Kräfte und bin eingeschlafen. Eben bin ich aufgewacht. Und wie Sie hören, galt mein erster Gedanke Ihnen! Ich hab Sie sofort angerufen, und endlich sind Sie zu Hause. Sie können sich nicht vorstellen, wie erleichtert ich bin..." Hélène war den Tränen nahe. Oh, ich rede und rede und frage Sie nicht mal, wie es Ihnen geht!"

„So lala", antwortete ich.

„Na ja, Sie sind ihnen entkommen, das ist die Hauptsache! Wie haben Sie das geschafft?"

„Erzähle ich Ihnen später."

„Haben Sie's ohne größere Blessuren überstanden?"

„Ohne größere, ja."

„Aber was sind das denn für Kerle, verdammt nochmal?"

„Kerle eben."

„Hm."

Sie schwieg. Ich hörte nur das übliche Summen und Knakken in der Leitung, tausend unbestimmte Hintergrundgeräusche, die eher beruhigend als störend wirkten, wie ein Echo der uns umgebenden Welt. „Kerle eben"! Hélène schien über meine Antwort, die keine war, nachzugrübeln. Schließlich stieß sie einen Seufzer aus und fuhr nachdenklich fort:

„Sagen Sie, Chef..."

„Ja?"

„Sind Sie krank oder was?"

„Mir geht es ausgezeichnet."

„Sie wirken nicht sehr gesprächig."

„Ach, nein?"

„Nein. Normalerweise reden Sie mehr. Sie haben mich zehn Minuten reden lassen, ohne mich auch nur ein einziges Mal zu unterbrechen. Sind Sie sicher, daß mit Ihnen alles in Ordnung ist?"

„Ganz sicher!"

„Wie Sie das sagen! Man könnte meinen, ich störe Sie..."

„Aber nein."

„Ach, verstehe!..."

Ein leises, unverschämtes Lachen, das sich ungezwungen anhören sollte, drang an mein Ohr.

„Also wirklich, Sie sind aber auch..."

„Was bin ich?"

„Hab schon verstanden: Sie sind nicht alleine."

„Doch, ich bin alleine."

„Ja, ja, schon gut! Ist sie auch blond?"

Beinahe hätte ich geantwortet: Nein, er ist brünett, mit

anthrazitfarbenen Augen, einem Dreitagebart und seit ein paar Minuten mit drei blauen Bohnen im Bauch! Statt dessen erwiderte ich nur ziemlich vage:

„Nein, sie ist nicht blond."

„Na ja, die Haarfarbe spielt ja auch keine Rolle", lachte Hélène. „Wenn sie nur..."

„Ja?"

„Ach nichts. Ich wollte gerade etwas Unanständiges sagen ... Eine charmante Nacht noch."

Mit diesen Worten legte sie auf.

Ich ging noch einmal in die Küche, um mir ein Erfrischungsgetränk zu holen. Dann kehrte ich zu meiner Leiche zurück. Eine charmante Nacht hatte Hélène mir gewünscht...

Diesmal hielt mich nichts und niemand davon ab, mich über den Toten zu beugen. Da er mit dem Gesicht auf dem Boden lag, konnte ich ihn nicht untersuchen, ohne seine Stellung zu verändern. Es hätte mir nichts ausgemacht, ihn herumzudrehen; aber genau das würde den Flics sehr viel ausmachen. Besser gesagt, es würde ihnen überhaupt nicht gefallen.

Plötzlich schien es mir – ich hätte nicht sagen können, warum –, als würde irgend etwas nicht stimmen. Irgend etwas fehlte ... Ja, richtig! Jetzt begriff ich: Die Schüsse waren zwar kurz hintereinander abgefeuert worden; aber auch wenn es schnell geht, ist so etwas nicht zu überhören. Meine Nachbarn hätten dadurch wach werden müssen. Direkt neben mir, über und unter mir wohnte je einer. Waren sie überhaupt nicht neugierig? Nein, niemand schien sich für die Schüsse zu interessieren. Und so begannen in meinem Kopf die Gedanken eines unanständigen Menschen herumzuspuken. Gedanken, die nur auf der Lauer gelegen hatten, um sich bemerkbar zu machen.

Ich ging zur Wohnungstür und öffnete sie einen Spaltbreit. Im Treppenhaus war es dunkel und still. Eine unverdächtige Stille. Ich dachte daran, daß es Samstagabend war. Auch wenn die schöne Zeit der Wochenendausflüge noch nicht gekommen war, so streckte der Frühling doch bereits seine Fühler aus, um die Pariser aus der Stadt zu locken. Allerdings klopfte besagter Frühling im Augenblick in Gestalt eines regennassen Windes an mein Fenster. Der Tag jedoch hatte mild begonnen und zur Flucht aufs Land animiert. Offensichtlich war mein direkter Nachbar diesem Ruf gefolgt und hatte seine Wohnung verlassen. Diese rein theoretische Feststellung ließ die eben erwähnten unanständigen Gedanken erst so richtig ins Kraut schießen...

Ich schloß die Tür und ging wieder zu dem Toten zurück. Mühelos drehte ich ihn auf den Rücken. Der arme Kerl wog nicht viel. Ich untersuchte ihn. Er hatte zwei Kugeln im Bauch und eine dritte mitten in der Brust stecken. Sein Mantel war blutgetränkt. Schmutzig war er schon vorher gewesen, und wenn man schnell laufen würde, würde es gar nicht auffallen. Da fiel mein Blick auf den Linoleumboden meines Korridors. Er zeigte ebenfalls blutige Spuren des Zwischenfalls; aber den Boden konnte man leichter säubern als Nylonslips. Das würde also keine Schwierigkeiten bereiten.

Ich durchsuchte die Taschen des Toten, fand aber nur unwichtigen Kram. Kein Briefumschlag, kein Brief, nicht die Spur eines Ausweises. Außer der Ausgabe von *Dimanche-Gazette* stopfte ich die magere Ausbeute wieder in die Taschen des Opfers, auch den (einzigen!) Tausendfrancsschein. Er brauchte ihn nicht mehr, aber es sollte nicht wie ein Raubmord aussehen, der es ja schließlich auch nicht gewesen war.

Jetzt war noch der schwierigste Programmpunkt zu erledigen.

Nein, was ich vorhatte, war wirklich alles andere als anständig! Weder anständig noch elegant, und abgesehen von dem stabilen Magen, den mein Vorhaben erforderte, war es verdammt riskant. Aber wenn ich mich als pflichtbewußter, gesetzestreuer Bürger verhalten und die Flics informiert hätte, wäre ich sie nie mehr wieder losgeworden. Hätte ihnen alles brühwarm erzählen müssen, und danach hätten sie mich so gewissenhaft überwacht, daß sie für nichts anderes mehr Zeit gehabt hätten! Besser, ich ließ sie aus dem Spiel und kümmerte mich selbst um meinen eigenen Kram.

Ich warf schnell einen Blick auf den Plan der Umgebung von Paris, trank noch einen letzten stärkenden Schluck, setzte mir eine Mütze auf und zog einen alten Trenchcoat über. Dann knöpfte ich sorgfältig den Mantel des armen Teufels zu, der sich bei mir – und zweifellos an meiner Stelle! – hatte abknallen lassen, lud die Leiche auf meine Schultern, und hopp! Nur keine Müdigkeit vortäuschen! Jetzt ging's an die frische Luft...

... und in den Regen hinaus. Es goß inzwischen nämlich wie aus Kannen. Als ich die Wohnungstür öffnete, schlug mir ein kalter, nasser Wind entgegen. Er drang durch die offene Dachluke herein und fegte durchs Treppenhaus.

Unser kleiner Spaziergang fing schlecht an. Nach den ersten Schritten wäre ich um ein Haar gestolpert und mit meiner Last die Treppe runtergeflogen. Ein kleiner, zylindrischer Gegenstand war mir im Weg gewesen: eine leere Patronenhülse, die die Waffe des eiligen Mörders ausgespuckt hatte. Drei Hülsen lagen auf dem Treppenabsatz. Ich mußte sie verschwinden lassen. Für einen Moment legte ich die Leiche beiseite, hob die Hülsen auf, steckte sie ein und lud meine traurige Last wieder auf meine Schultern.

Zweiter Anlauf. Mir kamen so langsam Zweifel an meiner genialen Idee. Doch ich hatte schon zuviel Vorarbeit geleistet, um jetzt noch von meinem ungesetzlichen Pfad abzuweichen.

Das Minutenlicht ließ mich zwischen zwei Etagen im Stich. Glücklicherweise kenne ich das Treppenhaus wie meine Westentasche. Trotzdem, ein Aufzug hätte mir meine Arbeit sehr erleichtert! Würde gelegentlich mal mit dem Hausbesitzer reden müssen. Wenn ich ihm erklärte, zu welchem Zweck ich solch eine Einrichtung gebrauchen könnte (Transporte aller Art, insbesondere dem von Leichen), würde er sicher nicht nein sagen.

Grübelnd, schwitzend und schnaufend, begleitet von dem

klagenden Wind und dem prasselnden Regen, gelangte ich ins Erdgeschoß.

Und dort fragte ich mich, ob ich eigentlich nicht sofort wieder hinaufgehen sollte.

Mir war nämlich soeben eingefallen, in welch jämmerlichem Zustand sich mein Wagen befand. Wie konnte ich nur vergessen, daß er vor ein paar Stunden in einem Western mitgespielt hatte und einäugig und mit kaputter Windschutzscheibe aus diesem Abenteuer hervorgegangen war! Der arme *Dugat* gab wirklich ein trauriges Bild ab. Auf dem Weg nach Hause hatte er keine Aufmerksamkeit erregt, weil niemand auf der Straße gewesen war, vor allem keine Polizeistreife. Auf der Fahrt, die ich jetzt plante, würde es vielleicht ganz anders aussehen. Plötzlich erschien es mir höchst unwahrscheinlich, daß ich ohne Zwischenfälle dorthin gelangen würde, wohin ich gelangen wollte. Das Beste war es wohl, in meine Wohnung zurückzukehren, die Flics anzurufen, die Konsequenzen der schon begangenen Dummheiten zu tragen und alles andere zum Teufel zu schicken.

Entmutigt drehte ich mich um und begann den Wiederaufstieg. Meine Last war jetzt schwerer als vorher beim Hinabgehen. In der ersten Etage mußte ich eine Verschnaufpause einlegen. So langsam stank mir die Leiche, im wörtlichen wie im übertragenen Sinne.

In diesem Augenblick feindseliger Stille, die von Wind und Regen kaum gestört wurde, hörte ich zwei wohlbekannte Geräusche: das Summen des automatischen Türöffners und – direkt danach – das kurze Zuschlagen der Haustür.

Das war das Ende der Vorstellung!

Spät kam er nach Hause, der Mieter; aber er kam.

Das Gesicht, das er bei meinem Anblick machen würde! Oh, das allein würde schon den Aufwand gelohnt haben!

Das Minutenlicht, das ich ausgeschaltet gelassen hatte, wurde angeknipst. Vor der Conciergesloge wurde irgend etwas gemurmelt, die Absätze von hochhackigen Frauenschuhen trommelten auf den Steinboden des Flures.

Es wurde immer besser! In wenigen Sekunden würde der Hausflur von dem hysterischen Gekreische einer Frau widerhallen...

Ich fluchte leise vor mich hin, blieb aber dort stehen, wo ich stand, und wartete auf das Unvermeidliche. Mein unglücklicher Besucher stand jetzt Schulter an Schulter neben mir. Es sah aus, als würde ich einem Besoffenen gut zureden. Doch nein, so leichenblaß – das richtige Wort! –, wie er war, und mit seinen gebrochenen Augen sah er einem Betrunkenen so ähnlich wie ich Françoise Arnoul im Profil.

Die Frau kam die Treppe hoch, nahm die letzten Stufen ... und erblickte uns, meinen toten Freund und mich. Sie blieb wie angewurzelt stehen, hielt sich mit einer Hand am Treppengeländer fest und hob die andere Hand an den Mund, um den fälligen Schrei daran zu hindern, über ihre Lippen zu kommen, was ihr jedoch nicht hundertprozentig gelang.

Ich stieß einen Fluch der Erleichterung aus.

Es war Hélène.

Hélène in einem Regenmantel und mit einem unter dem Kinn zusammengebundenen Tuch, das ihr Gesicht einrahmte und einen Teil ihrer Haarpracht vor dem Regen schützte; Hélène, ungeschminkt, aber deswegen nicht weniger reizvoll, mit einem Regentropfen an der Nase; Hélène, heftig atmend, entweder wegen des fehlenden Aufzugs oder wegen der Erregung oder Überraschung.

„Großer Gott!" rief sie als Antwort auf meinen Fluch, der ebenfalls den Schöpfer für alles verantwortlich gemacht hatte.

„Sie können sich rühmen, mir einen schönen Schrecken eingejagt zu haben", sagte ich.

Allerdings klangen meine Worte nicht wie ein Vorwurf.

„Was ... Was ist ... passiert?" stotterte sie.

„Nichts. Jedenfalls nicht viel."

Hélène hatte sich nicht vom Fleck gerührt. Sie hielt sich am Geländer fest und sperrte Mund und Augen weit auf. So standen wir alle drei eine Weile stumm da, still und starr. Um uns herum tobten die Elemente, irgendwo schlug ein offenes Fenster im Rhythmus des Windes gegen den Rahmen. Vielleicht waren das aber auch unsere Herzschläge.

„Was ... Was ist das da ... das da für ein Mann?“ brachte Hélène endlich hervor, nachdem sie tief durchgeatmet hatte.

„Das ist die Blonde“, sagte ich. „‚Charmante Nacht noch‘, erinnern Sie sich?“

Sie ging nicht auf meine Anspielung ein.

„Er ... Der Mann da ... Sieht aus, als ... als wär er ...“

„Wie’s im Lied heißt: ‚Mit drei Schüssen aus einem Revolver hat er sich töten lassen vor meinen erstaunten Augen.‘“

„Mit drei Schüssen ...“

„Die allem Anschein nach für mich bestimmt waren.“

„Mein Gott!“ Sie schluckte. „Und was hatten Sie grade mit ihm vor?“

„Ich wollte ihn ins Pfandbüro bringen ... Aber warum stehen wir denn hier so rum? Gehen wir doch zu mir hinauf! Es sei denn ... Was getan werden muß, muß getan werden, auch wenn es noch so unangenehm ist. Ich hab mich schon zu weit vorgewagt, um jetzt noch zurückzukönnen. Wie sind Sie hergekommen? Ich frage Sie nicht, warum ...“

„Könnten Sie aber ruhig.“

„Nicht nötig. Sie haben sich eine Blondine in meiner Wohnung vorgestellt und wollten sie sich genauer ansehen ...“

„Falsch! Entschuldigen Sie, wenn es Ihre Eitelkeit verletzt, aber diese Geschichte mit der Blonden sollte nur den Feind in die Irre führen. Für den Fall, daß ein Flic bei Ihnen war, um Sie zu bewachen. So etwas hab ich nämlich befürchtet, und das war es, was ich mir genauer ansehen wollte.“

„Sehr mutig von Ihnen und auch sehr unvorsichtig. Soll aber kein Vorwurf sein ... Also, wie sind Sie hergekommen? Im Taxi oder mit Ihrem eigenen Wagen?“

„Mit meinem Wagen.“

„Wo haben Sie ihn geparkt?“

„Direkt vor der Tür.“

„Leihen Sie ihn mir? Meiner ist nämlich für das, was ich vorhabe, unbrauchbar.“

„Und was haben Sie vor?"

„Den Kerl wegbringen, weit weg. Nun, leihen Sie mir Ihren Wagen?"

„Ich könnte Sie begleiten..."

„Kommt nicht in Frage!"

„Ich begleite Sie", entschied Hélène.

„Das wird nicht sehr appetitlich werden, wissen Sie?"

„Ich begleite Sie", wiederholte sie.

Wie dickköpfig meine Sekretärin sein konnte! Das Licht ging aus, und ich knipste es wieder an.

„Fühlen Sie sich stark genug ... und verrückt genug?"

„Ja."

Die Zeit verstrich. Wir konnten nicht ewig hier stehenbleiben. Es wurde von Minute zu Minute gefährlicher. Ich schickte mich in das Unvermeidliche.

„Wie Sie wollen", sagte ich. „Sind Sie auch sicher, daß Sie in fünf Minuten nicht aus den Latschen kippen werden?"

„Ich werde nachsehen, ob die Luft rein ist", erwiderte sie statt einer Antwort.

Sie drehte sich um und lief die Treppe hinunter. Diesmal gaben ihre hohen Absätze keinen Laut von sich. Nur der Duft ihres Parfüms blieb zurück.

* * *

Wenig später fuhren wir auf die Außenbezirke von Paris zu. Unser Leichenpaket lag auf dem Boden vor der Rückbank.

Das Wetter war genauso furchtbar wie die makabre Aufgabe, die wir erledigen mußten.

Nur wenige Autos kamen uns entgegen, und keins davon sah aus wie das von Ordnungshütern.

Auf der ganzen Fahrt sprachen wir kein Wort. Wir rauchten und gähnten um die Wette. Die Nerven!

Ich fuhr. Hélène fragte mich nicht ein einziges Mal, wohin die Reise gehen solle. Auch als ich hinter der Porte de Châtillon die Nationalstraße 306 nahm, zeigte sie keinerlei Neugier.

Wahrscheinlich dachte sie: Egal welchen Weg wir nehmen, er wird uns bestimmt direkt in den Knast führen! Transport und Verbergen einer Leiche. Das Strafgesetzbuch sieht derartige Vergnügungen in seinem Katalog vor.

Wir kamen zur Abzweigung nach Christ-de-Saclay. Ich fuhr in Richtung Jouy-en-Josas. Es hatte aufgehört zu regnen, und im Osten hellte sich der Horizont langsam auf. Gleich würde links und rechts der Straße das bleigraue Wasser des riesigen Sees auftauchen. Des Sees am Ende der Welt, den ich vor ein paar Stunden entdeckt hatte.

Ich hielt vor dem unbewohnten Haus, unter dem ich eine Wehrschieberanlage vermutete.

Ein Auto, das schon seit einigen Kilometern hinter uns hergefahren war, überholte uns jetzt und verschwand, ohne sich weiter um uns zu kümmern. In den folgenden Minuten kam ein zweites aus der entgegengesetzten Richtung, rauschte vorbei, und das war auch schon alles in puncto Straßenverkehr.

Eine tonlose Stimme neben mir sagte:

„Um Himmels willen! Du wirst ihn doch wohl nicht..."

Hélène beendete ihren Satz nicht. Ich tat es für sie.

„... ins Wasser schmeißen? Nein, sei unbesorgt."

Ich stieg aus, holte einen schweren englischen Schlüssel aus dem Kofferraum und machte mich daran, das Vorhängeschloß der rustikalen Eingangstür zu zerschlagen. Als ich die Holztür öffnete, quietschte sie in ihren rostigen Angeln.

Das Innere des Kastens bestand aus einem einzigen, hallenartigen Raum mit Zementboden. Alles war vollkommen verstaubt, und es lag ein abenteuerlicher, muffiger Gestank in der Luft. In einer Ecke gähnte ein Loch in dem Zementboden. Wassergeplätscher war zu hören, vermischt mit dem unheimlichen Knirschen einer Kette, die zum Festmachen eines Fischerbootes diente.

Ich ging zum Wagen zurück und versuchte, unseren blinden Passagier herauszuheben. Ich hatte große Mühe. Man hätte meinen können, daß er sich auf dem Boden vor dem Rücksitz sauwohl fühlte und gar nicht mehr von dort weg wollte.

Herrgott nochmal! Es war nicht der richtige Augenblick, um über dem Braten einzuschlafen! Noch ein letzter Kraftakt, und dann war dieser widerliche Alptraum zu Ende. Nur noch ein ganz kleiner Kraftakt. Ich überwand mich und strengte mich an, und kurz darauf lag der Tote in seinem provisorischen Grab.

Ich sage provisorisch, denn ich hoffte, man würde nicht Jahrhunderte brauchen, um die Leiche hier zu entdecken. Ich hatte sie nicht hierhertransportiert, damit sie langsam vor sich hin faulte. Im Gegenteil: Mir war sehr daran gelegen, daß sie den Sonntagsnachmittagsspaziergängern einen exzellenten Gesprächsstoff lieferte. Falls es am Nachmittag Spaziergänger geben würde! Doch das Wetter hatte genug Zeit, sich zu ändern.

Und noch an etwas anderem war mir gelegen: daß die Gendarmerie sich durch den Fund zu Ermittlungen in der Umgebung veranlaßt sehen würde…

Nachdem die Schwerstarbeit erledigt war, warf ich die leeren Patronenhülsen in den See, stieg in den Wagen und fuhr zurück nach Paris.

Noch nie im Leben hatte ich solch einen Durst verspürt, solch ein heftiges Verlagen nach einem Glas Schnaps. Ich bedauerte, nichts Hochprozentiges mitgenommen zu haben.

„Eine Blondine wäre mir lieber gewesen", flüsterte Hélène nach einigen Kilometern.

Ich verstand sofort, was sie damit sagen wollte, nahm ihre Hand und drückte sie fest. Ihre Hand war eiskalt.

„Es ist vorbei", murmelte ich.

Sie erschauerte.

„Anscheinend eignen wir uns nicht zu Mördern", fügte ich hinzu.

„Nein", sagte sie ernst.

Mir war genausowenig zum Lachen zumute.

Bei Tagesanbruch kamen wir bei mir zu Hause an. Hélène wollte nicht in ihre Wohnung gefahren werden. Sie hatte Angst, alleine zu bleiben.

In Gedanken sah ich die blutigen Wirtsleute von Peirebelhe vor mir, während ich den Linoleumboden in meinem Korridor reinigte. Ich holte einen alten Teppich, der sich tief in einem Schrank langweilte, und breitete ihn über den noch feuchten Fleck aus. In einem anderen Schrank fand ich genügend Hochprozentiges, um ein halbes Dutzend Schluckspechte besoffen zu machen. Wir hatten nicht vor, uns zu besaufen, nahmen aber ein paar kräftige Schlucke.

6
Der interessante Monsieur Dolguet

Gegen Mittag wachte ich auf. Hélène schlief noch im Gästezimmer. Ich duschte, rasierte mich und kochte Kaffee für eine ganze Armee. Während er durchlief, blätterte ich in der Ausgabe der *Dimanche-Gazette*, die ihren letzten Besitzer zu dem Besuch bei mir veranlaßt hatte.

Die Überschrift des Leitartikels, die mir in der vergangenen Nacht ins Auge gesprungen war, *Das Fernsehen und seine Geheimnisse*, war reichlich übertrieben. Der Text hielt nicht, was die Überschrift versprach. Der (anonyme) Verfasser nahm den Tod der Fernsehansagerin, die angeblichen Morddrohungen, die sie erhalten haben sollte, und die Anwesenheit des „Privaten" Nestor Burma am Tatort zum Vorwand, um über alles und nichts zu schwafeln. Von mir behauptete er, ich sei „der Polizei wohlbekannt"; ich fragte mich, wie ich das verstehen sollte. Er erinnerte auch an das Feuer, das vor einigen Jahren die Fernsehstudios am Buttes zerstört hatte, und drückte seine Genugtuung darüber aus, daß die alten Gebäude durch moderne ersetzt worden waren. Dann kam er auch auf den jüngsten Brand zu sprechen, der Henri Dolguet das Leben gekostet hatte, ein Vorfall, der von allen bedauert worden sei, „denn der Fernsehtechniker besaß ein goldenes Herz". Eben jenes goldene Herz hatte Dolguet übrigens umgebracht: Als er jemand anderen, der vom Rauch schon halb erstickt war, hatte retten wollen, war er den Flammen zum Opfer gefallen. Der Verfasser dieses Alles-und-nichts-Artikels im Zickzack-Kurs hatte ganz zu Anfang von Françoise Pellerin gesprochen und dann einen gewagten Bogen zu den früheren Ereignissen geschlagen:

... Das letzte Mal haben wir Françoise Pellerin an anderer Stelle als auf dem Bildschirm gesehen, nach jenem tragischen

Unfall, der ihr die Liebe von Henri Dolguet geraubt hatte. Was ist das für ein unbarmherziges Schicksal, das den beiden Liebenden ein so tragisches Ende bereitet hat?

Um seinen Kummer darüber zu begießen, war der Schreiber dann in das nächstbeste Bistro gegangen.

Ich faltete die Zeitung zusammen, als ich spürte, daß jemand hinter mir stand. Bevor ich mich umdrehen konnte, sagte eine Stimme:

„Das riecht aber gut nach Kaffee!"

In einen meiner älteren Morgenmäntel gewickelt, blaß, mit Rändern unter den Augen, noch von unserem nächtlichen Abenteuer gezeichnet, stand Hélène im Türrahmen.

„Er riecht nicht nur gut, er läßt sich auch sehr gut trinken", sagte ich und goß den Kaffee in die Tassen.

„Gut geschlafen?"

„Ja, abgesehen von …"

„… einem Kater?"

„Unter anderem."

Wir tranken unseren Kaffee. Mit Aspirin. Hélène fuhr sich mit der Hand über die Stirn.

„Die Kopfschmerzen sind nicht das Schlimmste", sagte sie. „Aber warum haben Sie das getan? Ich meine … den Toten weggebracht?"

„Um meine edelsten Teile vor den Flics zu retten. Sie wissen doch, wie die einen mit ihren Fragen löchern können: Und wie hat sich das abgespielt? … Und was wollte der Tote bei Ihnen? … Kannten Sie ihn? … undsoweiter undsofort."

„Apropos … Kannten Sie ihn?"

„Nein, ich …"

Ich erzählte ihr, was passiert war, sowohl hier in meiner Wohnung als auch in der gottverlassenen Gegend bei den Karnevalsmasken.

„Alles scheint auf Henri Dolguet zuzulaufen", schloß ich. „Logischerweise könnte seine Frau uns viel über seine Person erzählen. Ich nehme an, daß sie sich nicht dagegen sträuben wird. Wenn Dolguet sie wegen Françoise Pellerin verlassen hat, ist er bestimmt nicht mehr die Nr. 1 in ihrem Herzen. Vorausgesetzt, der Vogel ist nicht ausgeflogen, dann könnten wir sie vielleicht heute nachmittag besuchen. Sie kennen sie doch schon, Hélène, zu Ihnen hat sie Vertrauen, weil Sie sie entfesselt haben ... Rufen Sie sie an?"

Madame Dolguet war zu Hause. Sie erklärte sich einverstanden, uns im Laufe des Nachmittags zu empfangen. War zwar nicht hellauf begeistert von der Idee, fürchtete vielleicht zusätzliche Scherereien; aber sie konnte dem Chef der Frau, die sie von ihren Fesseln befreit hatte, vernünftigerweise kein Gespräch abschlagen.

„Sehr gut", kommentierte ich das Zustandekommen der Verabredung. „Und jetzt etwas anderes: Finden Sie nicht merkwürdig, was ‚Zitrone' in Bezug auf Dolguet gesagt hat, Hélène? Ich meine, daß es mindestens dreihundert Millionen Gründe gebe, sich für Dolguet zu interessieren?"

„Na ja, ich weiß nicht", antwortete meine Sekretärin. „Das sind so Sätze, Phrasen, die man dahersagt, ohne sich viel dabei zu denken. Tausend Dank ... Sie haben nicht nur einen Grund, Sie haben tausend Gründe ..."

Hélène verstummte, so als hätte sie plötzlich die große Erleuchtung. „Ja, genau!" rief sie. „Das ist es: Er hat nicht ‚tausend' gesagt, Ihre ‚Zitrone'!"

„Er hat von dreihundert Millionen gesprochen."

„Und Sie glauben, das habe etwas zu bedeuten?"

„Ganz bestimmt. Als er diese Zahl fallenließ, hab ich gedacht, er rede Blödsinn. Aber wahrscheinlicher ist es, daß er den Tiefsinnigen spielte. Er wollte mir zu verstehen geben: ‚Wir wissen doch beide, wovon wir sprechen!' Als er dann mein dummes Gesicht sah, war er sich nicht mehr so sicher. Deshalb hat er gestöhnt: ‚Das ist doch nicht möglich! Sollten wir uns tatsächlich geirrt haben?' Ich jedenfalls glaube, daß ich mich nicht irre, wenn ich annehme, daß die ganze Geschichte sich um dreihundert Millionen dreht."

„Dreihundert Millionen? Sie meinen doch nicht etwa ... dreihundert Millionen Francs?"

„Doch. Alte Francs zwar, aber immerhin. Dreihundert Millionen!“

„Das ist doch Wahnsinn! Henri Dolguet, der Techniker ... Françoise Pellerin, die Ansagerin ... Wie soll man die beiden mit dreihundert Millionen alten Francs in Verbindung bringen?“

„Keine Ahnung, aber wenn es nicht um solch einen Betrag ginge, wären die Leute um uns herum nicht so übernervös. Außerdem ist da noch etwas anderes: das Fernsehen.“

„Das Fernsehen?“

„Ja. *Lektüre für alle*. Haben Sie die letzte Sendung gesehen?“

„Nein.“

„Ich aber, in der Klinik. Und ich werde alles tun, um sie so bald wie möglich noch einmal zu sehen. Hoffentlich gibt es eine Aufzeichnung. Am besten, ich bitte Lucot oder Loursais, sich darum zu kümmern.“

* * *

Tags zuvor hatte ich Jeanne Dolguet nur flüchtig gesehen. Am Sonntagnachmittag nun hatte ich genügend Zeit, sie genauer zu betrachten. Sie war eine junge Frau von etwa dreißig Jahren und mußte unter normalen Umständen recht hübsch sein. Das heißt, wenn niemand sie fesseln und knebeln wollte, um dann vor ihren grünen Augen Szenen für einen Krimi zu drehen. Da das aber gestern der Fall gewesen war, wirkten die schlimmen Erinnerungen noch nach, machten sie ängstlich und verdarben ihren Teint. Auch wenn sie ein erregendes Parfüm benutzte – ich hatte mich davon überzeugen können, als man meinen Kopf in einen ihrer Röcke gewickelt hatte –, so hatte sie dennoch nichts Aufregendes an sich und sah mehr wie eine wohlerzogene Kleinbürgerin aus.

„Ich nehme an“, begann sie verlegen, „Sie hätten gerne eine Erklärung für das, was gestern hier geschehen ist, nicht wahr, Monsieur Burma? Aber wissen Sie ... Ich habe keine Ahnung!

Wie ich Ihrer Sekretärin bereits erzählt habe, waren diese schrecklichen Leute schon vor ein paar Monaten hier, genauer gesagt, vor vier Monaten, letzten Dezember also ... Trotzdem weiß ich nichts von ihnen ..."

„Und davon abgesehen", spann ich den Faden weiter, den sie in der Luft hängen ließ, „haben sie Ihnen mit schlimmen Repressalien gedroht für den Fall, daß Sie zuviel reden, ist es nicht so?"

„Vor allem haben Sie mir dringend geraten, die Polizei aus dem Spiel zu lassen", ergänzte sie. „Ich habe ihren Rat befolgt."

„Da haben Sie gut daran getan. Das Eingreifen der Flics hätte die ganze Sache nur noch mehr kompliziert, ohne irgend jemandem von Nutzen zu sein."

„Außerdem könnte ich gar nichts über diese Leute aussagen ... Ich hoffe nur, daß ich ihnen nie mehr begegne", fügte sie seufzend hinzu. „Das würde ich nervlich nicht durchstehen."

„Ich glaube, in dieser Hinsicht können Sie ganz beruhigt sein. Die Gangster haben hauptsächlich Ihre Wohnung benutzt, um mich in eine Falle zu locken. Ich bin ihnen dummerweise auf den Leim gegangen, konnte ihnen aber wieder entkommen. Das zeigt, daß die Kerle nicht so schlau sind, wie sie meinen. Von Ihnen, Madame, wollen sie nichts."

Zehn Minuten lang bemühte ich mich, die Frau davon zu überzeugen, daß unser Gespräch keinerlei unangenehme Konsequenzen für sie haben würde. Schließlich wolle ich keine Informationen über die Gangster, schloß ich.

„Sehen Sie, vor allem würde ich mich gerne über Ihren verstorbenen Mann unterhalten, wenn es Ihnen nicht zu schwerfällt. Ich begreife genausowenig wie Sie die Ereignisse, in die wir verwickelt sind. Aber ich habe Grund zu der Annahme, daß sich mehr oder weniger alles um Ihren Mann dreht, auch wenn er tot ist. Seine Gewohnheiten, sein Verhalten in letzter Zeit, na ja, tausend Kleinigkeiten des täglichen Lebens könnten vielleicht ein wenig Licht auf die geheimnisvollen Vorgänge werfen."

„Das ist doch unglaublich!" rief Madame Dolguet und

blickte mit ihren grünen Augen gen Himmel. „Da hat der gemeine Kerl mich belogen und betrogen, hat mich lächerlich und unglücklich gemacht, solange wir zusammen waren. Und jetzt, da er tot ist, macht er mir immer noch Ärger! Das ist doch ungeheuerlich! Ich meine natürlich nicht Ihren Besuch heute. Ich spreche von diesen Leuten von gestern und von dem, was in Zukunft noch passieren kann…"

Wieder gab ich mir alle Mühe, sie zu beruhigen. Mit der Zeit würde ich schon Erfolg haben!

„Es fällt mir ganz und gar nicht schwer, über Henri zu sprechen, diesen gemeinen Kerl!" ereiferte sie sich schließlich. „Nur bezweifle ich sehr, daß ich Ihnen irgendwie weiterhelfen kann. Henri hat nicht viel von dem erzählt, was er so machte. Er gehörte überhaupt nicht zu den Männern, die sich einer Frau anvertrauen. Wenn er Geheimnisse hatte, dann hatte er sie bestimmt auch vor mir. Sicher, hin und wieder ist mir etwas merkwürdig vorgekommen, aber…"

„Was zum Beispiel?" hakte ich sofort nach. „Die kleinste Kleinigkeit könnte wichtig sein."

„Am besten wird es vielleicht sein, wenn wir ganz von vorn beginnen, nicht wahr? Also, es war so, daß…"

Geschafft! Im folgenden erfuhr ich sehr interessante Dinge.

Dolguet, Henri für die Damen, war ein ausgemachter Schürzenjäger gewesen. Seine Frau hatte es leider zu spät bemerkt. Da er bei ihr nur zum Ziel kommen konnte, wenn er sie heiratete (sie besaß Prinzipien!), heiratete er sie. Die Ehe wurde im April 1961 geschlossen, also vor bald drei Jahren. Nach einem halben Jahr begann Henri Dolguet (oder begann wieder), in fremden Revieren zu jagen. Mit anderen Worten: Er ging fremd. Die Reportagen, die ihn in die Provinz führten und normalerweise zwei oder drei Tage andauerten, zogen sich in die Länge. Schließlich hatte Madame Dolguet die Nase voll, und im Dezember 1962 trennte sich das Paar. Wie gesagt, Jeanne Dolguet hatte Prinzipien, und eine Scheidung kam für sie nicht in Frage. Die Ehe wurde also offiziell nicht geschieden. Vor sieben Monaten dann wurde Madame Dolguet

Witwe, als Henri Dolguet bei dem Feuer in den Studios am Parc des Buttes-Chaumont umkam.

„Opfer seines goldenen Herzens", stellte ich fest.

„Opfer seines ... was? Seines goldenen Herzens? Henri? Woher haben Sie das denn?"

„Aus einer Zeitung. *Dimanche-Gazette*. Dort steht, daß er in den Flammen umkam, als er jemanden retten wollte."

„Er? Jemanden retten? Na, hören Sie mal! Ein gemeiner Kerl war das, ein erbärmlicher Feigling!"

„Dann stimmt es wohl auch nicht, daß er nur Freunde hatte, wie es in der *Dimanche-Gazette* steht?"

„Ganz sicher nicht."

„Wenn das so ist ... Tja, also ... Ich hab da so eine Idee ... Ich frag mich nämlich, ob man nicht vielleicht ein wenig nachgeholfen und ihn ins Feuer geschubst hat."

„Was erzählen Sie da! Sicher, ein gemeiner Kerl war er, aber daß man ihn ins Feuer geschubst haben soll, wie Sie sagen ... Das wäre ja schrecklich! Die Polizei, die den Fall damals untersucht hat, hat jedoch so eine Möglichkeit ausgeschlossen. Es war ein Unfall ... Einen Moment lang habe ich vermutet, es könnte Selbstmord gewesen sein, aber dann hab ich den Gedanken wieder aufgegeben."

„War Henri ein Mann, der Selbstmord begeht?"

„Nein. Selbstmord ist ein feiger Akt, doch man braucht trotzdem einen gewissen Mut, wenn Sie verstehen, was ich meine ... Und Mut hatte Henri in keiner Beziehung. Das war einfach nur so eine Idee von mir."

„Einfach nur so, ohne einen bestimmten Grund?"

„Um offen zu sein, nicht ganz ohne Grund. Wissen Sie, in der letzten Zeit unseres Zusammenlebens war er mir schon etwas seltsam vorgekommen. Ich hielt es für möglich, daß er völlig verrückt geworden sei und sich vielleicht in einem Moment geistiger Umnachtung ins Feuer gestürzt habe. Als er starb, lebten wir seit neun Monaten getrennt."

„Was war Ihnen vorher seltsam vorgekommen? Sein Verhalten, seine Art zu reden?"

„Beides. Manchmal wirkte er verängstigt, und dann wieder, am nächsten Tag, schäumte er über vor Fröhlichkeit. Ohne erkennbaren Grund. So verhält sich niemand, der ausgeglichen ist. Einmal, kurz vor unserer Trennung, im November oder Dezember 1962, hab ich gesagt, um ihn zu verletzen, daß er immer ein ganz armer Schlucker, ein Habenichts sein werde, daß er einem Lechanin nie das Wasser werde reichen können, einem seiner ehemaligen Kollegen, der ein bekannter Produzent und Regisseur geworden war. Henri lachte wie ein Irrer, nannte mich eine blöde Kuh und redete unzusammenhängendes Zeug. Schrie herum, so Typen wie Lechanin könne er allemal in die Tasche stecken, wenn er wolle, und bald werde es sich zeigen, wer der Schlauere von ihnen beiden sei, er oder Henri."

„Er oder Henri? Eine seltsame Ausdrucksweise! Redete er von sich selbst in der dritten Person?"

„Mit Henri meinte er Lechanin. Der heißt nämlich auch Henri."

„Ah ja ... Und weiter?"

„Na ja, ich sagte zu ihm: ‚Henri und du, ihr seid zwei!' Ich fand die Bemerkung sehr witzig und hab dazu gegrinst. Ach, Monsieur! Wenn Sie ihn gesehen hätten! Er wurde fuchsteufelswild, stürzte sich auf mich und schrie: ‚Was sagst du da?!' Er hat mich geohrfeigt, und dann, beinahe genauso plötzlich, wie er sich erregt hatte, beruhigte er sich wieder. Murmelte ein paarmal: ‚Henri und ich, wir sind zwei!', nannte mich wieder eine blöde Kuh und fing an zu lachen, zu lachen! Jetzt war es wirklich das Lachen eines Irren. Dann ist er weggegangen, immer noch lachend, und erst zwei Tage später wieder zurückgekommen. Ich erinnere mich an den Vorfall in all seinen Einzelheiten, weil ich ihm kurz darauf die Trennung vorschlug. Er hat sofort zugestimmt."

„Ja, ja", stimmte auch ich zu. „Er ist also zwei Tage später zurückgekommen. Lachte er da immer noch?"

„Nein, ganz im Gegenteil! So als hätte er Angst gehabt ..."

„Angst, daß Sie ihn mit dem Besenstiel in der Hand empfangen könnten?"

„Oh, nein! Es war diese Angst, die er hin und wieder mal hatte ... und für die es offenbar nur eine Erklärung gab: geistige Verwirrung. Es sei denn ...“

„Es sei denn?“

„Ich frage mich, ob sein Umgang mit gewissen Leuten ... Sehen Sie, ich habe ihn als feige und gemein beschrieben. Aber er war in gewissem Sinne auch ein armer Teufel. Seine Liebesabenteuer verliefen nicht immer so, wie er sich das vorstellte. Und da er eher schmächtig war, ein Hänfling ... Ich erinnere mich, daß er einmal mit einem ganz verschwollenen Gesicht von Dreharbeiten in der Provinz zurückkam. Zu der Zeit war ich noch naiv, es war kurz nach unserer Hochzeit. Ich fragte ihn, warum sein Gesicht so verschwollen sei. Er fluchte und schimpfte, brüllte, er sei beleidigt worden, aber das lasse er sich nicht bieten, er werde sie alle umbringen usw. Worte, nichts als Worte, sicher; doch er sagte das in einem Ton! An jenem Tag ahnte ich, wie bösartig er war. Um wieder auf seinen zweifelhaften Umgang zu sprechen zu kommen ... Da gab es diesen jungen Strolch, den er einmal mit nach Hause gebracht hat, hierher, sechs oder acht Monate nach jener Geschichte ...“

„Ein Strolch?“

„Ja, ein kleiner Gauner. Roger hieß er. Blieb drei oder vier Tage bei uns, während er auf Arbeit oder so was wartete. Arbeit! Möchte wissen, wie er welche finden wollte! Er wohnte nämlich in dem kleinen Zimmer am Ende des Korridors und rührte sich sozusagen nicht vom Fleck. Und dann plötzlich, von einem Tag auf den andern, verschwand er, ohne Ankündigung. Eine wahre Erlösung! Nicht daß er mir gegenüber unverschämt geworden wäre, das nicht. Aber, na ja ... Ich konnte gut auf seine Anwesenheit verzichten. Er war also weg, und ich glaube, von dem Tag an wurde Henri so seltsam, zeigte Nervosität. Deswegen führe ich sein Verhalten auf seinen zweifelhaften Umgang zurück.“

„Welche Beziehung hatten dieser ... Strolch und Ihr Mann zueinander?“

„Schwer zu sagen. Sie waren beide nicht sehr gesprächig.

Ich nahm an, Henri hatte diesen Roger als Leibwächter engagiert, um solch einen Vorfall wie den, von dem ich Ihnen erzählt habe, zu verhindern. Verstehen Sie?"

„Hm ... Nicht so ganz ... Der Kerl hieß also Roger. Und wie weiter?"

„Ich kannte nur seinen Vornamen."

„Sprach er mit Akzent?"

„Ja, mit einem südfranzösischen. Sie kennen ihn?"

„Möglicherweise. Er war nicht besonders hübsch, stimmt's?"

„Oh, nein! Richtig häßlich war er."

„Woher kannte Henri ihn?"

„Henri hatte ihn von der Côte d'Azur mitgebracht, wo er fürs Fernsehen gearbeitet hatte. Verschiedene kulturelle Veranstaltungen am Rande des Filmfestivals in Cannes, wissen Sie ..."

„Wann war das?"

„April, Mai 1962 ... Ach, jetzt verstehe ich!"

„Was verstehen Sie?"

„Woher Sie diesen Roger kennen! Sie müssen ihn gestern gesehen haben, bei diesen ... diesen Leuten! Großer Gott!" jammerte sie und rang ihre Hände. „Egal, wie man es auch dreht und wendet, immer kommt man auf diese Leute zu sprechen!"

„Haben Sie keine Angst. Alles, was Sie sagen, bleibt unter uns. Was diesen Roger angeht, den habe ich tatsächlich bei meinen Kidnappern gesehen. Aber woher haben Sie ..."

„Ach, das ist doch alles ein und dasselbe Pack! Ich hab Ihnen erzählt, daß wir den Kerl ein paar Tage bei uns beherbergt hatten, bevor er wieder abgehauen ist. Ich hatte gehofft, daß ich ihn nie mehr wiedersehen würde. Aber ich hab ihn noch einmal gesehen."

„Wann?"

„Letzten Dezember, als die Männer zum ersten Mal bei mir hier in der Wohnung aufgetaucht sind. Roger war abgemagert seit seinem Verschwinden, das inzwischen so rund anderthalb Jahre zurücklag. Aber ich hab ihn sofort wiedererkannt. Na ja, bei seinem Gesicht ... Und als dann irgendwann auch noch sein Name fiel ... Drei Männer waren bei ihm. Zwei von ihnen – ein großer, kräftiger und ein kleiner – sahen halbwegs anständig aus; aber der Schein trügt ja bekanntlich! Der Dritte jedoch, der sah nun wirklich wie ein richtiger Gangster aus."

Ich überlegte. Der Große und der Kleine, die beiden mit halbwegs anständigem Äußeren, mußten „Zitrone" und der Kerl sein, der meinem Steuerbeamten so ähnlich sah. Der „richtige Gangster" aber, das war bestimmt der andere nächtliche Besucher, der glücklose Boxer mit den Narben im Gesicht, der zweite angebliche Freund von Mairingaud.

„Die vier standen also in der Tür", fuhr Madame Dolguet fort, „und fragten, ob Henri zu Hause sei. Ich verneinte. ‚Dann warten wir eben', antworteten sie. Ich hatte große Mühe, sie von zwei Dingen zu überzeugen: erstens, daß ich seit einem Jahr von meinem Mann getrennt lebte; und zweitens, daß Henri drei Monate zuvor bei dem Brand am Buttes umgekommen war. Das schien ihnen nicht in den Kram zu passen. Können Sie sich das vorstellen? Sie verlangten Beweise für meine Behauptungen. Zum Glück besitze ich eine amtliche Bestätigung unserer ‚Trennung von Tisch und Bett', und außerdem ist Henris Tod in unserem Familienbuch eingetragen. Angesichts dieser eindeutigen Beweise fingen die Kerle an zu fluchen wie Bierkutscher. Dann berieten sie sich leise miteinander, und schließlich teilte mir der Kräftige, der einigermaßen anständig aussah, mit, daß sie eine Hausdurchsuchung vornehmen würden. Sie hätten die Pflicht und das Recht dazu, denn sie seien von der Polizei. Mein verstorbener Mann habe die günstigen Umstände seines Berufs ausgenutzt, um mit Drogen zu handeln."

„Und Sie haben das geglaubt?"

„Natürlich nicht. Außer vielleicht die Anspielung auf Drogen. Ich frage mich, ob das nicht die Erklärung für Henris wechselnde Stimmungen sein könnte. Was meinen Sie?"

„Keine Ahnung ... Die Männer haben also Ihre Wohnung durchsucht?"

„Ja, sie haben überall rumgeschnüffelt, aber offenbar nichts gefunden. Dann sind sie weggegangen und haben mir geraten, ihren Besuch zu vergessen. Haben sich nicht mal mehr den Anschein von Polizisten gegeben. Doch ich hab ihren Rat befolgt. Was sollte ich tun? Ich hatte Angst."

„Verständlich … Und gestern sind sie zurückgekommen. Alle zusammen?"

„Nein. Gestern waren nur der Kleine da und der Große mit dem Gangstergesicht. Und eine Frau … der übelsten Sorte. ‚Wir sind's noch mal', sagte der Kleine. ‚Wir brauchen Ihre Wohnung und Ihr Telefon für einen kleinen Spaß, den wir mit einem Freund vorhaben. Setzen Sie sich aufs Sofa, wir tun Ihnen nichts.' Ich war wirklich sprachlos. Da knurrte der Große, das sei alles dummes Zeug, man müsse mich fesseln und knebeln. Er setzte seine Worte direkt in die Tat um. Das Weitere kennen Sie … Als die drei mit Ihnen weggingen, gaben sie mir denselben Rat wie beim ersten Mal: ‚Halten Sie die Klappe!' Was die Flics angeht, habe ich gehorcht. Aber jetzt, da ich Ihnen alles erzählt habe, bin ich mir nicht mehr so sicher, ob ich nicht besser daran täte, auch die Polizei zu benachrichtigen."

„Nicht nötig", erwiderte ich. „Ich glaube, Sie werden nie wieder was von den Leuten hören. Die haben sich Ihrer bedient, so gut es ging, wenn ich das mal so sagen darf … Aber man kann nie wissen. Wenn Sie ein paar Tage wegfahren würden, weit weg von der Rue d'Alésia, wäre das bestimmt nicht verkehrt."

Sie stimmte mir zu. Damit war die Unterhaltung so gut wie beendet. Sie schien alles ausgespuckt zu haben, was sie wußte. Noch zwei Fragen, und wir konnten die Sitzung aufheben. Eine meiner Fragen bezog sich auf Jean, meinen unglücklichen Besucher, der im Moment am Ufer eines Sees frische Luft schnappte; mit der anderen Frage wollte ich noch etwas über Dubaille erfahren. Jean und Dubaille, zwei Namen, die Jeanne Dolguet noch nie im Leben gehört hatte.

Wir verabschiedeten uns.

* * *

Der *Crépu* erschien am heutigen Sonntag nicht in seiner üblichen Aufmachung. Er bestand nur aus einem Sportteil. Ich kaufte eine Ausgabe, nachdem wir Madame Dolguet verlassen hatten, und mußte feststellen, daß Covet nicht bis Montag gewartet hatte, um den versprochenen Artikel über den Tod von Françoise Pellerin zu veröffentlichen. Irgendwie hatte er es geschafft, ihn in die Sonntagsausgabe zu schmuggeln. Es war eine knappe Zusammenfassung des Falles, in der jedoch das Wichtigste erwähnt war: die Adresse von Madame Pellerin, der Mutter der Fernsehansagerin. Blieb abzuwarten, ob die Erwähnung zu irgend etwas führen würde. Nach all dem, was ich seit der Unterhaltung mit Madame Pellerin erlebt hatte, zweifelte ich an einem Erfolg. Dennoch rief ich Reboul an und bat ihn, eiligst Stellung bei der alten Dame zu beziehen.

In den Radionachrichten wurde gemeldet, daß ein grausiger Fund den Spaziergängern am See von Saclay die Freude an dem schönen Frühlingstag versaut habe: die Leiche eines Mannes von etwa fünfundzwanzig Jahren, ärmlich gekleidet, ohne Ausweispapiere und, den ersten Untersuchungen zufolge, erschossen. Die Gendarmerie von Seine-et-Oise habe die Ermittlungen eingeleitet und erste Nachforschungen in der Umgebung angestellt.

Hervorragend! Aus keinem anderen Grund hatte ich den armen Kerl zu dem einsamen See gebracht. In der gottverlassenen Gegend konnte ruhig mal ein wenig aufgeräumt werden!

7
Die Alderton-Affäre

Am Montagmorgen gegen zehn Uhr saß ich am Steuer von Hélènes Wagen (meiner war in der Werkstatt) und fuhr in die Rue Cognacq-Jay zum Fernsehen. Als Ergebnis einer harmonischen Reihe von Telefonaten hatte ich eine Verabredung mit einem gewissen Marcel. Dieses pfiffige Bürschchen, so hatte Loursais mir versichert, halte sich stets in der Nähe der Leitung von *Schlagzeilen im Ersten* auf. Marcel war ein sympathischer Junge, der in einer Tweedjacke herumlief. Nachdem er noch schnell ein halbes Dutzend Anrufe innerhalb des Riesengebäudes getätigt hatte, führte er mich in den Projektionsraum. Wir setzten uns in bequeme Sessel, Marcel gab verschiedene Anweisungen, und die Privatvorstellung begann: die Sendung von *Lektüre für alle*, die ich – ein wenig abwesend, wie ich zugeben muß – von meinem Krankenbett aus gesehen hatte.

In dieser Sendung stellte Albert Simonin, der Autor von *Hände weg vom Geld*, einen jungen Kollegen vor, der soeben eine Art Reportage über das Gangstermilieu veröffentlicht hatte. Das Ganze hieß *Sitten, Gebräuche und Legenden des Milieus* und handelte von allem möglichen (zum Beispiel vom Gesetz des Schweigens und der Ganovenehre), ohne unveröffentlichte Details halb vergessener Fälle preiszugeben. Der Autor wollte anonym bleiben und präsentierte sich den Fernsehzuschauern mit einer schwarzen Augenmaske. Entweder war er ein furchtbar seriöser Gangster oder ein liebenswürdiger Spaßvogel. In den Augen von Simonin und in denen von Dumayet, der später mit dem Gast alleinblieb, leuchtete es spöttisch. Das konnte alles bedeuten … oder auch nichts. Aber nicht um Simonins und Dumayets Stimmung zu ergründen, hatte ich mich um diese Privatvorstellung der Sendung bemüht. Ich wollte bestimmte Aussagen überprüfen, die der maskierte Mann im Fernsehen gemacht und die ein anderer Maskierter wiederholt hatte. Dreihundert Millionen Gründe, mich für den Fernsehtechniker Dolguet zu interessieren, hatte meine „Zitrone“ mir unterstellt. Die fraglichen Aussagen des Mannes mit der schwarzen Augenmaske waren bei mir zu einem Ohr rein- und zum andern wieder rausgegangen, wobei mein Unterbewußtes sie jedoch registriert hatte. Jetzt hatte ich den Eindruck, daß die Worte einzig und allein an mich gerichtet waren:

„Neben dem Raub der Begum-Juwelen“, sagte der Unbekannte, „gibt es noch einen anderen Fall, der im Milieu als eine Art ‚Ungeheuer von Loch Ness‘ gilt. Ich meine die Alderton-Affäre vor mehreren Jahren. Der Schmuck von Madame Alderton ist bis heute nicht wieder aufgetaucht, und es ist absolut sicher, daß keiner der französischen oder ausländischen ‚Spezialisten‘ an der Aktion beteiligt war. Deswegen behaupten viele, daß die Alderton-Juwelen nie existiert hätten. Ich persönlich stimme dieser Behauptung zu. Trotzdem haben gewisse Leute darin eine neue Einnahmequelle entdeckt. Die Alderton-Affäre ist mit der Zeit zum Äquivalent des Betrugs mit den spanischen Kronjuwelen avanciert. Und zwar, was das Schönste daran ist, im Milieu selbst! Kleine Gauner haben versucht, leichtgläubigen Bossen Geld abzuknöpfen mit der Behauptung, sie wüßten, wo die Beute sich befinde. Und es lohnt sich ja auch wirklich, den Schatz zu heben: Die Alderton-Juwelen werden auf dreihundert Millionen Francs geschätzt. Aber ich persönlich würde keinen Sou darauf verwetten.“

Der Maskierte wechselte das Thema und berichtete über die Neuauflage eines Liebesdramas.

„Zufrieden?“ fragte mich Marcel, mein liebenswürdiger Filmvorführer.

„Oh, ja! Haben Sie vielen Dank ... Sagen Sie, alle Welt scheint diese Millionen-Geschichte für einen Witz zu halten, nicht wahr?“

„Ja, aber alle Welt irrt. Ich weiß zwar nicht, wo sich der berühmte Schmuck befindet, aber daß er tatsächlich geklaut wurde, das weiß ich. War sozusagen dabei, als es passierte."

„Im Ernst? Erzählen Sie!"

„Da gibt es nicht viel zu erzählen. Fast bei jedem Festival veranstaltet Madame Alderton ... Haben Sie nie von ihr gehört? Sie ist eine frankophile alte Amerikanerin, finanziell nicht eben schlecht gestellt ... Diese Madame Alderton also veranstaltet anläßlich des Filmfestivals eine Party in der Umgebung von Cannes, in ihrer Villa *Die Vier Pinien*. Ich sage nur: handverlesenes Publikum! Mitglieder der Académie, Schriftsteller, bekannte Stars usw. In jenem Jahr ... Mein Gott, so lange ist das noch gar nicht her! 1962 war das. Der Junge macht mir Spaß ..." Marcel zeigte auf den Bildschirm, den nun wirklich keine Schuld traf. „Vor mehreren Jahren! Hört sich an, als wäre von der Antike die Rede. Noch so einer, der viel quatscht, ohne Bescheid zu wissen!"

„Kann schon sein ... Also, 1962 war's, in Cannes, anläßlich des Filmfestivals?"

„Gegen Ende. Es war das letzte gesellschaftliche Ereignis am Rande des Festivals. Verschiedene Attraktionen wurden geboten, und der Empfang wurde im Fernsehen übertragen. Ich gehörte zum Aufnahmeteam. Eine Soirée war das, kann ich Ihnen sagen! Am nächsten Tag, wir wollten gerade nach Paris zurückfahren, weil wir nichts mehr an der Côte zu tun hatten ... Da kamen die Flics zu uns ins Hotel. In der Nacht hatten Gangster die Villa besucht. Der gesamte Schmuck der Gastgeberin war geklaut worden. Dazu noch einige Klunker der Gäste, die in der Villa geblieben waren, nachdem die Lampions ausgegangen waren. Schmuck im Gesamtwert von dreihundert Millionen Francs!"

„Und die Flics haben Sie und Ihre Kollegen verdächtigt?"

„Nein. Sie kannten nämlich schon so ungefähr den Täter: Ein Gigolo sollte es gewesen sein, ein Protegé von Madame Alderton ..." Marcel zwinkerte mir zu. „Er wohnte schon seit einiger Zeit in den *Vier Pinien* und war offenbar zusammen mit dem Schmuck verschwunden. Ob uns nichts Ungewöhnliches aufgefallen sei usw. Wir hatten schon ein paar Tage zuvor die Örtlichkeiten inspiziert, um unsere Dreharbeiten vorzubereiten. Improvisieren wollten wir nämlich nicht. Na ja, wir konnten den Flics nicht weiterhelfen, und sie ließen uns bald wieder in Ruhe, so daß wir wie vorgesehen nach Paris zurückfahren konnten. Das ist alles."

„Und dann behaupten Sie, Sie seien dabeigewesen, als es passierte?"

„‚Sozusagen', hab ich gesagt! Gut, ich hab ein wenig übertrieben", gab er lächelnd zu. „Jedenfalls hat der Diebstahl stattgefunden, sonst wären die Flics uns nicht auf die Nerven gefallen, ohne Rücksicht auf unseren Kater."

„Gibt es noch irgend etwas? Ich meine, von der Fernsehübertragung des Empfangs in der Alderton-Villa?"

„Nein, nichts. Aber ... Tja ... Ich habe mir den Spaß erlaubt, einen kleinen Privatfilm zu drehen. Ich will mich ja nicht selbst loben, aber der ist besser als die Übertragung."

„Könnten Sie mir Ihren Film zeigen?"

„Warum nicht? Aber vor heute nachmittag geht's nicht. Der Film liegt bei mir zu Hause."

„Gut, dann bis heute nachmittag."

Wenig später rief ich Hélène von einem Bistro aus an.

„Arbeit für Sie", sagte ich. „Gehen Sie in die Nationalbibliothek und sehen Sie die Zeitungen von Paris und Nizza durch, Mai und Juni 1962, während des Filmfestivals in Cannes. Es geht um den Diebstahl von Schmuck im Wert von dreihundert Millionen. Die Geschädigte ist eine gewisse Madame Alderton."

„Dreihundert Millionen?" wiederholte Hélène freudig überrascht. „Könnte es sein, daß Sie eine heiße Spur verfolgen?"

„Könnte sein, ja ... Nichts Neues in der Agentur?"

„Ein Mann hat angerufen, ohne seinen Namen zu nennen. Wollte wissen, wie es Ihnen geht. Ich habe ihm gesagt, Sie seien gesund wie ein Fisch im Wasser. Das schien ihm überhaupt nicht zu gefallen. ‚Ach, schön', hat er mit einem seltsamen Unterton gebrummt."

„Muß wohl der Kunstschütze von Samstagnacht gewesen sein. Wahrscheinlich hat er sich gewundert, daß keine Nationaltrauer wegen meines Todes angeordnet worden ist. Machen Sie sich deswegen keine Sorgen. Ich glaube nicht, daß er in nächster Zeit noch einmal den Revolverhelden spielen wird."

Ich aß zu Mittag und las dabei die neueste Ausgabe des *Crépu*. Der Tote am See von Saclay, wie er genannt wurde, war immer noch nicht identifiziert worden. Bei ihren Ermittlungen war die Polizei auf ein mysteriöses Anwesen mit kaputtem Tor gestoßen. Anscheinend hatten die Bewohner Hals über Kopf das Weite gesucht. Offiziell wurde zwischen den beiden Vorfällen kein Zusammenhang hergestellt. Auch wurden keine Einzelheiten mitgeteilt. Ich nahm an, daß meine überschlauen Kidnapper Schiß gekriegt hatten. Vielleicht war das unter den gegebenen Umständen gar nicht so schlecht.

Nach dem Essen fuhr ich nach Châtillon. Ich ließ Madame Pellerin den Schrieb unterzeichnen, in dem sie mich mit den Nachforschungen wegen des Todes ihrer Tochter betraute, händigte ihr eine Kopie aus und gab ihr den Aktenordner mit den alten Briefen und Fotos zurück. Dann wechselten wir noch ein paar Worte.

„Wie hoch waren eigentlich die Schulden von Olga Maîtrejean bei Ihrer Tochter, die sie letzten Samstag bei Ihnen beglichen hat?" fragte ich sie.

„Fünfzigtausend alte Francs", antwortete Madame Pellerin.

„Gab es so etwas wie einen Schuldschein?"

„Das glaube ich nicht. Jedenfalls habe ich nichts dergleichen gesehen."

„Waren Olga und Ihre Tochter eng miteinander befreundet?"

„Keine Ahnung. Ist aber wohl anzunehmen ... Übrigens", fügte sie hinzu, „die beiden jungen Männer (das war sehr schmeichelhaft für Reboul!), die Sie mir zu meinem Schutz geschickt haben, sind sehr nett. Und ich bin nicht so allein, vor allem abends! Aber wie Sie sehen, ist mir nichts zugestoßen."

„Ich habe meine Mitarbeiter ja auch nicht zu Ihnen geschickt, damit Ihnen etwas zustößt", erwiderte ich lächelnd.

Ich verabschiedete mich von der alten Dame und fuhr nach Paris zurück. Bevor ich den liebenswürdigen Marcel in der Rue Cognacq-Jay aufsuchte, rief ich in den Studios am Buttes an. Ich wollte wissen, wie Lucot und seine Leute mit ihrem Fernsehspiel vorankamen. Den Auskünften zufolge gestalteten sich die Dreharbeiten immer schwieriger. Olga Maîtrejean mußte ersetzt werden, da sie zu krank war, um ihre Rolle weiterspielen zu können.

* * *

Der Film, den Marcel während der mondänen Gesellschaft in den *Vier Pinien* gedreht hatte, verschaffte mir vor allem vergnügliche Minuten. Hinter der Maske des braven Erstkommunikanten verbarg Marcel das Gesicht eines Spötters. Unbarmherzig verfolgte seine brillante Kamera bestimmte Gäste und ihre lächerlichen Schwächen. Es war ein Stummfilm, doch hätte der Ton nicht entlarvender sein können.

„Die da", sagte ich bei einer Szene, „ist entweder blau oder hat von Geburt an schwache Nerven."

Die betreffende Dame, nicht mehr ganz jung, aber noch gut erhalten, mit einer vierreihigen Perlenkette um den Hals, hatte soeben ihr Glas samt Inhalt (*Williams Lawson's*) fallengelassen. Gleichzeitig schien es, als zwinkerte sie mit den Augen. Von mondäner Vornehmheit keine Spur!

„Das ist Madame Alderton", klärte mich Marcel auf, „die Frau mit dem Schmuck. Oder besser gesagt: ohne!"

„Unmäßig trägt sie ihn aber nicht grade zur Schau", bemerkte ich.

„Sie trägt fast nie welchen ... Wollen Sie mal einen richtigen Don Juan von der Côte sehen? Da, der Typ, der sich der Hausherrin nähert! Das ist er."

Ein gutaussehender junger Mann, athletisch gebaut, elegant, im Smoking, mit einem etwas ironischen Lächeln auf seinem sympathischen, männlichen Gesicht trat auf die frankophile Amerikanerin zu, legte mit ausladender Geste seinen Arm um ihre Schultern und flüsterte ihr irgend etwas ins Ohr.

„Ach, das ist ja interessant!“ rief Marcel. „Das seh ich jetzt erst. Haben Sie's auch gesehen?“

„Was denn?“

„Wie er sich zu ihr beugt ... Sieht verdammt so aus, als würde er auf ihr Kollier schielen.“

„Ich dachte eher, er schielt der Dame in den Ausschnitt.“

„Von wegen! Aufs Kollier schielt er! Sehen Sie, er spielt mit den Perlen ... Aber ich weiß gar nicht, warum ich mich so aufrege. Wenn man weiß, was in der Nacht passiert ist ... Innerlich hat er sich bestimmt totgelacht. Wirklich interessant, wie man den Bildern im nachhinein eine ganz bestimmte Bedeutung unterschieben kann!“

„Wenn ich es recht verstehe, dann ist das der Gigolo, von dem Sie mir heute morgen erzählt haben, nicht wahr? Der Juwelendieb oder, vorsichtiger ausgedrückt, der Mann, der zusammen mit dem Schmuck verschwunden ist.“

„Genau der.“

„Der Schmuck ist bis heute nicht wieder aufgetaucht, sagten Sie. Und der Gigolo, ist der wieder aufgetaucht?“

„Ja, drei Wochen später, glaube ich. In einer kleinen, verlassenen Bucht. Das Mittelmeer hatte ihn an Land gespült.“

„Ach, er ist tot?“

„Von seinen Komplizen erschlagen, wurde erzählt. Oh, wie wurde an der Côte um ihn getrauert! Bestimmt haben viele schöne Augen bei der Nachricht von seinem Tod geweint. Ein Don Juan war er, wie gesagt. Und dazu sympathisch, sogar anderen Männern. Seltsam, was? Nicht mal die Ehemänner konnten ihm böse sein ... Ah, sehen Sie, da ist Dolguet, ein Kollege von mir. Er war einer der Techniker unseres Aufnahmeteams. Wenn Sie mit dem Tod von Françoise Pellerin befaßt sind, dann haben Sie doch sicher auch schon von ihm gehört. Noch so ein Frauenheld! Einmal ist er dem Don Juan sozusagen ins Gehege gekommen. Lange vor dieser Aldertongeschichte zwar, aber trotzdem! Ich erinnere mich, daß Dolguet ganz schön die Fresse poliert worden ist. Hätte allen Grund gehabt, bei der Nachricht von Dubailles Tod zu frohlocken. Aber nein, ganz und gar nicht! Er werde keine Trauer tragen, war sein einziger Kommentar."

„Vielleicht war er praktizierender Katholik und verzieh seinen Feinden … Dieser Don Juan hieß also Dubaille, sagten Sie?"

„Ja, Albert Dubaille."

* * *

Hélène drückte ihre Zigarette im Aschenbecher aus.

„Dubaille!" murmelte sie. „Albert Dubaille!"

Es war sieben Uhr abends. Vor einer Stunde war Hélène aus der Nationalbibliothek zurückgekommen. Ich saß in der Agentur, dachte nach und zählte zwei und zwei zusammen. Wir tauschten unsere Informationen aus und zählten dann gemeinsam zwei und zwei zusammen.

„Hätten Sie's für möglich gehalten?" fragte meine Sekretärin rhetorisch. „Ich war jedenfalls nicht besonders überrascht, als ich den Namen Dubaille in den 62er Ausgaben der Zeitungen gelesen habe."

„Wir konnten darauf gefaßt sein, daß dieser Dubaille früher oder später unter den Personen, die an dem Drama beteiligt sind, Platz nehmen würde. Schließlich ist er von zwei verschiedenen Personen angekündigt worden."

Hélène zündete sich eine neue Zigarette an und fragte:

„Wie reimt sich das Ganze Ihrer Meinung nach zusammen?"

„Ganz einfach. Auch ohne das, was Sie in der Nationalbibliothek zusammengetragen haben, könnten wir eine solide These basteln. Nur mit dem, was wir vorher schon wußten, und dem, was Marcel, das Gottesgeschenk, mir erzählt hat. Abgesehen von zwei oder drei dunklen Punkten, die mich noch ein wenig stören, paßt alles wunderbar zusammen.

Hören Sie sich's einfach mal an! Was wissen wir? Daß Henri Dolguet im Mai 1962 in Cannes Mitglied des Aufnahmeteams war, das den Empfang bei Madame Alderton ... äh ... aufnahm; daß nach diesem Empfang das Verschwinden von dreihundert Millionen Francs in Juwelenform festgestellt wurde; daß der Schmuck wahrscheinlich von Dubaille, dem Gigolo von Mutter Alderton, geklaut wurde; und daß drei Wochen nach dem Coup Dubailles Leiche in einer verlassenen Bucht angespült wurde. Hinzu kommt, daß Dubaille früher einmal unseren Dolguet etwas hart angefaßt hat. Außerdem wissen wir, daß Dolguet nach seiner Rückkehr von der Côte d'Azur recht launenhaft war und einen kleinen Gauner namens Roger mitgebracht hat. Der häßliche Roger blieb ein paar Tage als eine Art Leibwächter bei Dolguet. Danach sah ich Roger bei meinen Kidnappern, die sehr an Dolguet interessiert waren. Roger brüstete sich damit, Dubaille ‚die Fresse poliert' zu haben, wie er sich ausdrückte ... Ich nehme an, Sie haben verstanden und kommen zu den gleichen Schlußfolgerungen, zu denen ich auch gekommen bin?"

„Ich glaube schon. Aber ich würde noch viel besser verstehen, wenn Sie das Pünktchen aufs i setzen würden."

„Gut. Also, folgendermaßen müssen sich die Dinge abgespielt haben: Dolguet fährt zusammen mit seinen Kollegen vom Fernsehen zur Villa *Vier Pinien*, um die Übertragung des Empfangs vorzubereiten. Dort trifft er auf Dubaille, der schon seit längerer Zeit bei Madame Alderton wohnt, wie wir inzwischen wissen. Der Gigolo spielt sich als Herr im Hause auf. Die Begrüßung der beiden Schürzenjäger kann man sich lebhaft vorstellen! Vielleicht tun sie so, als würden sie sich nicht kennen. Auf jeden Fall aber ist anzunehmen, daß Dolguet auf Rache sinnt. Rache für die Niederlage im Jagdrevier, wenn ich das mal so sagen darf. Doch wie soll die Rache aussehen? Mit den Fäusten scheint Dubaille schneller zu sein. Eine ehrliche Revanche kommt also nicht in Frage. Dolguet könnte einen oder mehrere Gangster, die er kennt, um Hilfe bitten, um Dubaille das hübsche Gesicht zu verunstalten. Einer der

Gangster ist Roger. Spät in der Nacht soll der Plan in die Tat umgesetzt werden. Doch als sie sich Dubaille vornehmen wollen, ist dieser gerade im Begriff, mit dem Schmuck in einer kleinen Reisetasche abzuhauen. Die Juwelen wechseln den Besitzer, und genau von diesem Augenblick an weiß niemand mehr, wo sie geblieben sind, die Klunker. Später dann erfahren andere – ‚Zitrone' und Co. – durch Roger, daß Dolguet den Schmuck als letzter besessen hat. Deswegen interessieren sich die Gangster so brennend für Dolguet, auch wenn er inzwischen verbrannt ist, und logischerweise auch für diejenigen, die sich für Dolguet zu interessieren scheinen, so wie ich. Soweit klar?"

„Soweit paßt jedenfalls alles zusammen", sagte Hélène. „Aber haben Sie nicht von zwei oder drei Punkten gesprochen, die Sie noch stören?"

„Allerdings. Und zwar betrifft das Dubaille. Ich verstehe sein Verhalten einfach nicht! Lebte bei Madame Alderton wie die Made im Speck. Gedeckter Tisch und einladendes Bett. Was für eine hirnverbrannte Idee, sich alles durch diesen Juwelenraub zu versauen!"

„Vielleicht war er die Amerikanerin leid. Hab gehört, daß solche Frauen sich zu regelrechten Tyrannen entwickeln können."

„Gehört denn Madame Alderton zu solchen tyrannischen Frauen? Sie haben sich doch sicher anhand der Zeitungsmeldungen ein Bild von der Dame machen können, oder? Was wurde über die geschrieben?"

„Nicht viel", sagte Hélène und warf einen Blick auf ihre Notizen. „Barbara Alderton, eine der hervorragendsten und sympathischsten Persönlichkeiten der mondänen Gesellschaft in Cannes … reiche Witwe … dreimal verheiratet, nur die erste Ehe wurde geschieden … liebenswürdiges Wesen, ausgeglichen, jugendlich … nie nervös oder gereizt. Übrigens, was ihr jugendliches Auftreten betrifft: Sie gehe auf die Fünfzig zu, heißt es. Will sagen: auf die Sechzig."

„Und Dubaille?"

„Sechsundzwanzig."
„Ich meinte mehr seine inneren Werte."
„Tja ... Gigolo von Beruf, bekannt an der Côte, sogar bei den Flics. Mußten sich zwei- oder dreimal mit ihm beschäftigen. Irgendwelche Schmuckgeschichten, in die er verwickelt gewesen sein sollte. Zu einer Anklage hat es aber nie gereicht. Trotzdem ..."
„Ja, ja, trotzdem! Sobald in seiner Umgebung Schmuck verschwand, bot er sich als Täter geradezu an! Genau deswegen hätte ich mich an seiner Stelle bedeckt gehalten ... Ist irgendwo die Rede davon, ob er intelligent war oder nicht so sehr? Auf dem Bildschirm heute nachmittag machte er nicht grade einen blöden Eindruck auf mich. Doch das will nichts heißen ..."
„Warum fragen Sie?"
„Weil er meiner Meinung nach bei dem Diebstahl der Dumme war."
„Eine ähnliche Meinung vertrat damals auch die Polizei", sagte Hélène. „Den Zeitungen zufolge hatten die Flics mehrere Theorien. Eine davon war die: Gerissene Hintermänner hätten Dubaille dazu gebracht, seine Stellung in den *Vier Pinien* auszunutzen und den Schmuck zu stehlen; dann hätten sie sich seiner entledigt."
„So ähnlich ist es wohl auch gelaufen. Nur daß nicht seine Komplizen ihn umgebracht haben, sondern Dolguet und Roger. Sagen Sie, was hat der Gerichtsmediziner nach der Autopsie gesagt?"
„Schädelbruch. Zusammen mit der Tatsache, daß er ins Wasser geworfen worden war, war das das einzige, was man mit Sicherheit wußte. Die Leiche hatte fast drei Wochen im Meer geschwommen. Hier und da wurden noch die Spuren von Verletzungen festgestellt, doch das will nichts heißen."
„Messer? Revolver?"
„Nichts Derartiges."
„Dann ist Dubaille mit solchen Werkzeugen nicht umgebracht worden. Nicht von langer Hand geplant. Es war in ge-

wisser Weise ein Unfall. Dolguet und Roger haben blind drauflosgeschlagen. Als sie bemerkten, daß sie zu kräftig zugeschlagen hatten, war es zu spät. Eine schöne Scheiße hatten sie sich da eingebrockt! Aber ganz umsonst sollte es nicht gewesen sein. Sie schauten in die Reisetasche und erblickten den speziellen Inhalt. Vergessen wir nicht, daß Roger ein kleiner Gangster ist, der auf solche Gelegenheiten wartet, um daraus Kapital zu schlagen. Die beiden beschließen also, sich die Beute zu schnappen und Dubaille ins Meer zu schmeißen."

Wir saßen eine Weile schweigend da. Ich reinigte meine Pfeife.

„Aber es ist doch erstaunlich", sagte Hélène schließlich, daß die Polizei nicht auf Dolguet gekommen ist ... falls der die Rolle, die Sie ihm andichten, auch wirklich gespielt hat. Die Rivalität zwischen ihm und Dubaille, die Schlägerei, bei der Dolguet den kürzeren gezogen hat ... Davon wußte doch alle Welt."

„Ja und? Erstens ist es gar nicht sicher, daß alle Welt von der Rivalität und Dolguets K.o.-Niederlage wußte. Und zweitens ... Nehmen Sie zum Beispiel Marcel vom Fernsehen. Er wußte, daß Dolguet von Dubaille verprügelt worden war. Als er von dem Tod des Gigolos erfuhr, ist ihm jedoch der Gedanke, Dolguet könnte etwas damit zu tun haben, nicht in den Sinn gekommen. Wenn er keinen Zusammenhang hergestellt hat, dann weiß ich nicht, warum die Flics das hätten tun sollen. Es hätte ihnen schon jemand von der Feindschaft der beiden Don Juans erzählen müssen."

„Das stimmt", gab Hélène zu.

„Übrigens wurde Dubailles Tod erst drei Wochen später bekannt. Da hatte sich schon die Meinung festgesetzt, daß der Hausfreund von Madame Alderton zu dem Diebstahl überredet worden und dann das Opfer seiner Komplizen geworden sei. Außerdem war das Aufnahmeteam des Fernsehens da schon längst wieder in Paris. Als die Flics in Cannes den Fernsehleuten im Hotel ihre Routinefragen stellten, da hätte einer von Dolguets Kollegen ein Wort über dessen gespanntes Verhältnis zu Dubaille fallenlassen können. Offenbar war das nicht der Fall ... Dabei fällt mir ein, daß Dolguet aber trotzdem ganz schön ins Schwitzen gekommen sein muß! Er konnte ja nicht gleichzeitig im Hotel und bei Dubaille sein, und wenn die Flics ihn richtig bearbeitet hätten ... Aber wie gesagt, es handelte sich bei dem Besuch der Polizei im Hotel um reine Routine."

„Und genauso routinemäßig sind anscheinend die gesamten Ermittlungen geführt worden, ohne besondere Eigeninitiative der Inspektoren", bemerkte Hélène. „Jedenfalls kann man diesen Eindruck gewinnen, wenn man die Berichte in den damaligen Zeitungsausgaben liest. Erinnern Sie sich an den Fall der Maharani von was-weiß-ich-wo, die sich ebenfalls ihre Juwelen hat klauen lassen? Allerdings in der Biegung eines Hohlwegs, und der Wert belief sich auf fünfhundert Millionen. Das war 1956, und in den Zeitungen von 1962, die ich heute nachmittag durchgeblättert habe, wurde anläßlich der Aldertongeschichte an den Fall erinnert."

„Ich erinnere mich aber nur dunkel."

„Die Polizei hat dabei gar keine gute Figur abgegeben. Von politischen Kompetenzstreitigkeiten war die Rede, von allen möglichen Verwicklungen, und letztlich ..."

„... standen die Flics als Trottel da. Ja, jetzt erinnere ich mich wieder. Und im Fall Alderton soll es ähnlich zugegangen sein?"

„So ungefähr. An dem Empfang hatten drei Akademiemitglieder und zwei ehemalige Minister teilgenommen ..."

„Oje, oje! Die armen Flics haben sich instinktiv in acht genommen und so wenig Staub wie möglich aufgewirbelt, stimmt's? Und das Geheimnis konnte sich so richtig breitmachen ... Aber ganz untätig war die Polizei doch wohl nicht, oder?"

„Oh, nein! Zuerst wurden ganz korrekt die Umstände des Diebstahls festgestellt, was übrigens denkbar einfach war. Dubaille wußte, wo Madame Alderton ihren Schmuck aufbewahrte. Er mußte ihn nur an sich nehmen, genauso wie ein paar Kleinigkeiten, die die Gäste hier und da herumliegen lassen hatten."

„Lag der Schmuck von Madame Alderton denn auch einfach so rum?"

„Nein, der lag in einem Safe, allerdings in einem nicht sehr sicheren Safe. Für Dubaille war es kein Problem, ihn aufzubrechen. Er..."

„Moment! Dubaille soll den Safe aufgebrochen haben?"

„Ja."

„Und er schlief mit der Amerikanerin?"

„Schließt sich das etwa gegenseitig aus?"

„Möglicherweise. Dubaille hatte demnach keinen Schlüssel zum Safe?"

„Madame Alderton hatte ihm ihre Gunst geschenkt. Das heißt aber nicht zwangsläufig, daß sie ihm ihre Schlüssel anvertraut hatte! Was suchen Sie eigentlich im Augenblick?"

„Nichts. Fahren Sie fort."

„Dubaille reißt sich die Klunker unter den Nagel und verschwindet, bekleidet lediglich mit einem Sommeranzug. Vor der abgelegenen Villa parken die Autos der Gäste, die im Hause Alderton übernachten. Dubailles Wagen steht ebenfalls dort, doch er benutzt ihn nicht. Den Ermittlungen zufolge erwarten ihn seine Komplizen, und in deren Auto fahren alle zusammen zu der kleinen Felsenbucht, die wenige Kilometer entfernt liegt und in der man die Leiche drei Wochen später finden wird ... In den *Vier Pinien* schläft alles tief und fest; die einen wegen des reichlichen Alkoholgenusses, die anderen – namentlich das Hauspersonal – unter der Wirkung eines Schlafmittels. Das hat Dubaille nämlich großzügig unter die Leute gebracht, um in Ruhe ‚arbeiten' und dann verschwinden zu können. Erst gegen elf Uhr morgens wachen die ersten auf, aber Madame Alderton wartet bis zum Nachmittag, um die Polizei zu alarmieren. Wahrscheinlich erholt sie sich nur langsam von dem Schock, den ihr Dubailles Verrat versetzt hat. Vielleicht hofft sie noch, daß er reumütig zurückkommen werde. Sie kann aber den peinlichen Moment noch so lange hinauszögern, schließlich muß sie in den sauren Apfel beißen und sich den Flics anvertrauen. Die nehmen in den nächsten Tagen eine ganze Reihe von verdächtigen Ausländern fest, um sich davon zu überzeugen, daß die ‚Spezialisten' ihre Hände nicht im Spiel haben ... oder noch gerissener sind als angenommen. Man muß sie wieder auf freien Fuß setzen. Ein Schlag ins Wasser. Später – oder besser gesagt: gleich darauf – treten die Privatdetektive der Versicherungsgesellschaft auf den Plan. Die Flics haben ihre Methode, die Privatflics haben eine andere. Es kommt zu Reibereien, beide Seiten behindern sich gegenseitig, und schließlich verläuft alles im Sande."

„Ja", seufzte ich, „genauso wie unsere Überlegungen. Zum Glück können wir uns jetzt auf etwas anderes stürzen, auf etwas Konkretes: die Versicherungsgesellschaft! Selbstverständlich erwartete denjenigen, der zur Wiedererlangung des Schmucks beitrug, eine Prämie, nicht wahr?"

„Sechzig Millionen."

„Dafür lohnt es sich, den Hintern hochzuheben, was? Welche Versicherungsgesellschaft war das?"

„Ein internationales Unternehmen mit amerikanischer Führung. In den Zeitungen stand nichts weiter darüber. Der Privatdetektiv, der im Auftrag der Gesellschaft eventuelle Transaktionen in die Wege leiten sollte, hieß Harding. Er saß im Hotel Miramar und wartete auf Tips oder Denunzierungen."

Ich stand auf, holte das Departement-Telefonbuch aus einer Schublade und steckte meine Nase in die Seiten für Cannes.

„Sie glauben doch wohl nicht, daß er immer noch in dem Hotel wartet!" lachte Hélène ungläubig.

„Natürlich nicht. Aber vielleicht lebt Madame Alderton noch. Hoffe ich jedenfalls."

Ich fand die Telefonnummer der *Vier Pinien* und wählte sie. Nach einer Weile meldete sich jemand am anderen Ende:

„Villa *Vier Pinien*. Ja bitte?"

Es war eine junge, frische Stimme, sanft, ausgesprochen angenehm. Zu jung und zu frisch, um der Amerikanerin zu gehören. Außerdem stammte der leichte Akzent aus Südfrankreich. Irgendeine Hausangestellte war es aber auch nicht.

„Ich möchte gerne mit Madame Alderton sprechen", sagte ich.

„Madame Alderton ist krank. Worum geht es, und wer spricht dort, bitte?"

„Mein Name sagt Ihnen bestimmt nichts. Ich heiße Nestor Burma."

„Nestor Burma!"

Die Stimme veränderte ganz plötzlich ihren Klang, wurde hart, beinahe feindselig.

„Anscheinend sagt Ihnen mein Name doch etwas", stellte ich gleichgültig fest.

Die Antwort ließ etwas auf sich warten. Dann stammelte die veränderte Stimme:

„Ja, ja ... äh ... Ich lese Zeitung und ... Sie sind der Privatdetektiv, nicht wahr?"

„Höchstpersönlich."

„Sie möchten mit Madame Alderton sprechen?"

„Wenn es möglich ist."

„Ist es leider nicht, Monsieur. Madame Alderton ist krank, ich darf sie nicht stören. Wenn ich etwas ausrichten kann..."

„Gute Idee ... Aber vielleicht könnten Sie selbst mir weiterhelfen..."

„Worum geht es?"

Als ob sie das nicht ahnen würde! Ihr Tonfall verriet sie. Bestimmt war es nicht das erste Mal, daß ein Privatflic am Gartentor der Villa läutete. Ich war nur einer von vielen aufdringlichen Kerlen, wenn auch ein Spätzünder!

„Es geht um den Schmuckdiebstahl, dem Madame Alderton vor zwei Jahren zum Opfer gefallen ist."

„Ach so ... Und?"

„Sie wissen darüber Bescheid?"

„Ja, ja. Was wollen Sie wissen?"

„Den Namen der Versicherungsgesellschaft."

„Den Namen der Vers … Oh! Haben Sie irgendeine Spur, Monsieur Burma?"
„Möglicherweise. Noch nichts Konkretes."
„Ich hoffe … ich … ich meine …"
„Was meinen Sie?"
„Na ja … Ich lese Zeitung, wie schon gesagt, und da hab ich Ihren Namen gelesen und auch, daß eine Klientin von Ihnen … diese Fernsehansagerin …"
„Keinerlei Zusammenhang! Erschrecken Sie nicht gleich. Nicht jedem, der mit mir in Berührung kommt, passiert etwas Schlimmes."
Ich unterstrich die Unbedenklichkeitserklärung mit einem ebenso jovialen wie falschen Lachen. Wie es dort in Cannes, eintausend Kilometer von der Rue des Petits-Champs entfernt, aufgenommen wurde, wußte ich nicht. Es folgte ein Schweigen, dann fragte die Stimme:
„Sie wollten den Namen der Versicherungsgesellschaft wissen, war es das?"
„Ja, das war es."
„Warten Sie bitte, ich sehe nach …"
Der Hörer wurde auf eine Tischplatte geknallt, ein wenig brutal, wie mir schien. Bumm!, machte es an meinem Ohr. Ich wartete. Einen Moment lang drängte sich eine Säuferstimme in die Telefonleitung, verschwand dann aber mit einem dumpfen Geräusch wieder im Nichts.
„Hören Sie?" meldete sich schließlich die Stimme aus Gold, einem etwas matt gewordenen Gold allerdings.
„Ja?"
„*Smith-Continental*, Monsieur. Die Büros befinden sich in der Rue Taitbout Nr. 35."
„Vielen Dank. Ich werde mich mit den Leuten in Verbindung setzen und Sie dann auf dem laufenden halten."
„Ja, Monsieur."
Sie legte auf. Ich auch.
„*Smith-Continental*, 35 Rue Taitbout", wiederholte ich und schnappte mir das Pariser Telefonbuch.

„Sie wollen tatsächlich nachfragen, ob die Prämie immer noch ausgesetzt ist!" rief Hélène.

„Ja, und ob sie in der Zwischenzeit etwas üppiger geworden ist!"

„Wissen Sie auch, wie spät es ist? Vielleicht ein wenig spät, um dort anzurufen."

„Stimmt", sagte ich und sah vom Telefonbuch auf. „Vor allem, weil eine Versicherungsgesellschaft *Smith-Continental* gar nicht existiert! Die reizende junge Dame hat mich für dumm verkaufen wollen."

In diesem Augenblick läutete das Telefon. Ich nahm den Hörer ab. Wieder vernahm ich eine junge, wohlklingende Stimme:

„Hallo! M'sieur Burma? Guten Tag. Hier Jacques Mortier."

„Jacques Mortier?"

„Vom Fernsehen. Der Kollege von Lucot, den Sie um Informationen über Paul Roudier und Henri Dolguet gebeten haben."

„Ah ja! Entschuldigen Sie, ich war im Moment ganz woanders."

„Macht nichts. Heute ist Montag, da ist so was normal. Also, ich habe die gewünschten Informationen. Könnte mich lang und breit über Roudier und Dolguet auslassen."

Inzwischen konnte er mir wirklich nichts Neues mehr über Dolguet berichten. Aber der Junge war zu nett und hilfsbereit, um ihm das Gefühl zu geben, er habe sich für nichts und wieder nichts ins Zeug gelegt.

„Na, dann schießen Sie mal los!" ermunterte ich ihn.

Er kam meiner Aufforderung nach. Es dauerte eine Viertelstunde. Wie erwartet, war ich hinterher kein bißchen schlauer als vorher.

„Egal", sagte Hélène, als Jacques Mortier aufgelegt hatte. „Was gibt das für einen Sinn?"

„Was?"

„Na, das Verhalten der jungen Frau von den *Vier Pinien*. Warum hat sie gelogen?"

„Was weiß ich?“

Hélène zeigte auf den Apparat.

„Werden Sie sie noch einmal anrufen?“

„Nein, warum?“ fragte ich achselzuckend zurück. „Ein Telefon ist eine praktische Einrichtung, aber es ersetzt kein ernsthaftes Gespräch unter vier Augen. Und in diesem Fall wäre das angebracht! Aber lassen wir das für den Moment. Eines Tages wird sich das Rätsel von selbst lösen ... Inzwischen könnten wir eine Kleinigkeit essen gehen ...“

Wir gingen eine Kleinigkeit essen, und dann fuhr ich brav nach Hause.

Um elf Uhr klingelte das Telefon. Hörte sich irgendwie bedrohlich an. Manchmal hat man solche Vorahnungen. Normalerweise hat das nichts zu bedeuten. Normalerweise. Nicht immer. Ich hob ab.

„Nestor Burma?“ fragte eine rauhe Stimme, die die Telefonleitung fast explodieren ließ.

„Am Apparat.“

Ein deftiger Fluch drang an mein Ohr.

„Hören Sie mal“, protestierte ich, „Sie sind aber nicht grade höflich, Freundchen!“ Doch plötzlich kapierte ich, wen ich an der Strippe hatte. Ich mußte lachen. „Da staunst du, was? Ja, ich bin kerngesund! Hier hast du den telefonischen Beweis: Es gibt mich noch! Du hast dich in der Zielscheibe geirrt, du Schlauberger!“

„Was?“

„Ja-a-a! Das nächste Mal schieß bitte weniger schnell. Guck dir den Kerl erst genau an, bevor du abdrückst! Mit dem, den du neulich mit mir verwechselt hast, haben die Flics jetzt jede Menge Ärger. Der Tote am See von Saclay! Aber vielleicht liest du ja gar keine Zeitung ...“

„Was?“ fragte er wieder.

„Ja, ja, ich hab den armen Kerl etwas frische Luft schnappen lassen. Er fühlte sich in meinem Korridor so beengt.“

„Was?“

Daß ihm meine Enthüllungen die Sprache verschlugen,

leuchtete mir ein. Aber mußte er deswegen ständig „was?" fragen? Schweigend wartete ich darauf, daß er seinen Wortschatz erweiterte. In dieser Richtung geschah jedoch nichts. Dafür hörte ich undeutliche Geräusche. Konnten von Ratten stammen, die sich langsam durch die Leitung hindurchfraßen. Dann klang es nach einer hitzig geführten Diskussion, von der ich jedoch leider kein Wort verstand. Schließlich hörte ich ein knallendes Geräusch, sehr knallend, sehr laut: einen lauten Knall, den nur Optimisten einem Gummiband oder einer heftig zugeschlagenen Tür hätten zuschreiben können. Ich gehöre nicht zu solchen Optimisten …

Eine Frühlingsfliege, die Schwalbe des kleinen Mannes, stieß im Fluge gegen den Schirm meiner Nachttischlampe und erfüllte das Zimmer mit ihrem wütenden Summen. Zur Abwechslung setzte sie sich dann auf meine Hand. Meine Hand hielt immer noch den Hörer, der an mein Ohr gepreßt war. Ich rührte mich nicht, atmete ganz flach.

„Verdammt nochmal!" brüllte jemand am anderen Ende.

Er hatte wohl gemerkt, daß die Telefonverbindung noch nicht unterbrochen war. Jemand anders – oder derselbe – hauchte ein verführerisches, erregtes „Hallo" in den Apparat. Ich stellte mich tot. *Ich auch*. Noch ein leises „Hallo" aus reiner Höflichkeit, dann wurde aufgelegt.

Ganz behutsam legte auch ich den Hörer auf die Gabel.

8

Angela Charpentier

Sie hatte am Dienstag gegen 15 Uhr ihren Auftritt: Angela Charpentier, zweiundzwanzig Jahre jung, mittelgroß und wohlproportioniert. Handtasche und Schuhe paßten zu dem gut sitzenden Kostüm aus korallenroter Schantungseide. Ihr relativ langes kastanienbraunes Haar umrahmte das hinreißende, braungebrannte Gesicht mit den hohen Wangenknochen und dem sinnlichen Bella-Darvi-Mund. Ihre goldschimmernden Augen schienen für ihr Alter schon eine Menge gesehen zu haben. Es war der einzige Schatten auf dem glänzenden Bild.

* * *

Ich hatte einen arbeitsreichen Vormittag hinter mir. Als ich erwacht war, hatte mein erster Gedanke Jacques Mortier gegolten. Mir gelang es, anders als telefonisch mit ihm in Kontakt zu treten. Gemeinsam vertieften wir uns wie zwei Gewerkschaftler in die Gehaltsübersicht der Fernsehstars und -ansagerinnen. Dieser Mortier besaß einen wichtigen Vorzug: Er war gleichzeitig geschwätzig und diskret. Ließ andere an seinem Wissen teilhaben, ohne sich Sorgen darüber zu machen, zu welchem Zweck man seine Auskünfte brauchte. Und noch eins: Er wunderte sich über gar nichts.

Nachdem ich erfahren hatte, was ich erfahren wollte, verabschiedete ich mich von ihm und fuhr zum Parc des Buttes-Chaumont. Die Flics geisterten immer noch in den Fernsehstudios rum und nahmen alles und jeden unter die Lupe. Doch der entscheidende Erfolg ließ noch auf sich warten. Ein Blick auf den Studioplan verriet mir, daß die Dreharbeiten für das Fernsehspiel meines Freundes Lucot vorläufig auf Eis gelegt worden waren.

Vom Buttes fuhr ich in die Rue du Dobropol, wo Olga Maîtrejean wohnte. Seit Samstag schon wollte ich der Schauspielerin einige Fragen stellen, doch die Ereignisse hatten mich bisher davon abgehalten. Ich hatte Pech: Mademoiselle Maîtrejean, die übers Wochenende weggefahren war, schien ihren Kurzurlaub zu verlängern.

Ich begab mich ans andere Ende von Paris, in die Rue d'Alésia. Auch hier Fehlanzeige. Offenbar hatte Madame Dolguet meinen Rat befolgt und ihre Wohnung geräumt. Die Concierge wußte nicht, wo sie sich aufhielt; ihre Mieterin werde aber sicherlich schreiben und eine Adresse angeben, damit man ihr die Post nachschicken könne, und wenn ich ihr eine Nachricht zukommen lassen wolle ... Ich wollte. Madame Dolguet solle sich so schnell wie möglich mit mir in Verbindung setzen, ließ ich ihr ausrichten. Ich müsse noch einmal mit ihr über ihren ehemaligen und jetzt verstorbenen Mann reden.

Inzwischen hatte ich die neuesten Ausgaben der Zeitungen durchgesehen. Der Tote von Saclay hatte immer noch nicht gesagt, wer er war, und die Gendarmerie hatte das Geheimnis immer noch nicht lüften können. Eine weitere Leiche – ich dachte an den Mord, der in der vergangenen Nacht zwar nicht vor meinen Augen, aber immerhin doch an meinem Ohr begangen worden war –, eine weitere Leiche also war bisher nicht entdeckt worden.

Meine verschiedenen Aktivitäten hatten Zeit gekostet. Jetzt war es Zeit fürs Mittagessen. Ich nahm sie mir.

Gestärkt kehrte ich kurz nach zwei in die Rue des Petits-Champs zurück. Gegen drei Uhr – ich saß alleine im Büro, Hélène war weggegangen, um etwas zu besorgen – läutete es an der Tür. Ich öffnete, und vor mir stand das reizende Geschöpf, das ich eben beschrieben habe.

* * *

„Guten Tag, Monsieur. Sind Sie Monsieur Nestor Burma?" fragte sie und heftete ihre nußbraunen Augen mit dem Goldschimmer auf mich.

„Persönlich", antwortete ich ein wenig atemlos, da ich die Stimme wiedererkannt hatte.

„Ich bin Angela Charpentier. Wir haben gestern miteinander telefoniert."

Sie lächelte und reichte mir ungezwungen ihre schmale, behandschuhte Hand, die ich mechanisch ergriff.

„Treten Sie ein", sagte ich.

Ich führte sie in mein Allerheiligstes und forderte sie auf, Platz zu nehmen. Sie legte ihre Handtasche auf die Schreibtischecke, setzte sich in den angebotenen Sessel und schlug die Beine übereinander. Sie paßten zu dem übrigen Erscheinungsbild. Manchmal leistet die Natur wirklich ausgezeichnete Arbeit. Aber auch Nylonstrümpfe sind eine Erfindung, die nicht zu verachten ist.

„Telefone lügen", sagte ich.

„Wie bitte?"

„Wir haben gestern miteinander telefoniert, sagen Sie. Und Sie sagen auch, daß Sie Angela Charpentier heißen. Nun, ich nenne Sie aber weiterhin ‚die kleine Lügnerin'."

„Ah, verstehe", erwiderte sie lachend. „Wegen *Smith-Continental*, nicht wahr? Offensichtlich haben Sie herausgefunden, daß eine Versicherungsgesellschaft dieses Namens nicht existiert. Ich entschuldige mich in aller Form, Monsieur. Aber diese Notlüge war die einzige Möglichkeit, Zeit zu gewinnen."

„Zeit zu gewinnen?"

„Ich werde es Ihnen erklären. Deswegen bin ich übrigens gekommen. Warum bin ich wohl heute morgen um kurz nach acht in Nizza ins Flugzeug gesprungen? Vor ein paar Stunden bin ich in Orly gelandet..."

Ihr Tonfall war der eines Party-Geplauders.

„Ich habe mich nur ein wenig frischgemacht, und hier bin ich! Ich mußte unbedingt mit Ihnen reden, Monsieur. Es geht um Madame Alderton. Ich möchte nicht, daß die liebenswerte alte Dame wieder Unannehmlichkeiten bekommt. Deswegen bin ich hier. Aber reden wir erst noch ein wenig über Notlügen! Ich habe Sie angelogen, das stimmt; aber Sie, Monsieur…" Sie lächelte. „Sie haben mich ebenfalls angelogen! Haben abgestritten, daß zwischen dem gestohlenen Schmuck und dem Tod der Fernsehansagerin ein Zusammenhang besteht. Doch ich hab's sofort begriffen … Hier! Lesen Sie, was der *Echo des Alpes-Maritimes* in seiner gestrigen Ausgabe geschrieben hat."

Sie öffnete ihre Handtasche, nahm eine Zeitung heraus, entfaltete sie und hielt sie mir unter die Nase. *Das Drama am Parc des Buttes-Chaumont*, lautete die Überschrift des Artikels, in dem die Fakten des Falles noch einmal wiedergekäut wurden. Dann hatte der anonyme Journalist hinzugefügt:

… Rätsel gab die Anwesenheit des Privatdetektivs Nestor Burma in den Studios auf. Es gilt als sicher, daß Mademoiselle Pellerin Morddrohungen erhalten und Monsieur Burma zu ihrem Schutz engagiert hatte. Folglich handelt es sich nicht um einen Selbstmord, wie es zunächst geheißen hatte. Möglicherweise halten die Ermittlungen noch einige Überraschungen bereit…

Kommentarlos gab ich Angela Charpentier die Zeitung zurück.

„Ich hatte den Artikel gelesen", sagte die kleine Lügnerin, „und den Inhalt noch so ungefähr im Kopf, als Sie gestern abend anriefen. Als Sie Ihren Namen nannten, wußte ich sofort, daß Ihr Anruf mit den Juwelen in Zusammenhang stand. Doch dann fiel mir die tote Fernsehansagerin ein. Ermordet, wenn ich es richtig verstanden habe. Ich hatte Angst bei dem Gedanken, die beiden Verbrechen könnten miteinander in Verbindung stehen. Madame Alderton wurde bereits vom Schicksal schwer geprüft, und im Moment ist sie sehr krank. Deswegen betrachte ich es als meine Pflicht, ihr weitere Unannehmlichkeiten, die schlimme Folgen für sie haben könnten, zu ersparen. Als Sie mich dann nach dem Namen der

Versicherungsgesellschaft fragten, habe ich Ihnen den erstbesten Namen genannt, der mir in den Sinn kam. Ich wollte Zeit gewinnen, um mit Ihnen zu sprechen, bevor Sie etwas unternehmen würden. Am Telefon ging das schlecht. Und außerdem ... Ich mußte Sie sehen ..."

Sie sah mir tief in die Augen.

„... mußte mich davon überzeugen, ob Sie menschlichen Gefühlen zugänglich sind oder ob Sie ein rücksichtsloser Mensch sind, von denen es soviele gibt."

„Donnerwetter! Und wie lautet das Urteil?"

„Hier ist es", sagte sie mit ihrem charmantesten Lächeln.

Sie reichte mir einen abgegriffenen, leeren Umschlag. Er war an Madame Alderton gerichtet, und der Absender lautete: Protection Reliance Inc., 96 Rue de la Victoire, Paris-IX., ANTin 87–49.

„*Protection Reliance* ist der richtige Name von *Smith-Continental*", scherzte Mademoiselle Charpentier. „Ich würde Ihnen diese Auskunft nicht geben, wenn ich kein Vertrauen in Sie hätte."

„Sie wissen, ich hätte mir den Namen der Versicherungsgesellschaft auch ohne Ihre Hilfe besorgen können."

„Natürlich, aber das hätte Sie viel Zeit gekostet ... Wie dem auch sei, ich betrachte mein Entgegenkommen als Beweis meines Vertrauens."

„Was bedeutet, daß Sie mich menschlicher Gefühle für fähig halten?"

„Ja."

„Wie schön! Und jetzt erzählen Sie mir doch bitte, was das für ein Gespräch ist, das Sie mit mir führen wollten und das am Telefon nicht möglich war!"

„Wie schon gesagt, Madame Alderton wurde durch den Diebstahl und den Wirbel, der darauf folgte, sehr getroffen. Momentan ist sie krank, und Sie würde weiteres öffentliches Aufsehen nicht durchstehen."

„Hat sie schwache Nerven?"

„Oh, nein! Ich kenne niemanden, der so ausgeglichen

wäre wie sie. Aber im Moment ist sie schwerkrank und daher…"

Und daher bat Angela Charpentier mich um den Gefallen, mit größter Diskretion vorzugehen und, falls ich den Schmuck hätte, mit der *Reliance* zusammenzuarbeiten, ohne die Presse oder die Polizei einzuschalten, wenn es irgendwie möglich sei.

Das Schönste daran war, daß sie offensichtlich glaubte, ich hätte ihn bereits in der Tasche, den verdammten Schmuck! Doch da mußte ich sie enttäuschen. Enttäuschen mußte ich sie auch darin, daß es möglicherweise einen Zusammenhang zwischen dem Schmuckdiebstahl und dem Tod der Fernsehansagerin gebe. Das schien sie nämlich sehr zu beunruhigen. Nun, in diesem Punkt konnte ich sie beruhigen. Ich hätte nur eine noch unsichere Spur, sagte ich, doch sollte ich zu irgendwelchen Resultaten gelangen, würde ich ausschließlich mit den Leuten von der *Reliance* darüber sprechen.

„Wir werden versuchen, alles möglichst lautlos zu erledigen", schloß ich. „Ist das recht so?"

„Oh, vielen Dank!" rief sie erleichtert. „Sie können sich nicht vorstellen, wie froh ich bin, daß Madame Alderton in ihrer Ruhe nicht gestört wird."

„Sie scheinen eine große Zuneigung für sie zu haben. In welchem Verhältnis stehen Sie zu ihr?"

„Ich bin ihre Gesellschaftsdame."

„Sind Sie nicht noch sehr jung für eine solche Aufgabe?"

„Ich bin zweiundzwanzig und … Ja, schon gut!"

Der ordinäre Klang, den die Wörter in ihrem Mund annahmen, überraschte mich.

„Schon gut", wiederholte sie. „Warum soll ich's Ihnen verschweigen? Ich bin halb ihre Gesellschaftsdame, und halb bin ich ihre Adoptivtochter. Madame Alderton ist eine herzensgute Frau. Sie hat mich … wie sagt man? … Ja, aus der Gosse aufgelesen! Hört sich etwas melodramatisch an, beschreibt aber ziemlich genau, worum es geht."

Das Ordinäre in ihrer Stimme verwandelte sich in Bitterkeit.

„Ich war damals achtzehn. Ohne Madame Alderton wüßte ich nicht, was aus mir geworden wäre. Oder besser gesagt, ich weiß es nur zu gut! Auch das hört sich wieder wie ein Klischee an, nicht wahr? Madame Alderton hat mich aufgelesen und das aus mir gemacht, was ich heute bin. Das werde ich ihr niemals vergessen! Wenn ich auch nur den leisesten Verdacht hätte, daß man ihr etwas Böses antun will …"

Ich glaubte ihr aufs Wort. In diesem Augenblick glich sie einer Löwin. Ich hab aber auch ein Talent, auf solche Exemplare zu stoßen!

Plötzlich lachte sie laut auf.

„Sehen Sie, so bin ich! Es hörte sich an, als würde ich Sie bedrohen. Entschuldigen Sie bitte … Ich lasse mich sehr schnell hinreißen …"

„Entschuldigung angenommen", sagte ich. „Und niemand will Ihrer Madame Alderton etwas Böses tun … Apropos, waren Sie zu dem Zeitpunkt des Diebstahls bereits in den *Vier Pinien*?"

„Ja."

„Dann kannten Sie auch Monsieur Dubaille?"

„Ja."

„Und was war das für einer, der Monsieur Dubaille?"

„Ein sehr netter Kerl."

„Ein sehr netter Kerl? Immerhin ist er mit dem Schmuck seiner … äh … Gönnerin abgehauen!"

„Ah, ja, das stimmt …" Sie biß sich auf die Lippen. „So meinte ich das auch nicht. Ein netter Kerl, damit meine ich, daß er sehr charmant war, liebenswürdig, angenehm im Umgang. Daß er den Schmuck gestohlen hatte, hat uns alle sehr überrascht, das kann ich Ihnen sagen!"

Brav lieferte sie mir Details über Dubailles Person und die näheren Umstände des Diebstahls, aber durch sie erfuhr ich nichts Neues. Als Gegenleistung wollte sie von mir liebend gerne wissen, welche Spur ich entdeckt hätte. Ich antwortete ausweichend. Im Moment sei es noch verfrüht, jemanden ins Vertrauen zu ziehen.

„Na schön“, sagte sie fröhlich-resigniert. „Ich möchte Ihnen nicht Ihre kleinen Geheimnisse entlocken. Aber ich bin optimistisch. Ich weiß nicht warum, aber ich habe das Gefühl, daß Sie Erfolg haben werden.“ Sie sah auf ihre Uhr. „Es ist Zeit für mich. Ich muß unbedingt nach Cannes telefonieren, um zu erfahren, wie es Madame Alderton geht. Sie kennt natürlich nicht den wirklichen Grund meiner Reise nach Paris. Ich mußte auf eine kleine Notlüge zurückgreifen...“

Bei dem Gedanken daran mußte sie lächeln. Sie stand auf, und ich erhob mich ebenfalls.

„Ich freue mich sehr, Sie kennengelernt zu haben, Monsieur Burma“, sagte sie. „Und vielen Dank, daß Sie mir Ihre Diskretion zugesichert haben ... Ich werde noch ein paar Tage in Paris bleiben. Falls Sie mich brauchen, zögern Sie nicht, mich anzurufen. Und halten Sie mich bitte auf dem laufenden, das wäre sehr nett von Ihnen.“

„Sie können sich darauf verlassen. In welchem Hotel sind Sie abgestiegen?“

„In gar keinem. Ich wohne in der Rue de l'Alboni 4 a. Das ist die Pariser Wohnung von Madame Alderton. Also dann, auf Wiedersehen. Ich bin sicher, daß Sie Erfolg haben werden“, wiederholte sie. „Ich hoffe, Madame Alderton wird es bald besser gehen, so daß sie Ihre freudigen Nachrichten entgegennehmen kann.“

„Tja ... wissen Sie ... Wenn Sie sich da mal nicht täuschen! Ich könnte Schiffbruch erleiden. Aber Sie haben recht: Wir sollten vom Gegenteil ausgehen! Aber sagen Sie, der Schmuck gehört doch inzwischen der *Reliance*, nicht wahr? Warum sollte es für Madame Alderton eine freudige Nachricht sein, wenn ich ihn wiederfinde?“

„Ach ja...“ Offensichtlich hatte sie diesen Aspekt des Problems nicht bedacht. „Ja, natürlich ... Aber sie würde sich trotzdem darüber freuen, davon bin ich überzeugt!“

In diesem Augenblick kam Hélène herein. Ich stellte die beiden jungen Frauen einander vor.

„... Mademoiselle Charpentier, unsere kleine Lügnerin von gestern abend ...“

Der wenig schmeichelhafte Titel ließ die Betroffene laut loslachen und meine Sekretärin schmunzeln. Wir wechselten ein paar belanglose Worte, dann verabschiedete sich die Gesellschaftsdame und Adoptivtochter der Amerikanerin.

Nachdem sie gegangen war, erklärte ich Hélène die Gründe für die „Notlüge“ und für den Besuch der jungen Frau. Wir machten einige Bemerkungen darüber, und dann verbarrikadierte ich mich in meinem Büro, um zu arbeiten.

Ich rief die *Protection Reliance Inc.* an, um mich zu erkundigen, ob die Prämie immer noch ausgesetzt war. Dann dachte ich an Dolguet. Wo, zum Teufel, konnte er die Klunker der Amerikanerin versteckt haben? Um das herauszukriegen, mußte ich nicht unbedingt in der Gegend herumlaufen und einen weiteren Niederschlag riskieren. Jedenfalls nicht im Augenblick. Es reichte, daß ich in meinem Büro saß und mir das Gehirn zermarterte. Ich zermarterte es bis achtzehn Uhr. Leider ohne Erfolg. Auf seinen berufsbedingten Reisen hatte Dolguet Gelegenheit gehabt, den Schatz entweder in einem Banksafe in der Provinz zu deponieren oder auf dem Grundstück irgendeines Fernsehstars – oder auch am Fuße von Notre-Dame – zu vergraben. Vielleicht mußte ich noch einmal auf das Wissen des hilfreichen Jacques Mortier zurückgreifen und mir die Liste der Reisen des Fernsehtechnikers Dolguet von Mai 1962 an besorgen. Mit etwas Glück konnte ich eventuell in zwei bis drei Jahren damit rechnen, auf ein wichtiges Indiz zu stoßen...

In diesem Stadium der Verzweiflung läutete das Telefon. Es war der Kfz-Mechaniker, dem ich meinen ramponierten Wagen anvertraut hatte. Der Wagen sei repariert, teilte er mir mit, wenn ich ihn abholen wolle...

Auf dem Weg zur Werkstatt kaufte ich die neuste Ausgabe des *Crépu*. Man hatte endlich den Toten von Saclay identifiziert. Er hieß Frédéric Jean (Jean war wirklich sein Familienname!) und war tatsächlich vor kurzem aus dem Gefängnis

Saint-Paul in Lyon ausgebrochen. Er hatte mir also die Wahrheit gesagt.

Als ich wieder in meinem Wagen saß, fühlte ich mich seltsam nutzlos. Eine Weile fuhr ich ohne ein bestimmtes Ziel durch die Straßen, einfach so. Und einfach so bog ich plötzlich in die Rue de l'Alboni ein.

* * *

„Ach, Sie sind's!" rief Angela Charpentier halb erfreut, halb überrascht, als sie die Tür öffnete.

Sie trug hochhackige Hausschuhe und einen Morgenmantel, unter dem sich außer den Nylonstrümpfen nicht viel zu befinden schien.

„Huh! Der böse Detektiv!" fügte sie lachend hinzu. „Treten Sie ein."

Ich folgte ihr in den Salon, dessen Möbel von Schonbezügen geschont wurden. Nur zwei, drei Möbelstücke waren abgedeckt und in Betrieb genommen worden. Durch das hohe Fenster sah man auf die Metrobrücke von Passy, die kaum ein paar Meter entfernt war. Ein Zug donnerte gerade vorüber.

„Ich hoffe, Sie haben der Concierge nicht Ihren dicken Revolver unter die Nase gehalten", sagte Angela, nachdem der Metrolärm sich verflüchtigt hatte.

Sie setzte sich und wies einladend auf einen Sessel. Ich nahm Platz.

„Seien Sie unbesorgt", antwortete ich. „Ich hab sie nur gefragt, in welcher Etage Madame Alderton wohne und ob jemand zu Hause sei. Sie hat geantwortet, in der zweiten, und es sei die junge Frau da, die heute aus Cannes gekommen sei."

„Was Sie davon überzeugt hat, daß ich Ihnen keine falsche Adresse genannt habe. Klar, Sie mußten es mit eigenen Augen sehen! Wirklich, Sie sind ein richtiger Detektiv, wie aus einem Kriminalroman."

All das sagte sie in einem scherzhaften Ton.

„Das meinten Sie also mit ‚Huh, der böse Detektiv', nicht wahr? Sie meinen, ich wollte Ihre Angaben überprüfen?"

„Ist das denn nicht der Fall?"

„Ganz und gar nicht! Ich habe mir vorgestellt, daß es Sie langweilt, so untätig herumzusitzen, und wollte Sie zum Essen einladen. Danach könnten wir uns irgendeine Kino-, Theater- oder Varietévorstellung ansehen. Oder fühlen Sie sich etwa nicht ein wenig einsam?"

„Doch, ein wenig schon ... Tja, also ... Gut, ich nehme Ihre Einladung an. Wenn sie nicht ernst gemeint war, müssen Sie sich selbst die Schuld geben. Möchten Sie etwas trinken, während ich mich anziehe? Die Wohnung hier wird nur einen Monat im Jahr bewohnt, aber der Weinkeller ist gut bestückt."

Sie brachte mir etwas, womit ich meine Ungeduld besänftigen konnte, und verschwand, um sich in ihr Schantung-Kostüm zu werfen.

* * *

Es schlug Mitternacht, als ich sie nach Hause in die Rue de l'Alboni brachte.

„Es war ein wunderschöner Abend", sagte sie, bevor sie aus meinem Wagen stieg. „Haben Sie vielen Dank. Das hat mich ein wenig abgelenkt. Wie ist es, kommen Sie noch auf ein letztes Gläschen mit zu mir?"

„Nein. Das ist sehr freundlich von Ihnen, aber verschieben wir's lieber auf ein andermal."

„Wie Sie wollen."

Sie stieß ein spöttisches Lachen aus, was wie eine schallende Ohrfeige wirkte. Dann öffnete sie die Wagentür und stieg aus. Dabei wand und drehte sie sich so sehr, daß man meinen konnte, sie bestünde nur aus Beinen.

„Gute Nacht", sagte sie.

Ihr Tonfall mißfiel mir. Er paßte gut zu dem spöttischen Lachen von eben. Sie reichte mir ihre Hand. Ich ergriff sie und ließ sie lange nicht los.

„Ich komm doch noch auf ein letztes Glas mit zu Ihnen", sagte ich.

Ich spürte, wie sich ihre Finger verkrampften. Ich stieg aus, und wir gingen hinauf. Bis wir wieder oben in dem Salon mit den schonenden Schonbezügen standen, sagten wir kein Wort. Und auch dann machte sie nicht sogleich den Mund auf. Erst als sie mir ein volles Glas reichte, fragte sie mit dem Gesicht eines geprügelten Hundes:

„Was haben Sie? Sind Sie verärgert? Hab ich irgend etwas Falsches gesagt?"

„Nein, nichts ... Reden wir nicht mehr davon ... Sie trinken nichts?"

„Nein, ich bin schon beschwipst."

„Ach ja?"

Ich nahm das angebotene Glas und trank einen Schluck.

„Es tut mir leid", begann sie wieder ernst.

„Aber warum denn? Reden wir von etwas anderem."

Sie versuchte es. Es gelang ihr nur schlecht. Wir saßen uns in angemessener Entfernung gegenüber. Sie gab sich jetzt alle Mühe, ihre Beine vor mir zu verstecken; aber der verdammte Rock war einfach zu kurz und zu eng und tat, was er wollte. Ein paar Minuten weidete ich mich an ihrer Verlegenheit. Sie hatte mich provozieren wollen, und nun fürchtete sie sich vor dem, was daraus folgen konnte.

Schließlich erhob ich mich.

„Ich muß Juwelen im Wert von dreihundert Millionen suchen", sagte ich sachlich, so als würde ich mich an eine Schaufel wenden. „Wenn ich morgen in Form sein will, muß ich ausgeschlafen sein."

Sie begleitete mich hinaus. An der Wohnungstür überraschte ich sie, indem ich sie in die Arme nahm und meinen Mund ihren Lippen näherte. Mit einem gequälten Seufzer wandte sie ihren Kopf ab. Ich mußte mit ihrem linken Ohr und ihrem duftenden Haar, das meine Nase kitzelte, vorliebnehmen.

„Nein", flüsterte sie. „Nein, das wäre nicht recht."

Sie zitterte am ganzen Körper, ihr Atem ging stoßweise. Ich hatte das Gefühl, ihr Herz klopfen zu hören. Aber vielleicht war das auch das dumpfe Geräusch der letzten Metro, die die Seinebrücke Bir-Hakeim überquerte.

Ich ließ sie los. Sie senkte den Kopf, doch ich hatte Zeit, in ihren Augen eine große Bestürzung zu lesen. Ich schob meine Hand unter ihr Haar und streichelte ihren Nacken.

„Gute Nacht", sagte ich.

„Gute Nacht", flüsterte sie.

Honig kann nicht süßer sein.

Ich fuhr nach Hause.

* * *

Um sieben Uhr schlief ich noch den Schlaf des Gerechten und träumte von etwas sehr Angenehmen, als ein wüstes Geklingel mich aus dem Bett warf. Ich ging zur Tür und öffnete.

Sie waren zu zweit, wie üblich. Inspektor Fabre machte das gequälte Gesicht des von Arbeitsüberlastung gezeichneten Beamten. Sein Begleiter, den ich zum ersten Mal sah, rollte wild mit den Augen. Da ich seinen Namen nicht kannte, taufte ich ihn in Gedanken sogleich „Menschenfresser". So wie die beiden vor mir standen, konnte ich nicht viel mit ihnen anfangen.

„Hallo", sagte Fabre. „Kann man reinkommen?"

Ohne eine Antwort abzuwarten, setzte er seine Frage in die Tat um und stand schon im Korridor. Die Zeiten schienen auf Sturm zu stehen.

„Aber ich bitte Sie darum!" rief ich. „Sie stören mich überhaupt nicht. Brigitte ist soeben gegangen ... Sie kennen doch Brigitte Bardot ...?"

„Herrje", knurrte Menschenfresser angewidert.

„Ihr Geklingel hat sie verscheucht", fuhr ich unbeirrt fort. „Aber ich bin Ihnen nicht böse. Kommen Sie ruhig rein."

Sie taten sich keinen Zwang an.

„Wenn Sie sich bitte anziehen und uns folgen würden", sagte Fabre. „Kommissar Faroux wünscht Sie zu sprechen."

„Ach, ist er zurück? Er war auf dem Lande, stimmt's?“

„Ziehen Sie sich an und kommen Sie mit“, wiederholte Fabre, ohne auf meine Bemerkung einzugehen.

Ich gehorchte. Menschenfresser schwenkte ein Paar Handschellen.

„Stecken Sie die Dinger wieder ein“, knurrte Fabre.

„Aber…“

„Kein aber!“

„Kapier ich nicht“, seufzte Menschenfresser. „Von Rechts wegen ist es vorgeschrieben. Immerhin hat der Kerl einen umgebracht, oder?“

9
Die Nacht von Châtillon

„Nun?" fragte ich Florimond Faroux, als ich endlich vor ihm saß, nachdem ich gut drei Stunden auf einem Korridor der Kripo gestanden hatte. „Dann hab ich anscheinend also jemanden umgebracht?"

„Ich habe Sie herbestellt, um mit Ihnen darüber zu reden", antwortete der Kommissar. „Sie erinnern sich doch an Mairingaud, nicht wahr? Als Sie ihn damals in dem Bistro an den Hallen geschnappt haben, waren Sie betrunken, und er ebenfalls. Sie hatten beide das Bedürfnis, Ihre Kanonen rauszuholen und aufeinander loszuballern, auf die Gefahr hin, jemanden zu verletzen. Die Polizei hat alles einkassiert, was einzukassieren war: Personen und Waffen. Später hat man Ihnen Ihren Revolver wiedergegeben. Vorher jedoch hatten unsere Spezialisten von der Ballistik Zeit, die Waffe zu untersuchen und ihre Charakteristika zu registrieren. Nun, also ... Hier!"

Er zeigte mir Fotos. Diese wiederum zeigten das Gesicht meines unglücklichen nächtlichen Besuchers und waren offenbar in der Morgue geschossen worden.

„Kennen Sie den Mann?"

„Nein, wer ist es?"

„Ein gewisser Frédéric Jean."

„Ich kenne einen Monsieur Jean, aber der heißt Marcel und ist surrealistischer Maler."

„Der Jean, den ich meine, ist weniger surrealistisch, sondern eher unrealistisch", erwiderte Faroux. „Er wurde letzten Sonntag am See von Saclay gefunden, mit drei Kugeln im Körper. Die Staatsanwaltschaft von Versailles ist mit dem Fall befaßt und hat ein Rechtshilfegesuch an uns gestellt. Und da wir hier die Daten der Tatwaffe registriert haben..."

„Die Daten der Tatwaffe?"

„Stellen Sie sich nicht dumm! Sie haben doch schon kapiert, daß die Untersuchung der Kugeln in der Leiche keinen Zweifel an der Tatwaffe lassen. Die Kugeln stammen aus dem Revolver, mit dem Sie auf Mairingaud geschossen haben! Es handelt sich nicht um den, den Sie zur Zeit mit sich rumschleppen", fügte er hinzu und nahm aus einer Schublade meine Zweitwaffe, die Menschenfresser und Fabre bei mir gefunden und an sich genommen hatten. „Das ist nicht die Tatwaffe. Die Tatwaffe ist ein anderer Revolver: ein 32er *Smith & Wesson*. Wo ist er?"

„Sie werden lachen", sagte ich. „Man hat ihn mir geklaut! Erinnern Sie sich an die Freunde von eben diesem Mairingaud, die mich vor kurzem besucht und uns beide bei der Gelegenheit niedergeschlagen haben? Aus Gewohnheit haben die Gewohnheitsverbrecher ein paar Schubladen bei mir aufgerissen, und der Kerl, den ich Galgenvogelgesicht getauft habe, hat den fraglichen Revolver gefunden und mitgenommen. Hatte ich Ihnen das nicht erzählt?"

„Ich erinnere mich nicht mehr."

„Kein Wunder! Ich erinnere mich nämlich selbst nicht daran, ob ich's Ihnen erzählt habe oder nicht. Wir waren beide etwas mitgenommen, nicht wahr? Daran werden Sie sich doch noch erinnern, oder? Sie müssen mir's glauben, Herrgott nochmal! Wenn ich die Absicht gehabt hätte, jemanden umzubringen, hätte ich nicht ausgerechnet den Revolver benutzt, den die Polizei in den Fingern gehabt hatte. Ich konnte mir doch ausrechnen, daß sie seine Charakteristika registriert hatten."

In der darauffolgenden Diskussion gelang es mir, den Kommissar mit meinen Argumenten zu überzeugen.

„Na schön", sagte er schließlich. „Dann wäre also der Kerl, der Ihnen den Revolver geklaut hat, der Mörder von Frédéric Jean. Da fällt mir ein, daß ich Sie nach unserer blamablen Vorstellung damals gebeten habe, sich bei Gelegenheit unser Fotoalbum anzusehen, Serie Mairingaud & Co. Aber dann mußten Sie sich in der Klinik pflegen lassen, und es ist nichts daraus geworden. Vielleicht könnten wir es jetzt nachholen?"

Er rief den polizeilichen Erkennungsdienst an und gab seine Anweisungen. Danach gingen wir ein Stockwerk höher, um die Karteikarten der Gewohnheitsverbrecher zu studieren. Knapp zwei Stunden verbrachte ich mit den Fotos aller möglichen Schurken, von denen jedoch keiner meinem boxenden Galgenvogelgesicht oder seinem Komplizen, dem Doppelgänger meines Steuerbeamten, ähnelte. Das überraschte mich nicht im geringsten. Man zeigte mir Fotos von Mairingauds Freunden und von den Freunden seiner Freunde, aber meine zuschlagenden Besucher waren nicht dabei. Ich ging hinunter zu Faroux, der sich schon vorher in sein Büro zurückgezogen hatte.

„Nichts", sagte ich.

„Wunder passieren eben selten", erwiderte mein Freund. „Schließlich kennen wir nicht alle Freunde von Mairingaud."

„Zählte Frédéric Jean auch dazu?"

„Wohl kaum. Mairingaud und Konsorten sind Gangster ganz besonderen Kalibers. Der Tote dagegen war ein armer Teufel. Vor zwei Jahren wohnte er noch in Südfrankreich, wo er auch herstammte. Hier und da kleine Gaunereien, mehr nicht. Dann reiste er in der Gegend herum, kam irgendwie nach Lyon. Mit welchen Absichten, weiß ich nicht, aber ganz sicher ohne Geld. Um sich welches zu beschaffen, langt er in die Kasse eines Lebensmittelgeschäfts, läßt sich aber schon nach zehn Metern schnappen. Einfacher Diebstahl, allerdings mit unerfreulicher Vorgeschichte. Resultat: zwei Jahre, die er in Lyon absitzen mußte. Sie sehen, alles andere als ein Glückspilz!"

„Nein, wirklich nicht", stimmte ich zu.

‚Und bis an sein Lebensende vom Pech verfolgt', dachte ich für mich.

„Außerdem war er ziemlich blöd. Hat sich zwei, drei Monate vor Haftentlassung aus dem Staub gemacht. Können Sie sich das vorstellen?"

„Vielleicht hatte er's eilig, sich abknallen zu lassen?"

„Vielleicht. Tatsache ist, daß er schon vor zwei Jahren nach Paris wollte."

„Na ja, da ist er ja jetzt auch."

„Ja."

„Schön. Und davon abgesehen, was mache ich mit dem angebrochenen Vormittag?"

„Nichts, wenn es sich irgendwie einrichten läßt! Nehmen Sie Ihre Kanone und gehen Sie nach Hause."

Ich steckte meinen Revolver ein.

„Freut mich sehr, daß Sie mich nicht mehr für einen Mörder halten!"

„Ihre Erklärungen haben mich überzeugt. Hoffen wir, daß sie den Untersuchungsrichter von Versailles ebenfalls überzeugen. Apropos, er will sie bestimmt vernehmen."

„Ich stehe ihm zur Verfügung. Ich hoffe nur, daß er nicht auf den Kopf gefallen ist und sich keine abenteuerlichen Theorien ausdenkt. Da wir gerade von Köpfen reden ... Wie geht's denn Ihrem?"

„Geht so. Ich hab mich wieder erholt."

„Auf dem Lande, ja. Hab's gehört. Weit weg von neugierigen Blicken und kollegialen Anspielungen auf weiche Birnen im höheren Polizeiapparat ... Und die Ermittlungen im Falle Pellerin?"

„Wir fallen den Fernsehleuten in der Rue Carducci mit unseren Vernehmungen und Überprüfungen auf den Wecker. Aber sagen Sie, das ist ja 'ne Welt für sich, diese Studios! Alles läuft überall rum, Hektik, Bewegung ... Unmöglich herauszufinden, wer bei der Ansagerin war, nachdem Sie sie verlassen hatten. Aber wir werden es schon rauskriegen!"

Ich versicherte ihm, daß auch ich davon überzeugt sei, und verließ die *Tour Pointue*. Inzwischen war es zwölf Uhr vorbei. Ich aß im Quartier Latin zu Mittag, und gegen zwei war ich in der Agentur. Auch Hélène trudelte ein. Ich brachte sie auf den neuesten Stand der Ereignisse.

„Dann hat also das Galgenvogelgesicht diesen Frédéric Jean umgebracht?" rief sie aus.

„Höchstwahrscheinlich. Nach meiner Landpartie wollte er mich Samstagnacht erschießen, doch der Pechvogel Jean geriet in die Schußlinie. Vermutlich handelte es sich dabei um eine Aktion auf eigene Faust, die nicht den Beifall seiner Komplizen fand. Als die davon erfuhren – von ihm selbst, nachdem er mich angerufen hatte, um zu hören, wie's mir ging –, da sagten sie sich: Besser, wir machen ihn unschädlich, dann kann er keinen Schaden mehr anrichten. Der Schlauste war er nämlich nicht, das boxende Galgenvogelgesicht. Seine Ermordung habe ich durchs Telefon miterlebt."

„Und was halten Sie von Frédéric Jean?" fragte Hélène.

„Er lebte in Südfrankreich, als Dolguet mit dem Fernsehteam dort weilte, das heißt, als die Alderton-Juwelen gestohlen wurden. Er hat vor mir den Namen Dubaille erwähnt. Meiner Meinung nach kannte er auch Dolguet und Roger, das Affengesicht. Dolguet und Roger sind ohne ihn nach Paris zurückgefahren. Er versuchte, mit ihnen in Kontakt zu treten. Da wurde er eingelocht. Nachdem er wieder ausgebüxt und ohne einen Sou auf der Flucht war, kam er zu mir, um sein Wissen an mich zu verkaufen. Tja, den Preis mußte er allerdings selbst bezahlen. Man kann behaupten, daß er mir einen gewaltigen Dienst erwiesen hat."

„Gut, daß Faroux Sie kennt und Ihnen die Revolvergeschichte abgenommen hat!"

„Ja, aber auch wenn er glaubt, daß ich nicht Jeans Mörder bin, so gibt ihm das Zusammentreffen der seltsamen Begleitumstände bestimmt zu denken. Ich muß damit rechnen, daß er mich überwachen läßt. Ich spüre, daß meine Bewegungsfreiheit von heute an empfindlich eingeschränkt sein wird, auch wenn man mich nicht einsperrt. Na ja, ich werde mich damit abfinden müssen und mich nicht mehr allzusehr bewegen."

„Sie geben auf?"

„Nein! Aber was soll ich denn tun? Eine Schaufel kaufen und Löcher im Parc des Buttes-Chaumont, im Bois de Boulogne oder an all den anderen Orten graben, an denen Dolguet die 300-Millionen-Juwelen verbuddelt haben könnte? Nein. Was ich jetzt brauche, ist viel Ruhe und eine gute Pfeife, mit der ich mich in einen bequemen Sessel setze und nachdenke."

* * *

Ich schloß mich in meinem Büro ein und begann mit der angekündigten Denkarbeit. Ich versuchte es jedenfalls. Zur Aktivierung meiner grauen Zellen holte ich sogar das Foto von Henri Dolguet hervor und betrachtete es. Mit der affigen Weste und der heraushängenden Uhrkette schien sich der selbstgefällige Dandy über mich lustig zu machen. Ich steckte das Foto schnell wieder in meine Brieftasche. Es war alles für die Katz. Bevor ich keine weitere Unterhaltung mit seiner ehemaligen Frau geführt hatte, kam ich nicht weiter. Und auch dann bestand keine Garantie dafür, daß es besser vorangehen würde. Optimistisch wie kein zweiter stand ich auf und ging ans Fenster, um einen Blick auf die Rue des Petits-Champs zu werfen. Der Verdacht, daß Faroux mich beschatten ließ, hatte sich in meinem Unterbewußtsein festgesetzt. Plötzlich war mir der Gedanke daran unerträglich. Wenn ich mich von den Flics verfolgt fühle, kann ich nicht mehr denken. Und wenn ich nun, entgegen meiner Behauptung, irgendwohin gehen mußte? „Ein schönes, ruhiges Versteck", sagte ich zu mir, „wo du in Muße nachdenken kannst – oder schlafen und von einem Wunder träumen! –, das ist es, was du jetzt brauchst!" Ein schönes, ruhiges Versteck? Na ja, warum eigentlich nicht? Ich schnappte mir das Telefonbuch, das nach Straßen geordnet ist. Rue de l'Alboni 4a, Madame Alderton: RANelagh 09-87. Und wählte die Nummer in der Hoffnung, daß der Apparat angeschlossen und jemand zu Hause war, der den Hörer abnehmen konnte. Der Apparat war angeschlossen, und es war auch jemand zu Hause, der den Hörer abnahm.

„Hallo", meldete sich die etwas furchtsame und überraschte Stimme von Angela Charpentier.

„Guten Tag", sagte ich. „Hier Nestor Burma. Kann ich Sie besuchen kommen?"

„Aber ... Ja, natürlich."

„Dann bis gleich."

* * *

Mein Unterbewußtsein hatte mich nicht getäuscht. Ich merkte bald, daß mir ein 4 CV folgte. Ostentativ. Mit Menschenfresser auf dem Beifahrersitz. Ich deutete das als eine freundliche Warnung von Florimond Faroux. Es bedeutete: Machen Sie keine Dummheiten, wir sind in der Nähe! Eine Art Schutzmaßnahme gegen mich selbst. Danke, Kommissar!

Mit meinen Beschattern im Schlepptau fuhr ich noch ein wenig durch Paris, dann parkte ich meinen Wagen auf dem Parkplatz eines großen Kaufhauses. Ich betrat dieses Kaufhaus und verließ es kurz darauf wieder, ohne daß mir irgend jemand folgte. Ich nahm ein Taxi, stieg fünf Minuten später in ein anderes um und gelangte schließlich mit der Metro in die Rue de l'Alboni.

Angela empfing mich in einem eleganten Hauskleid. Ihre offensichtliche Freude war mit leichter Unsicherheit vermischt.

„Was verschafft mir die Ehre Ihres Besuches?" fragte sie nach der Begrüßung. „Ich freue mich sehr, Sie wiederzusehen. Wissen Sie, ich habe nicht mehr damit gerechnet."

„Und warum nicht?"

„Na ja ... Ich dachte, Sie würden denken, daß ... Ich meine, nach meinem Verhalten neulich ..."

„Reden wir nicht mehr darüber. Oder nein, reden wir drüber! Ich bin gekommen, um Sie endgültig zu kompromittieren. Gewisse Gründe – sagen wir: politischer Natur – zwingen mich, eine Zeitlang aus meinem Büro und meiner Wohnung zu verschwinden. Ich möchte Sie um Asyl bitten. Sie werden mir Ihre Gastfreundschaft doch wohl nicht verweigern, oder? Das Ganze hängt übrigens mit der Suche nach dem Schmuck Ihrer Arbeitgeberin und Gönnerin zusammen."

„Gründe politischer Natur?"

„Ich nenne das so. Anders ausgedrückt: Die Polizei überwacht mich. Es würde zu lange dauern, Ihnen zu erklären, warum. Jedenfalls fühle ich mich in meiner Bewegungsfreiheit beeinträchtigt. Nun brauche ich aber unbedingt meine Freiheit, und deshalb ..."

„Aber selbstverständlich“, unterbrach sie mich lebhaft. „Sie können hierbleiben. Die Wohnung ist groß genug. Zimmer gibt es mehr als genug. Kommen Sie, ich zeige Ihnen, wo Sie wohnen können ... Von der Polizei überwacht!“ murmelte sie, während wir regelrechte Zimmerfluchten durchquerten. „Das ist wirklich außergewöhnlich.“

Ihr Ton sollte unbeschwert heiter klingen, aber eine Spur von Angst war nicht zu überhören.

Das behagliche Gästezimmer ging auf den Quai de New York hinaus. Wenn man aus dem Fenster blickte, sah man auf dem anderen Seineufer den Eiffelturm.

„Sehr schön“, stellte ich fest. „Hier werde ich mich fühlen wie in Abrahams Schoß! Wo steht das Telefon?“

Es stand in der Bibliothek, zwei Zimmer weiter. Ich rief Hélène an:

„Was ich befürchtet hatte, ist eingetreten. Faroux läßt mich beschatten. Ich konnte meine Verfolger abschütteln und verstecke mich ein Weilchen.“

„Eine geniale Idee!“ spottete Hélène. „Ihr Verhalten wird den Kommissar in seinem Verdacht bestärken, daß Sie sich etwas vorzuwerfen und etwas zu verbergen haben.“

„Stimmt ... aber ich kann nichts dagegen tun! Ein Rückzieher kommt nicht in Frage. Ich möchte mich bewegen können, ohne daß mir jemand an den Fersen klebt. Ich habe meinen Wagen auf dem Parkplatz der *Galeries* abgestellt. Im Moment brauche ich ihn nicht. Faroux wird bestimmt wütend sein und versuchen, mich wieder einzufangen. Mein Wagen könnte ihm dabei helfen. Holen Sie ihn und stellen Sie ihn in die Garage. Den Wagen, meine ich.“

„In Ordnung, Chef. Wo verstecken Sie sich?“

„Rue de l'Alboni 4a, Telefon RANelagh 09-87.“

„Rue de l'Alboni? Donnerwetter! Das ist ja ganz gegen Ihre Gewohnheiten! Verstecken Sie sich diesmal nicht in irgendeinem Ganovenviertel?“

„Nein.“

Ich legte auf. Angela betrat durch eine Verbindungstür

die Bibliothek. Eine innere Stimme sagte mir, daß sie das Telefongespräch an einem Nebenanschluß mitgehört hatte.

* * *

Im Laufe der darauffolgenden Stunde wurde mir der Beweis für meine Vermutung geliefert.

Wir räumten das Zimmer, das mir zugedacht war, ein wenig auf, als Angela das Gespräch auf meinen Wagen brachte und darauf, daß ich doch im Moment keinen fahrbaren Untersatz besäße. Sie schlug vor, einen Wagen zu mieten. Kurzentschlossen sah sie im Telefonbuch nach, tätigte ein paar Anrufe, und schon machte sie sich auf den Weg, um den Plan in die Tat umzusetzen. Ich blieb alleine in der Wohnung zurück und beendete die Aufräumarbeiten.

Als sie zurückkam, mußte ich nach unten gehen und den Wagen bewundern, der ganz in der Nähe geparkt war. Es war eine amerikanische Marke, etwas weniger riesig als die Luxuslimousine, die ich am Todestag der Fernsehansagerin vor den Studios am Buttes gesehen hatte. Aber auch mit dem Mietwagen konnte man nicht unbemerkt durch die Straßen fahren. Ich sagte nichts, nahm mir aber vor, ihn nur im äußersten Notfall zu benutzen. Wenn Angela nicht so jung gewesen wäre, hätte sie sich denken können, daß so ein Schlitten sich nicht für jemanden eignete, der sich momentan bescheiden im Hintergrund halten mußte. Tja, sie war eben noch ein unerfahrenes Ding! Und außerdem war sie auch eine unerfahrene Köchin. Sie bestand aber darauf, „zu Hause“ zu speisen. Manchmal kann ich einfach nicht nein sagen. In diesem Fall hätte ich es tun sollen …

Nach dem Essen (der Einfachheit halber wollen wir diese Bezeichnung beibehalten) rief sie in Cannes an, um sich nach dem Gesundheitszustand von Madame Alderton zu erkundigen. Der Amerikanerin ging es dem Vernehmen nach besser.

* * *

Es war eine milde Märznacht. Auf die Fensterbank gelehnt, die Pfeife im Mund, beobachtete ich den sich drehenden Scheinwerfer des Eiffelturms. Es sah aus, als wolle er mit seinem bleichen Lichtkegel die leuchtenden Sterne vom Himmel fegen. Ein Metrozug überquerte die Brücke. Seine Lichter spiegelten sich in der Seine und wurden von der Strömung fortgeschwemmt. Unter mir rasten vereinzelte Autos über den Quai de New York. Bei dem geringen nächtlichen Verkehr konnten sie sich hohe Geschwindigkeiten erlauben. Irgendwo in einem der vielen Zimmer schlug es Mitternacht. Es überraschte mich, daß hier in der Wohnung eine Wanduhr in Betrieb war. Paris gab seine nächtlichen Geräusche von sich, so schwach wie ein Alibi, aber so beharrlich wie ein böses Gerücht. Hier in der riesigen Wohnung, die trotz der vielen Möbel nach Verlassenheit roch, herrschte Stille.

Angela schlief noch nicht lange. Ich hatte sie auf und ab gehen hören, wobei sie einen ziemlichen Lärm gemacht hatte. Ihr Zimmer war nur durch ein weiteres Gästezimmer von meinem getrennt. Nachdem ich das festgestellt hatte, hatte ich mich gefragt, was wohl passieren würde. Nichts war passiert. Angela hatte auf die kleinen Provokationen des Vorabends verzichtet.

Ich rauchte meine Pfeife zu Ende, schloß das Fenster, zog die Vorhänge zu und ging wieder ins Bett. Ein unerklärliches Unbehagen hatte mich aufgescheucht. Jetzt lag ich wieder im Bett, und es quälte mich dasselbe Gefühl, dessen Ursprung ich nicht ergründen konnte. Irgend etwas stimmte hier nicht. Klar, meine Situation war höchst ungewöhnlich: Um mich aus den Fängen der Flics zu befreien, hatte ich eine äußerst verführerische kleine Maus, die ich erst seit vierundzwanzig Stunden kannte, um ihre Gastfreundschaft gebeten, war aufgenommen worden und schlief nun wenige Meter von ihr entfernt. So etwas passiert einem ja nicht alle Tage. Doch, in einer solchen Situation konnte man schon ein seltsames Gefühl in der Magengrube bekommen. Ganz sicher.

Aber da war noch etwas anderes.

Den ganzen nächsten Tag über geschah nichts. Es war ein Donnerstag. Wie die Pariser Schüler hatten auch die Ereignisse ihren freien Tag. Die Nacht brach zur üblichen Stunde herein. Gegen Mitternacht schnarchte ich bereits, als das schrille Läuten des Telefons mich weckte. Instinktiv stand ich auf, um an den Apparat zu gehen. Als ich in die Bibliothek kam, stand Angela dort in einem vielversprechenden Nachthemd, den Hörer bereits in der Hand.

„Entschuldigen Sie", murmelte ich und machte Anstalten, mich zurückzuziehen.

„Bleiben Sie", sagte sie und reichte mir den Hörer. „Für Sie."

Sie schenkte mir ein Lächeln und ging hinaus.

„Hallo", brummte ich.

„Hallo, Chef? Hier Reboul. Hab soeben Hélène angerufen. Bei Ihnen hat sich niemand gemeldet. Hélène hat mir diese Nummer gegeben ... Hören Sie, Mutter Pellerin hatte Besuch von einem Einbrecher. Mehr kann ich Ihnen im Augenblick nicht erzählen. Keine Zeit! Ich bin nämlich schon viel zu lange aus dem Haus fort. Dort gibt es kein Telefon. Ich rufe Sie von einem Bistro in der Rue des Forges aus an, dem einzigen, das noch geöffnet hatte. Kommen Sie? Ich weiß wirklich nicht, was ich mit dem Kerl und der ohnmächtigen Alten machen soll."

„Bin schon unterwegs."

Ich rannte in mein Zimmer. Vor der Tür stolperte ich über Angela.

„Ich komme mit", sagte sie. „Ein Glück, daß ich den Wagen gemietet habe, nicht wahr?"

„Sie haben das Gespräch auf einem anderen Apparat mitgehört", sagte ich statt einer Antwort.

„Ja", gestand sie mit dem entwaffnenden Lächeln eines kleinen, ungezogenen Mädchens, das soeben beim Marmeladenaschen in der Vorratskammer erwischt worden ist. „Ja, ich weiß! Ich bin schlecht erzogen."

„Die fällige Moralpredigt halte ich Ihnen später. Jetzt gehen Sie wieder brav ins Bett! Ich brauche Sie im Moment nicht."

„Doch“, widersprach sie. „Als Krankenpflegerin. Haben Sie nicht gehört? Eine alte Dame ist ohnmächtig geworden.“

„Sie und Ihre alten Damen!“ seufzte ich.

Ich gab meinen Widerstand auf.

* * *

„Hier ist das Paket“, sagte Reboul, indem er mit seinem Revolver auf den Gefangenen zeigte. „Ein harter Brocken. Mußte ihn erst ein wenig verprügeln, um ihn fesseln zu können. Ich glaube aber kaum, daß er dadurch noch häßlicher geworden ist.“

Das Paket, das war Roger. Das Affengesicht, der Kerl, den Dolguet von der Côte d'Azur mit nach Hause gebracht hatte, der übernervöse Gangster aus der „Zitronen“-Bande. Noch genauso häßlich, noch immer mit denselben Segelohren. Geknebelt, an Händen und Füßen gefesselt, mit einer Beule an der Stirn, so lag er auf dem Teppich eines Zimmers im ersten Stock. Madame Pellerin hatte es meinen Mitarbeitern für ihre Nachtschicht zur Verfügung gestellt.

Als Roger mich erblickte, riß er seine Augen weit auf und knurrte etwas Unverständliches hinter seinem Knebel.

„Was ist passiert?“ fragte ich Reboul.

„Zavatter hat ihn mir ans Herz gelegt, als ich ihn gestern abend gegen sieben abgelöst habe. Ihm war der Kerl schon den ganzen Nachmittag über aufgefallen. Interessierte sich eingehend für die Nr. 15 und strich in der Gegend herum. Irgendwann im Laufe des Abends ist er auf der Rückseite eingestiegen. Hat die Küchentür aufgebrochen. Oh, natürlich ganz behutsam, so daß ich nichts gehört habe. Aber Mutter Pellerin muß was gehört haben. Jedenfalls hat sie geschrien. Daraufhin bin ich nach unten gerannt und hab mich auf den Einbrecher gestürzt. Hat 'ne Weile gedauert, bis ich ihn bewußtlos schlagen konnte. Ich hab ihn nach oben geschleppt, hier in dieses Zimmer. Die Alte war aus den Latschen gekippt, und sie sollte ihn nicht unbedingt zu Gesicht kriegen, wenn sie aufwachen würde. Dann hab ich Sie so schnell wie möglich alarmiert. Hier, das hab ich bei ihm gefunden."

Er gab mir einen zerfledderten Wehrpaß, den ich durchblätterte und einsteckte. Der Paß war auf den Namen Roger Bastou ausgestellt. Ich trat zu dem Geknebelten, richtete ihn auf und lehnte ihn gegen das Bett. Dann befreite ich ihn von dem Knebel.

„So sieht man sich wieder, was, Roger? Was hast du hier in dem Haus gesucht?"

Er warf mir einen giftigen Blick zu.

„Ich hatte Hunger und brauchte Geld. Da hab ich in der Zeitung die Adresse der Alten gelesen. Hab mir gesagt: Sie ist bestimmt alleine und wird keine Schwierigkeiten machen. Das ist alles."

„Geben dir deine Kumpel nichts mehr zu essen?"

„Die hab ich sausenlassen."

„Ach ja? Na schön ... Wegen dir hab ich meinen Schlaf unterbrochen. Ich möchte so schnell wie möglich wieder zurück ins Bett. Verplempern wir also keine Zeit mit Kinderkram und fahren wir brav zu den Flics."

„Meinen Sie vielleicht, davor hätte ich Angst?" lachte er. „Die werden mich schon nicht fressen. Versuchter Diebstahl, das kostet nicht das Leben."

„Nein, das nicht. Aber da gibt es noch was anderes. Du wirst den Flics erklären müssen, wie du zusammen mit Dolguet und Frédéric Jean den schönen Dubaille totgeschlagen und ins Meer geschmissen hast, nachdem ihr ihm den Schmuck abgenommen hattet, den der wiederum Madame Alderton geklaut hatte."

„Scheiße! Das wissen Sie alles?"

„Aber ja, mein Freund."

In diesem Moment stieß jemand hinter mir einen dumpfen Schrei aus. Ich drehte mich um. Angela.

„Dubailles Mörder!" rief sie haßerfüllt.

„Was machen Sie denn hier? Ich dachte, Sie wollten sich um Madame Pellerin kümmern."

„Das habe ich auch", antwortete sie und wickelte sich wie eine beleidigte Prinzessin in den etwas zu großen Nerzmantel, den sie sich bei unserem überstürzten Aufbruch in der Rue de l'Alboni übergeworfen hatte. „Sie ist eingeschlafen. Ich wollte es Ihnen nur mitteilen."

Ihre Augen nahmen einen durchdringenden, harten Ausdruck an, den ich bereits in bestimmten Situationen bei ihr beobachtet hatte.

„Schön", erwiderte ich. „Vielen Dank für die Auskunft. Gehen Sie jetzt bitte wieder zu Ihrer Patientin."

„Sie braucht mich nicht mehr."

„Wollen Sie etwa hierbleiben?"

Ich sah ihr tief in die haselnußbraunen, goldschimmernden Augen.

„Ja."

Reboul knurrte mißbilligend. Ich zeigte auf den Bösewicht Roger und fragte Angela:

„Erwarten Sie, daß ich ihn foltere?"

„Werden Sie's tun?"

„Sie scheinen das zu hoffen."

„Ich?" Jetzt war sie wieder das ungezogene Kind. „Ganz und gar nicht! Ich bin nur neugierig. Das ist alles so neu für mich, so spannend!"

Achselzuckend drehte ich ihr den Rücken zu und tat so, als wäre sie nicht mehr im Raum. Ich hörte, wie sie einen Stuhl rückte und sich setzte.

„Ja, mein lieber Bastou, das alles weiß ich", knüpfte ich an mein Gespräch mit dem häßlichen Gangster an. „Aber ich weiß nicht alles, und du sollst mein Wissen vervollständigen. Los, leg die Karten auf den Tisch, und wir reden nicht mehr von den Flics. Was hältst du davon?"

„Na schön", knurrte er, nachdem er das Für und Wider meines Vorschlags abgewogen hatte. „Sie könnten aber vielleicht erst mal meine Fesseln ein wenig lockern. Mir kribbelt's in allen Gliedern! So kann ich nicht nachdenken."

Ich kam seinem Wunsch nach und bot ihm sogar eine Zigarette an, die ich aus Rebouls Päckchen nahm. Er rauchte gierig, während wir schweigend warteten. Unter dem Fenster miaute eine Katze und von der nahegelegenen Bahnlinie antwortete ihr das Pfeifen einer Lokomotive. Hinter mir hörte ich Angela atmen.

„Bist du bald soweit?“ fragte ich ungeduldig.

„Schon gut, ich fang ja schon an. Schließlich seid ihr keine richtigen Flics. Seht eher aus wie zwei schräge Vögel.“

Er fing an zu reden und bestätigte nach und nach meine Theorie, die ich Hélène vier Tage zuvor dargelegt hatte. Roger und Frédéric Jean waren von Dolguet angeheuert worden, um Dubaille zu verprügeln. Sie hatten sich frühmorgens in der Nähe der *Vier Pinien* auf die Lauer gelegt und auf den Gigolo gewartet, der die Gewohnheit hatte, ganz früh alleine schwimmen zu gehen. Alles hatte sich so abgespielt, wie ich es vermutet hatte. Die Idioten hatten zu hart zugeschlagen. Dann hatten sie den Inhalt von Dubailles Badetasche entdeckt. Sie hatten die Leiche ins Meer geworfen und den Schmuck an sich genommen. Dolguet hatte ihn in einer Kiste mit Filmmaterial verstaut und war nach Paris zurückgefahren.

„Zusammen mit dir“, ergänzte ich.

„Klar! Ich wollte ihn doch nicht alleine mit dem Schmuck abziehen lassen! Man kann nie wissen...“

„Nur Frédéric Jean ist in Cannes geblieben?“

„Ja. Das war sicherer. Es sollte nicht nach Flucht aussehen. Daß ich mit Dolguet abhauen mußte, reichte schon. Fredo sollte später nachkommen.“

„Falls ihr ihn nicht sausenlassen wolltet! Jedenfalls hat er versucht, euch nach Paris zu folgen. Aber es ist ihm etwas dazwischengekommen ... Dabei fällt mir ein: Das hätte doch auch dir passieren können, oder? In Paris hast du ein paar Tage bei Dolguet gewohnt, und dann bist du ganz plötzlich verschwunden. Könnte es sein, daß du auf einem deiner Spaziergänge zufällig in eine Razzia geraten bist?“

„Ganz genau! Natürlich hab ich die Klappe gehalten. Hätte den Flics doch nie im Leben erzählt, daß ich bei Dolguet wohnte! Man hat mich wegen Landstreicherei verurteilt, und wegen 'ner Lappalie in Marseille. Ich bin für nichts und wieder nichts in den Knast gewandert..."

„... und letzten Dezember wieder rausgekommen", ergänzte ich. „Als erstes bist du in Dolguets Wohnung marschiert, aber diesmal mit deinen Komplizen. Was sind das für Leute? Vor allem der, der mich in diesem Haus auf dem Land mit einer Karnevalsmaske empfangen hat. Ist das euer Boß?"

„Das ist Emmanuel Vivonnet. War früher mal 'n Unterweltsboß, soviel ich weiß. Zur Zeit hat er sich aus dem Geschäft so gut wie zurückgezogen. Lebt als ehrbarer Kaufmann mit Gewerbesteuer und allem drum und dran. Anscheinend ist er an 'ner Menge Restaurants, Cabarets und Nachtclubs und so beteiligt. Immer auf dem Boden der Legalität. Mit illegalen Geschäften will er im Moment nichts zu tun haben ... außer wenn es um ein paar Milliönchen geht! Zum Beispiel um die Alderton-Juwelen. Dafür interessiert er sich. Hatte davon gehört, aber nicht so recht daran geglaubt."

„Aber als du ihm davon erzählt hast, da hat er's geglaubt?" fragte ich ungläubig. „Merkwürdig! Hat er dich nicht eher für einen gehalten, der ihm das Geld aus der Tasche ziehen wollte? Soll alles schon vorgekommen sein, wird erzählt."

„Er hat mir geglaubt, weil ich unfreiwillig davon erzählt habe. Das war nämlich so: Im Knast bin ich krank geworden. Man hat mich auf die Krankenstation gebracht. Der Krankenpfleger, der für mich zuständig war, war der kleine Loulou. Sie kennen ihn." Er beschrieb den Mann, der eine große Ähnlichkeit mit meinem Steuerbeamten aufwies. „Wir haben uns angefreundet. Ich bin dann wieder gesund geworden, und Loulou hatte seine Strafe abgesessen und ist entlassen worden. Letzten Dezember bin ich auch rausgekommen. Draußen wartete eine Überraschung auf mich: Loulou stand vor dem Gefängnistor. ‚Komm mit, ich stell dich jemandem vor', hat er zu mir gesagt. Und dieser Jemand war Vivonnet. Wissen Sie, was passiert war? Als ich auf der Krankenstation lag, hatte ich im Fieber phantasiert oder im Traum gesprochen, und Loulou..."

„Du hast im Traum von den Alderton-Juwelen gesprochen?"

„Von den Juwelen, von Dolguet, von Dubaille, von dem ganzen Kram! Loulou hat sich gedacht, daß da vielleicht was Wahres dran sein könnte, und hat Vivonnet davon erzählt."

„Und der hat dich dann am Gefängnistor abholen lassen?"

„Genauso war's. Ich mußte ihm alles erzählen, und dann sind wir alle zusammen zu Dolguet gegangen. Obwohl Vivonnet sich halbtot lachen wollte, daß so ein Typ wie Dolguet, einer vom Fernsehen, mit dem Coup was zu tun hatte. Das war auch der Grund dafür, weshalb er mir vertraut hat. Er ist nicht abergläubisch, der Vivonnet, aber ein komischer Zufall wär's doch, meinte er, so was wie'n Wink des Schicksals! Und da ist auch was dran. Er kommt einfach nicht los vom Fernsehen!"

„Er kommt nicht los vom Fernsehen? Was soll das denn heißen?"

„Das soll heißen, Vivonnet ist ein Geschäftsmann. Einer, der sich alles leisten kann, was das Leben lebenswert macht. Na ja, zu der Zeit war seine Geliebte ... Sie ist es übrigens immer noch, aber nachdem Sie auf der Bildfläche aufgetaucht sind, sieht er sie kaum noch. Um sie nicht in Schwierigkeiten zu bringen. Seine Geliebte, meine ich ... Also, sie ist beim Fernsehen, eine Schauspielerin. Deswegen haben wir gesagt, er würde nicht vom Fernsehen loskommen."

„Schauspielerin beim Fernsehen? Weißt du, wie sie heißt?"

„Ich kenne nur ihren Vornamen: Lydia."

Lydia! Lydia Orzy, die falsche Rothaarige, die sich mit der relativ echten Brünetten Olga Maîtrejean die Hauptrolle in Lucots Fernsehspiel streitig machte. Und plötzlich sah ich die beiden wieder vor mir, wie sie sich im Studio ihren Text gegenseitig an den Kopf warfen. Beleidigungen, die der Autor des Stückes zwar geschrieben hatte, von denen sich aber zumindest einer der beiden Stars persönlich angegriffen fühlte... Hm...

Ich hielt den Gedanken im Hinterkopf fest und wandte mich wieder Bastou zu.

„Also bist du mit Vivonnet, Loulou und dem Galgenvogelgesicht ... Übrigens, du kennst doch bestimmt seinen richtigen Namen, oder? Ich meine den Großen, dem in den letzten Tagen wohl was Böses zugestoßen sein muß, stimmt's?"

„Ah!" seufzte Roger. „Also wirklich, Ihnen kann man auch nichts Neues erzählen, was?"

„Doch, den Namen des Großen mit dem Galgenvogelgesicht. Das vereinfacht die Unterhaltung."

„Er wurde Pierrot genannt."

„Aha! Also, du bist mit der ganzen Bande zu Dolguet nach Hause in die Rue d'Alésia gegangen. Und dort erfahrt ihr von seiner Frau, daß er tot ist, ganz einfach verbrannt bei dem Feuer in den Fernsehstudios am Buttes. Außerdem hatte er schon vorher getrennt von Tisch und Bett seiner Frau gelebt. Auf gut Glück durchsucht ihr die Wohnung. Fehlanzeige. Weiß der Teufel, wo Dolguet den Schatz vergraben hat! Er hat sein Geheimnis mit ins Grab genommen ... Was habt ihr danach gemacht?"

„Vivonnet hat rausgekriegt, mit wem Dolguet zuletzt zusammengelebt hatte: mit Françoise Pellerin, Fernsehansagerin. Loulou und ich haben ihrer Wohnung in ihrer Abwesenheit einen Besuch abgestattet. Wieder ein Schlag ins Wasser. Ich glaube nicht, daß sie das Mädchen in die Zange nehmen wollten. Dolguet hatte nicht zu den Männern gehört, die ihre Frauen in Geheimnisse einweihen ... Kurz und gut, ich hatte den Eindruck, daß Vivonnet von diesem Augenblick an so langsam sein Vertrauen zu mir verlor."

„Aber er hat dich trotzdem bei sich behalten?"

„Na ja, sie haben mich in das Haus in der Gegend von Jouy-en-Josas gebracht. Da hab ich dann zusammen mit einem Mädchen und Loulou und Pierrot gewohnt. Konnte mich nicht beklagen. Nur daß ich besser nicht versuchte, von dort abzuhauen."

„Mit anderen Worten: Sie haben dich eingesperrt. Haben

dich sozusagen unter Exklusivvertrag genommen! Und hin und wieder hat man dir vielleicht auch was in den Kaffee getan, stimmt's?"

„Gut möglich. Manchmal bin ich morgens aufgewacht und wußte nicht mehr, was ich am Abend davor gemacht hatte."

„Mit Hilfe von Drogen wollten sie sich von deiner Aufrichtigkeit überzeugen. Aufpassen, ob dir nicht ein kleines, interessantes Detail entschlüpfen würde, das du ihnen bisher pfiffigerweise verschwiegen hattest ... Also, du hast so was wie ein Schlaraffenleben geführt. Und Vivonnet, was hat der währenddessen gemacht?"

„Na ja, er hat sich um seine Geschäfte gekümmert, um seine Restaurants, seine Nachtclubs und so. Ich hab mich schon gefragt, ob er die ganze Geschichte mit den Juwelen sausenlassen wollte, als Sie wie eine Bombe eingeschlagen sind."

„Ich? Wie eine Bombe?"

„Sagt man so. Vivonnet hat Lydia oft ins Studio begleitet. An dem Tag, als die kleine Pellerin gestorben ist, war er auch dort. Ich erzähle es Ihnen so, wie ich's später gehört habe. Da Sie ja Privatflic sind und wegen der Ansagerin am Buttes waren, und da die Ansagerin, die auf so geheimnisvolle Weise ums Leben gekommen ist, die Geliebte von Dolguet war ... Verstehen Sie? In Vivonnets Kopf fing es an zu rauchen. Er fand plötzlich wieder Gefallen an den Juwelen, weil er kapierte, daß Sie ebenfalls hinter der Beute her waren."

„Ja, ja ... Und was ist passiert, nachdem ich euren Landsitz so Hals über Kopf verlassen hatte? Sie waren ja in voller Aktion. Hab sogar einen Schuß gehört."

„Der ist von selbst losgegangen. Ohne jemanden zu verletzen, zum Glück. Das hat uns wieder zur Vernunft gebracht. Mir ist als erstem klargeworden, daß alles dummes Zeug war und wir Unsinn geredet hatten. Wir haben uns wieder vertragen. Aber um Sie zu verfolgen, war schon zuviel Zeit vergangen. Außerdem war es in dem Moment wichtiger, einen anderen Schlupfwinkel zu finden. Dort wären wir nicht mehr sicher, meinte Vivonnet. Und was solche Verstecke angeht, das bringt ihn nicht in Verlegenheit. Wir sind also schnellstens umgezogen. Das Haus, das Sie kennen, war möbliert gemietet worden, von einem Strohmann oder von dem Strohmann eines Strohmanns. Das ist ja das Gute bei Vivonnet, wenn alles glatt geht. Aber es geht nicht immer alles glatt. Vor allem, wenn er Schiß kriegt und den Kopf verliert. Und Sie können sich rühmen, ihm einen gehörigen Schrecken eingejagt zu haben. Sie hätten sein Gesicht gesehen und erkannt, jammerte er, und Sie würden ihm auf die Pelle rücken. ‚Ich weiß nicht, was dieser Privatflic sucht', hat er gesagt, ‚aber die Juwelen sind es jedenfalls nicht.' Dann hat er mir Vorwürfe gemacht. Wär alles meine Schuld, wenn ich ihm nicht von dem Schmuck erzählt hätte, dann würde er jetzt nicht in der Sache drinstekken. Am liebsten würde er alles sausenlassen. Kurz gesagt, er verlor den Überblick. Inzwischen hat er sich wieder gefangen, glaube ich. Pierrot war auch ziemlich von der Rolle. Das war einer, der nicht viel sprach, aber wenn er den Mund auftat, dann nicht, um zu sagen, welche Stunde geschlagen hatte."

„Doch: seine letzte."

„Seine letzte? ... Ach so! ... Wissen Sie, was er gesagt hat?"

„Ich kann's mir denken: Er hat vorgeschlagen, mich um die Ecke zu bringen."

„Genau! Er sagte, er würde die Klunker nicht einfach so abschreiben. Und das mit Ihnen, das wär ganz einfach: Da Sie offensichtlich nichts über die Beute wüßten, aber trotzdem eine Gefahr darstellen würden, wär's am besten, Sie einfach abzuknallen."

„Und genau das hat er kurz darauf versucht."

„Ja. Wir haben's später erfahren. Sofort, nachdem wir uns in einem anderen Versteck verkrochen hatten, ist er abgehauen, um Sie zu erledigen."

„Er hat also auf eigene Faust gehandelt?"

„Ja. Als er vorschlug, Sie umzubringen, hat Vivonnet lauthals protestiert. Vivonnet hielt überhaupt nichts davon."

„Aber alles sausenzulassen, davon hielt er viel, nicht wahr?"

„Sah ganz so aus ... Jedenfalls hielt er es nicht für sehr schlau, Sie zu erschießen."

„Nein, denn ... Erzählen Sie weiter, Bastou. Wie habt ihr auf die Nachricht reagiert, daß am Sonntag eine unbekannte Leiche am Teich von Saclay gefunden worden war?"

„Ach, mich hat das völlig kaltgelassen. Und daß es um Fredo ging, darauf wär ich nie gekommen. Vivonnet hat die Nachricht anscheinend auch nicht grade umgehauen. Aber erfreut war er nun auch wieder nicht. Weil die Flics auf unser ehemaliges Versteck gestoßen waren, verstehen Sie? Vivonnet hat sich damit beruhigt, daß er schließlich den Mann nicht umgelegt hätte und daß zwischen ihm und uns kein Zusammenhang hergestellt werden könnte."

„Allerdings nicht. Und Pierrot, was hat der dazu gesagt?"

„Nichts. Hat nur Zeitung gelesen, sonst nichts."

„Klar, um zu sehen, ob über mein tragisches Ende berichtet wurde. Apropos Zeitungen: Der *Crépu* hat die Adresse von Madame Pellerin angegeben, das heißt des Hauses, in dem wir uns zur Zeit befinden."

„Ich weiß."

„Vivonnet hat die Adresse bestimmt auch gelesen. Hat er keine Bemerkung darüber gemacht?"

„Nicht daß ich wüßte. Alles, was ihn an die Juwelen erinnerte, hat er von sich ferngehalten. Er war entschlossen, nicht mehr daran zu denken. Am Montagabend dann hat Vivonnet ein Telefongespräch zwischen Pierrot und Ihnen belauscht. Dadurch erfuhr er von Pierrots Alleingang. Und da hat er durchgedreht. Mit dem Ergebnis, daß es jetzt keinen Pierrot mehr gibt. Die gefährliche Stimmung hat mich nervös gemacht, und ich hab mir überlegt, wie ich mich aus dem Staub machen könnte. Gestern dann haben die Zeitungen berichtet, daß der Tote von Saclay identifiziert worden war: Fredo, mein alter Kumpel von der Côte! Vivonnet wußte, daß Fredo bei dem Mord an Dubaille beteiligt gewesen war. Also – so hat er sich gedacht –, Fredo war bei Burma, denn bei Burma hat der falsche Pierrot ihn umgebracht. Das gab ihm zu denken. Er fand wieder Geschmack an der Jagd nach dem Schmuck. War davon überzeugt, daß seine erste Vermutung richtig gewesen war und Sie bis zum Hals in der Sache drinsteckten. Ich dagegen hatte von der Juwelengeschichte die Schnauze gestrichen voll. Mein Plan stand fest. Heute ergab sich die Gelegenheit, ihn in die Tat umzusetzen. Ich bin abgehauen. Ohne einen Sou in der Tasche, aber mit heiler Haut. So, das wär dann alles."

„Womit wir wieder am Anfangspunkt angelangt wären: Was hast du hier gesucht?"

„Hab ich Ihnen doch schon gesagt: Einen Bruch wollte ich machen, einen schlichten Bruch! Hab's mir ganz problemlos vorgestellt. Da können Sie mal sehen, wie man sich irren kann!"

Wir schwiegen eine Weile.

„Ich glaube, du sagst die Wahrheit", stellte ich schließlich fest. „Übrigens, wenn du hier was ganz Spezielles gesucht hast, dann kann ich dich trösten: Ich hab schon alles durchsucht."

Plötzlich fiel mir ein, daß ich bei meiner Hausdurchsuchung hier noch nicht an den Schmuck gedacht und deswegen auch nicht nach ihm gesucht hatte! Ich ging in das Zimmer, in dem Françoise früher einmal gewohnt hatte. Ich öffnete den Schrank. Alles sah noch genauso aus wie bei meiner ersten Inspektion. Ein paar Kleidungsstücke auf den Bügeln und auf dem Schrankboden der kleine Flohmarkt. Nichts, was eine Spur zu den Juwelen hätte liefern können. Jedenfalls nicht mir! Vielleicht würde Bastou ... Ich ging zu ihm zurück, band seine Fußgelenke los, lockerte noch ein wenig seine Handfesseln und schleppte ihn ins Jungmädchenzimmer. Reboul paßte auf, und die neugierige Angela folgte uns.

„Hier", sagte ich zu Roger. Wahrscheinlich war es wieder ein Schlag ins Wasser, aber man kann ja nie wissen. „Sieh dir den Kram an und sag mir, ob dich irgend etwas auf einen Gedanken bringt."

„Der Strumpfhalter da", lachte Roger.

„Witze können wir ein andermal machen."

„Gut, wie Sie wollen."

Er hockte sich vor dem Schrank nieder und fing an, in den Sachen herumzuwühlen.

„Sieh mal an! Hat sich Dolguets Spielzeug wiedergefunden?"

Er richtete sich auf, ein halbes Dutzend bunter Schlüsselanhänger in der Hand.

„Gehörten die Dolguet?" fragte ich.

„Könnte sein. Sehen jedenfalls so aus. Er hat so was gesammelt. 1962 in Cannes hat er mich so lange gelöchert, bis ich ihm einen Anhänger geschenkt habe, ein Souvenir von einem Fest in Marseille. Es war ein Glücksbringer. Seitdem hatte ich nichts als Pech."

„Ihm hat das Ding aber auch nicht grade Glück gebracht", bemerkte ich. „Bei einem Brand umzukommen!"

„Stimmt."

Roger warf die Schlüsselanhänger auf den Tisch, als wären sie alle verhext.

„Habt ihr in der Rue Saint-Benoît auch welche gefunden?" fragte ich.

„Bei der Zweitwitwe? Ja, die sahen genauso aus."

„Und in der Rue d'Alésia, bei der rechtmäßigen Witwe?"

„Nein."

„Hm ... Diese Anhänger ..." Ich glaubte mich vage zu erinnern. „Hast du mir nicht soeben was davon erzählt?"

„Nein. Ich rede zwar viel, wovon Sie sich ja selbst überzeugen konnten, aber von den Anhängern war bisher noch nicht die Rede. Die albernen Dinger werden uns wohl kaum zu dem Schatz führen!" lachte er.

„Warum nicht?"

„Waru ..." Er riß die Augen weit auf. „Ach so!" Er lachte. „Verstehe! Eine Gedankenkette: von den Anhängern zum Schlüssel, und vom Schlüssel zu dem Safe, in dem Dolguet die Beute deponiert hat! Also wirklich ... Aber sagen Sie mal, wie lange wollen Sie eigentlich leben? Ich meine, weil ... Da drin liegt ’n ganzer Haufen Schlüssel, und wenn Sie die entsprechenden Schlösser dazu finden wollen...“

„Schon gut, Bastou. Ich bin schließlich nicht blöd! ... Und? Ist das alles, was dich hier in diesem Schrank inspiriert?“

„Ja, das ist alles. Der Schmuck ist hier jedenfalls nicht drin.“

„Gut, reden wir nicht mehr drüber ... Sagen Sie, Reboul, haben Sie noch Ihr Häuschen in Verrières?“

„Ja.“

„Dann bringen wir den jungen Mann dorthin. Sie passen gut auf ihn auf, solange es nötig ist.“

„In Ordnung.“

„Verstehe“, sagte Bastou wieder. „Im Moment legen Sie keinen Wert darauf, daß die Flics mich schnappen, wie? Ich könnte von den Juwelen anfangen zu quatschen, und das würde Sie bei Ihrer Suche stören. Deswegen packen Sie mich lieber in Watte! Und wenn dann alles vorbei ist...“ Er zuckte die Achseln. „Ach, scheiß was drauf! Im Knast hat man wenigstens seine Ruhe! Gehen wir?“

Wir ließen die schlafende Madame Pellerin in der Obhut von Angela Charpentier zurück und gingen mit Bastou zum Wagen. Reboul setzte sich neben ihn auf den Rücksitz, und ich klemmte mich hinters Steuer.

Die Nacht war ruhig. Im Güterbahnhof von Montrouge-Châtillon wurden Wagen ab- und angekoppelt. Um nach Verrières zu gelangen, muß man über den Pont des Suisses fahren, der über die Gleise führte. Und auf dieser Brücke spielte uns Bastou einen ganz besonderen Streich.

Praktisch konnte er sich frei bewegen. Ich hatte es nicht für nötig gehalten, seine Füße wieder zusammenzubinden und seine lockeren Fesseln an den Handgelenken zu straffen. Plötzlich stürzte er sich auf seinen einarmigen Bewacher. Ich stoppte, um Reboul zu Hilfe zu kommen. Aber Roger, das Affengesicht, rannte bereits auf einen Zaun aus Eisenbahnschwellen zu, schlüpfte durch eine Lücke hindurch und war verschwunden. Als wir an die Stelle kamen, sahen wir ihn im fahlen Lampenlicht an den schimmernden Gleisen entlanglaufen.

Da passierte es. Im Handumdrehen. In Null Komma nichts.

Bastou stolperte, fiel aufs Maul, und bevor er sich wieder hochrappeln konnte, rollte ein Waggon über seinen Körper.

„So ein Blödmann!“ murmelte Reboul.

Bahnarbeiter stürzten zu der Unglücksstelle. Ihre Stimmen drangen an unser Ohr. Den Rufen entnahmen wir, daß Bastou aufgehört hatte zu leben.

„Ein Halbstarker weniger“, sagte ich, um Rebouls Nachruf zu ergänzen.

Wir fuhren zur Rue des Forges Nr. 15 zurück.

* * *

Madame Pellerin schlief noch immer. Angela war überrascht, uns so schnell wiederzusehen. Ich erklärte ihr den tragischen Grund. Der Tod des Gangsters schien sie aber nicht besonders traurig zu stimmen, obwohl sie keinen Kommentar dazu abgab.

Reboul setzte seine Nachtwache fort, auch wenn ich es mir nicht vorstellen konnte, daß Madame Pellerin noch weiteren unangenehmen Besuch bekam. Das junge Mädchen und ich fuhren zur Rue de l'Alboni zurück. Es war vier Uhr morgens. Angela sprach auf der ganzen Fahrt kein einziges Wort.

Bevor ich zu Bett ging, zerriß ich den Wehrpaß von Roger Bastou in kleine Fetzen. Dann zog ich Bilanz.

Ich konnte mich über die heutige Nacht nicht beklagen. Noch heute nachmittag hatte es keinerlei Beweise dafür gegeben, daß Henri Dolguet die Juwelen tatsächlich in Verwahrung genommen hatte. Jetzt gab es sie, die Beweise. Bastou hatte meine Theorie bestätigt. Natürlich führte mich das nicht zu dem Ort, an dem ich die Beute suchen mußte; aber ich war immerhin ein gutes Stück weitergekommen. Auch was den Tod der armen Fernsehansagerin betraf, konnte ich Fortschritte verzeichnen.

10
Die zitternde Hand

Am nächsten Tag, es war zehn Uhr und ich schlief noch, klopfte Angela an die Tür meines Zimmers. Ich wurde am Telefon von meiner Sekretärin verlangt. Ich ging in die Bibliothek.

„Madame Dolguet hat Ihre Nachricht bekommen, die Sie bei der Concierge für sie hinterlassen hatten“, sagte Hélène ohne Einleitung. „Sie hat mich soeben angerufen. Ich habe ihr Ihre derzeitige Telefonnummer gegeben. Wahrscheinlich wird sie Sie anrufen. Ich hab auch die Nummer von Madame Dolguet notiert. Es ist die 20, Malesherbes. Nicht der Boulevard, sondern das Kaff im Departement Loiret. Kennen Sie's?“

„Ja. Und jetzt möchte ich Ihnen erst einmal einen schönen guten Morgen wünschen, und Sie mir auch. Dazu hatten wir ja bisher noch keine Zeit.“

„Guten Morgen ... Übrigens, die goldene Stimme von *ihr* klingt morgens höchstens wie Mattgold ohne gesetzlich vorgeschriebenen Feingehalt.“

„Aber, aber, seien Sie nicht so bösartig. Wenn Sie wüßten, was für eine bewegte Nacht wir hinter uns haben...“

„Keine Details, bitte! Apropos letzte Nacht: Reboul...“

„Genau! Er ist zum Teil dafür verantwortlich! Werd's Ihnen später erklären.“

Wir wechselten noch ein paar passende Worte und legten auf. Beim Verlassen der Bibliothek stieß ich wieder einmal mit Angela zusammen. Das schien so eine Art Gewohnheit zu werden.

„Ich bin dabei, Kaffee zu kochen...“ sagte sie mit einem reizenden Lächeln.

Ich konnte nichts Ungewöhnliches an ihrer Goldstimme bemerken. Hélène hörte wirklich das Gras wachsen!

„... und werde ihn gleich im Salon servieren."

„Sie sind sehr nett zu mir. Aber sagen Sie, eben, als Sie mich geweckt haben, ist mir ein Stein vom Herzen gefallen. Sie haben gesprochen! Seit unserer Heimfahrt von Châtillon frage ich mich nämlich, ob Sie nicht plötzlich stumm geworden sind."

„Stumm? Ich? Warum? So ein Blödsinn!"

„Sie haben keinen einzigen Ton von sich gegeben. Ich kenne mehr als einen Menschen, vor allem in Ihrem Alter, der in einer solchen Situation gar nicht aufhören würde, Fragen zu stellen."

„Ich bin eben nicht so wie alle andern, das ist alles! Was sollte ich denn sagen?" fügte sie ernst hinzu. „Alles, was ich heute nacht erlebt habe ... alles, was ich gehört und gesehen habe ... und was danach passiert ist ... Das alles hat mich sehr beeindruckt ... Wirklich, ich wollte es nicht noch durch Fragen und Antworten schlimmer machen ..."

* * *

Zwanzig Minuten später rief ich die Nr. 20 in Malesherbes an. Am Telefon eine ernste Unterhaltung zu führen, wie ich es vorhatte, ist nicht grade einfach. Ich versuchte es trotzdem. Es stellte sich aber schnell heraus, daß Madame Dolguet mir bei unserem ersten und einzigen Gespräch alles über ihren Mann gesagt hatte, was sie wußte.

„Seit einigen Stunden läßt mir eine Kleinigkeit keine Ruhe", sagte ich gegen Ende unseres Telefongesprächs. „Ich meine die bunten Reklameanhänger. Sie wissen schon: die Schlüsselanhänger Ihres Mannes. Hab gehört, daß er so was sammelte ..."

„Das stimmt."

„Haben Sie mir davon erzählt?"

Nein, sie habe die Schlüsselanhänger nicht erwähnt, antwortete sie. Ich bedankte mich bei ihr, legte auf und schlurfte zurück in mein Zimmer.

Wer denn hatte mir – vor Bastou – im Zusammenhang mit Dolguet von den Anhängern erzählt? Ich zerbrach mir eine Viertelstunde den Kopf. Da nichts dabei herauskam, nahm ich das Foto des Toten zu Hilfe. Es lieferte mir die Antwort: Niemand hatte die Schlüsselanhänger erwähnt. Aber auf diesem Foto hier hatte ich, ohne weiter darüber nachzudenken, bemerkt, daß ein bunter Anhänger aus der Westentasche des eitlen Fernsehtechnikers hing.

Plötzlich purzelten die Gedanken in meinem Kopf nur so durcheinander. Auch viele Fragen, zur Abwechslung.

Ich schnappte mir wieder das Telefon und rief Jacques Mortier an, den hilfreichen Burschen vom Fernsehen, zuständig für Auskünfte aller Art. Je nachdem, wie seine Antwort ausfiel, würde ich Madame Dolguet noch einmal anrufen ... oder auch nicht.

„Hallo, Mortier? Hier Nestor Burma, der Unersättliche", meldete ich mich. „Hören Sie, Sie haben mir 'ne Menge über Henri Dolguet erzählt; aber ich kann mich nicht mehr erinnern, ob Sie erwähnt haben, in welchem Zustand seine Leiche war. War sie vollkommen verbrannt? Ich meine, so wie ein zur Unkenntlichkeit verkohltes Steak?"

Zum ersten Mal seit unserer Zusammenarbeit erlaubte sich Mortier einen Kommentar:

„Ojeoje! Zur Unkenntlichkeit verkohlt! Wollen Sie damit etwa andeuten, daß es sich eventuell nicht um Dolguets Leiche handelte?"

„Nein", beruhigte ich ihn. „Ich möchte die Dinge doch nicht aus reinem Spaß komplizierter machen, als sie sind. Obwohl..."

Ich schwieg nachdenklich. Mir wurde plötzlich klar, daß ich noch gar nicht die Umstände des Todes von Dolguet ernsthaft untersucht hatte. Sicher, ich hatte kaum Zeit dazu gehabt; aber es war immer noch möglich, das Versäumte nachzuholen, und es konnte recht fruchtbar werden...

„Obwohl die Umstände seines Todes ziemlich rätselhaft waren", beendete ich meinen Satz.

„Ja, wenn man es so sehen will."
Seine Stimme klang nicht sehr überzeugt.
„Ich spreche nur von dem, was ich darüber weiß", sagte ich. „Zum Beispiel behaupten einige, er sei Opfer seiner Gutherzigkeit geworden. Er habe sich in die Flammen gestürzt, um einen Kollegen zu retten. Andere jedoch schließen die Möglichkeit aus. Und ich wiederum beginne mich zu fragen, ob man ihn nicht vielleicht ins Feuer geschubst hat."
Jacques Mortier lachte.
„Oh, Mann, Sie kommen auf Ideen! Nein, nein, vergessen Sie Ihre Hypothese! Er ist *nicht* hineingestoßen worden. Auf den Gedanken ist niemand verfallen, nicht mal die Polizei! Aber genausowenig stimmt es, daß er jemanden retten wollte. Dort, wo ihn die Flammen erwischt haben, befand sich niemand in Gefahr. Außer ihm selbst natürlich ... Aber da Sie schon von rätselhaften Umständen sprechen: Es gab da ein Rätsel, wenn man so will."
„Was für eins?"
„Eins, das gar kein richtiges ist. Dolguet verbrannte in einem Teil des Studios, in dem er normalerweise nichts zu tun hatte. Nicht daß der Zugang verboten gewesen wäre, aber Dolguets Arbeit spielte sich nie in diesem Teil des Gebäudes ab. Es wurde vermutet, daß er zu dem Zeitpunkt, als das Feuer ausbrach, dort mit einem Mädchen verabredet war – er war immer mit einem Mädchen verabredet! –, das sich später aber nicht zu erkennen gegeben hat. Anscheinend wollte er sich retten, indem er zum Requisitenlager flüchtete. Zu einem der Lager, denn es gibt mehrere. Was übrigens nicht sehr schlau von ihm war. Kann sein, daß sein Gehirn durch den Rauch schon vernebelt war und deswegen nicht mehr normal funktionierte."
„Und warum war das nicht sehr schlau von ihm?"
„Weil das Lager, durch das er flüchten wollte, schon seit längerer Zeit zweckentfremdet war. Nicht leer, nein, im Gegenteil: Es war mit Möbeln vollgestellt, und zwar kreuz und quer, so daß man weder rein- noch rauskam. Wie konnte Dolguet also ausgerechnet diesen Fluchtweg wählen?"

„Keine Ahnung. Ich bin ja nicht beim Fernsehen", erklärte ich, da Mortier auf eine Antwort zu warten schien. „Ich persönlich würde mich allerdings bei einem Feuer nicht in ein Möbellager flüchten. Das brennt nämlich zu leicht."

„Eben! Aber das ist ja die Ironie des Schicksals! Dolguet ist in dem Korridor verbrannt, der zu dem Lager führte. Das Lager selbst ist wie durch ein Wunder von den Flammen verschont geblieben. Mit anderen Worten: Wenn Dolguet es geschafft hätte, sich dorthin zu flüchten, wäre er gerettet worden. Inmitten der leicht brennbaren Möbel! Nur daß es unmöglich war, in das Lager zu kommen. Die Tür war abgeschlossen. Aber davon abgesehen, ist er schon auf dem Weg dorthin verbrannt, das heißt, in dem Korridor, der praktisch eine Sackgasse war. Dolguet muß wohl ganz einfach den Kopf verloren haben."

„Wahrscheinlich. Aber kommen wir zu meiner Ausgangsfrage zurück! Ich habe mich nach seinem Röstzustand erkundigt, weil ich wissen möchte, ob der Zustand der Leiche es erlaubte, die Dinge, die er bei sich hatte, sicherzustellen. Oder ob alles mit ihm zusammen verkohlt und geschmolzen war."

„Nein, so sehr verkohlt war er nicht. Ich glaube, in seinen Taschen ist der übliche Kram gefunden worden. Das, was wir alle so mit uns herumschleppen. Ich meine die festen Gegenstände wie zum Beispiel Schlüssel, usw. Brandneues war nicht darunter."

„Brandneues! Das richtige Wort im richtigen Zusammenhang!"

Wir amüsierten uns über den kleinen Scherz, dann legten wir auf.

Jetzt konnte ich Madame Dolguet noch einmal anrufen. Ich tat es.

„Entschuldigen Sie, Madame, ich bin's schon wieder, Nestor Burma, der Mann, der immer so blöde Fragen stellt. Manchmal stellt er allerdings auch indiskrete und schmerzliche Fragen. Wie diese zum Beispiel: Sie lebten getrennt von Ihrem Mann, als sich das Unglück ereignete, waren aber nicht geschieden. Folglich waren Sie immer noch seine rechtmäßige Ehefrau. Die Behörden haben Ihnen doch sicherlich die Gegenstände ausgehändigt, die man bei seiner Leiche gefunden hatte, nicht wahr?"

„Ja."

„War auch ein Schlüsselanhänger darunter?"

„Ein Schlüsselanhänger? Ach, lassen diese Dinger Ihnen immer noch keine Ruhe? Nun, jetzt, da Sie mich das fragen ... Ja, es war auch ein Schlüsselanhänger darunter."

„Sie haben doch sicher alles in den Abfalleimer geworfen, oder?" fragte ich in der Hoffnung, mich zu irren.

„Nein", antwortete sie. „Außer dem Anhänger waren da noch Schlüssel, ein Goldkettchen, seine Uhr, zwei Ringe ... Ich dachte mir, vielleicht ... Na ja, vielleicht würde die Frau, mit der er zuletzt zusammengelebt hatte, Wert auf die Sachen legen."

„Und? Hat sie Wert darauf gelegt?"

„Nein. Ich zwar auch nicht, aber ich hab alles aufbewahrt, zusammen mit anderem alten Plunder."

„In der Rue d'Alésia?"

„Ja."

„Ich würde mir die Sachen gerne ansehen."

Wir verabredeten uns für den folgenden Tag gegen Mittag in ihrer Wohnung. Ich legte auf. Bevor ich wieder in mein Zimmer ging, suchte ich Angela. Ich fand sie in einem Zimmer, das ich noch nicht kannte. Sie saß in einem Sessel und las. Neben ihr stand ein Tischchen, und auf dem Tischchen stand ein Telefonapparat. Ich stellte mir gar nicht mehr die Frage, ob sie vielleicht meine verschiedenen Telefongespräche mitgehört hatte. Ich mußte mich wohl damit abfinden.

Angela sah von ihrem Buch auf und schenkte mir eins ihrer reizenden Lächeln.

„Paris wird traurig sein", sagte ich. „Sie strafen seine Reize mit Nichtachtung."

„Ich habe die Absicht, heute nachmittag auszugehen", erwiderte sie. „Möchten Sie mich begleiten?"

„Nein, ich muß noch über vieles nachdenken."

Ich ging in mein Zimmer zurück, zündete mir eine Pfeife an, legte mich aufs Bett und hüllte mich in Tabakrauch.

Was würde sich wohl am Ende des Schlüsselanhängers befinden? Vielleicht ein Schlüssel. Vielleicht aber auch nicht. Sollte sich ein Schlüssel ... Bastous Gelächter klang in meinen Ohren. „Sagen Sie mal, wie lange wollen Sie eigentlich leben? ... Da drin liegt 'n ganzer Haufen Schlüssel, und wenn Sie die entsprechenden Schlösser dazu finden wollen ..."

Ja, Roger hatte recht gehabt. Er hatte logisch gedacht. Vivonnet & Co. dachten ebenfalls logisch. Deswegen hatten sie sich allem Anschein nach nicht besonders um die Schlüssel gekümmert, als sie Madame Dolguet besucht und ihre Wohnung durchwühlt hatten. Schlüssel ohne Schlösser interessierten sie nicht. Schlösser ohne Schlüssel schon eher.

Logisch? Die Schlüssel interessierten sie nicht. Dagegen konnte man sie mit einem Gepäckaufbewahrungsschein schon eher locken. Vivonnet & Co. sahen die Dinge so, wie sie waren: Ein Mann, der einen Koffer mit Schmuck im Wert von dreihundert Millionen zur Gepäckaufbewahrung gibt, ist im Besitz eines Gepäckaufbewahrungsscheins. Nur befand sich ein solcher Schein, wenn er denn existierte, weder in der Rue d'Alésia noch in der Rue Saint-Benoît. Dolguet hatte sich offenbar nicht von ihm getrennt. Schlußfolgerung: Der Schein war zusammen mit ihm geröstet worden. Gepäckaufbewahrungsscheine sind leicht brennbar ...

Zum ersten Mal malte ich mir in Gedanken die Arbeitsmethode der Gangster aus. Wie konnten sie unter diesen Umständen darauf hoffen, jemals zu der Beute zu gelangen? Durch ein Wunder? (Oh, kartesianische Logik!) Also, ich glaubte, die Antwort war ganz einfach.

Nehmen wir einmal Bastou. Er erwartete nichts mehr. Da sich die Juwelen nicht in der Rue d'Alésia befanden, wußte er nicht, wo man noch suchen sollte. Er wurde versorgt, hatte ein Dach über dem Kopf und ließ es sich, trotz einiger unangenehmer Begleiterscheinungen, gutgehn. Erst als die Situation für ihn brenzlig wurde, machte er sich aus dem Staub.

Vivonnet dagegen wartete darauf, daß Bastou unter Drogeneinfluß irgendwann wertvolle Hinweise liefern würde, die er zuvor verschwiegen hatte. Man konnte es die „Methode Vivonnet" nennen. Der Gangster war aktiv geworden, als ich auf der Bildfläche aufgetaucht war. Hatte sich ausgemalt, daß ich etwas Genaueres über den Verbleib der Juwelen wüßte und es ihm verraten würde. Soweit die Methode Vivonnet.

Und nun zu den Schlüsseln.

Wenn Sie die entsprechenden Schlösser finden wollen...

Richtig, mein kleiner Logiker! Mit den Schlüsseln, die in dem Schrank von Françoise Pellerin herumliegen, ist nicht viel anzufangen. Das sind ganz gewöhnliche Schlüssel, die genausogut zu einer Kommode wie zu einem Büfett, zu einem Kaninchenstall wie zu einem Keller passen können. Doch es gibt noch andere Schlüssel. Und vielleicht hängt der richtige am Ende des Schlüsselanhängers, der das Feuer überlebt hat. Der Schlüssel zu einem Banksafe, versehen mit dem Namen der Bank. Warum nicht? Ja, ja, ich weiß. Man wird einwenden: „Warum grade an diesem Anhänger?" Nun also... eine Idee... Intuition... Alles andere als logisch. Wie gesagt, an dem Anhänger kann genausogut der Schlüssel zu seinem Banksafe wie überhaupt nichts hängen. Ich jedenfalls glaube an den Safeschlüssel.

Es sei denn...

Vivonnet weiß, wie ein Safeschlüssel aussieht. Er hat die Wohnung in der Rue d'Alésia durchsucht, hatte die persönlichen Dinge von Henri Dolguet in der Hand. Einen Safeschlüssel hätte er nicht liegenlassen.

Falsch, Nestor! Einen Safeschlüssel wirst du nicht am Ende des Schlüsselanhängers finden. Nichts wirst du finden, nicht die Bohne!

Es sei denn...

Schließlich gibt es nicht nur Banksafeschlüssel!

Ich legte meine Pfeife zur Seite.

Vor mir stand Dolguet mit dem arroganten Lächeln eines Frauenlieblings und seiner albernen Weste. Er streckte mir die Hand entgegen, auf der ein Schlüssel lag. Ein Schlüssel, den ich nicht genau erkennen konnte, aber das war nicht so wichtig. Im Schein der Flammen leuchtete er unerträglich.

„Oh, verdammt!“ rief ich. „Das wäre ... Das wäre zu schön, um wahr zu sein ... Das wäre ...“

Ich beruhigte mich wieder. Blieb unbeweglich liegen. Im Augenblick konnte ich nur eines tun: warten.

* * *

Madame Dolguet war bereits in ihrer Wohnung, als ich an der Tür läutete. Es war Samstagmittag, zehn vor zwölf. Gerade erst aus Malesherbes eingetroffen, hatte sie dennoch Zeit gehabt, aus dem alten Plunder, wie sie es nannte, die persönlichen Dinge ihres ehemaligen Ehemanns herauszusuchen.

Die Schätze warteten auf einem kleinen Tischchen auf mich; wie auf einem Silbertablett lagen sie da, lächerliches Strandgut, verstaubt und vom Feuer geschwärzt. Ich legte die Uhr zur Seite, die Ringe, die Schlüssel, die an einem gewöhnlichen Schlüsselring hingen und wahrscheinlich seine Wohnungsschlüssel gewesen waren. Mein Interesse galt dem Schlüsselanhänger, genauer gesagt: dem Karabinerhaken, der mit einer kleinen Kette versehen war. Und an der Kette hingen zwei verschieden lange Schlüssel. Keiner von beiden war ein Banksafeschlüssel. Der größere war etwa fünf Zentimeter lang und sah aus wie der Schlüssel zu einem Keller. Vielleicht war er es auch. Nichts weiter als ein Kellertürschlüssel. Der andere, fast zwei Zentimeter kürzer, konnte als anständiger Schlüssel für einen Nachttisch, eine Kommode oder ein Büfett durchgehen. Das gefiel mir. Ich schaute nach, ob der erste, längere Schlüssel nicht irgendwie gekennzeichnet war, bemerkte aber nichts. Ich stellte nur fest, daß er grob gearbeitet war, so als wäre er von einem Laien angefertigt worden. Ich fragte Madame Dolguet, ob ihr Mann so etwas wie ein Heimwerker gewesen sei. Sie bejahte. Demnach konnte der lange Schlüssel Dolguets Werk sein. Auch das gefiel mir. Ich nahm den kleineren Schlüssel in die Hand. Dieser hier stammte nicht aus der Werkstatt eines Hobbyschlossers. Je länger ich ihn betrachtete, desto mehr erzählte er mir etwas von einem Möbelstück. Es klang wie süße Musik in meinen Ohren.

Ich fragte Madame Dolguet, ob die Männer, vor denen sie solche Angst gehabt hatte, bei ihrer Hausdurchsuchung vielleicht einen Blick auf den „Plunder" geworfen hätten. Sie erwiderte, aller Wahrscheinlichkeit nach sei er den schrecklichen Männern nicht entgangen. Der Meinung war ich auch. Ich war weiterhin der Meinung, daß Vivonnet & Co. von dem Fund nicht besonders beeindruckt gewesen waren. Was konnten sie schon mit einzelnen Schlüsseln anfangen? Wenn sie allerdings zwei oder drei Schlösser im Hinterkopf gehabt hätten, in die man die verschiedenen Schlüssel stecken konnte! Da das jedoch offensichtlich nicht der Fall gewesen war...

Und genau das war der Vorsprung, den ich vor ihnen hatte! Mindestens bei einem der beiden Schlüssel wußte ich, in welchem Schloß ich probieren mußte.

* * *

Nachdem ich Madame Dolguets Wohnung verlassen hatte, rief ich in den Fernsehstudios am Buttes an. Ich wollte wissen, ob die Flics dort immer noch herumschnüffelten. Mir wurde mitgeteilt, daß dies der Fall sei. Ich fuhr zu Angela nach Passy zurück.

Jetzt mußte ich nur darauf warten, daß Olga Maîtrejean, die Schauspielerin mit dem großen Erholungsbedürfnis, aus ihrem Kurzurlaub zurückkam.

Sie kam am nächsten Tag zurück, am Sonntag. Ich erfuhr es erst am Montag gegen neun Uhr, als ich mit ihrer Concierge telefonierte. Ich verabschiedete mich von Angela, ohne ihr zu verraten, was ich vorhatte, und kurz darauf setzte mich ein Taxi vor dem Haus des Fernsehstars ab.

Auf mein Klingeln hin kam Olga Maîtrejean persönlich zur Tür, um zu öffnen. Schlurfend. Ihr schwarzes Haar war straff zu einem Pferdeschwanz zurückgekämmt. Sie trug einen Faltenrock und einen Rollkragenpulli, war nicht geschminkt und hatte Ringe unter den Augen. Sie sah zehn Jahre älter aus, als sie in Wirklichkeit war. Man mußte nicht von einer Militärakademie kommen, um zu erraten, daß sie um diese zehn Jahre gealtert war, seit Françoise Pellerin in Gottes Armee eingetreten war.

Bei meinem Anblick belebten sich ihre abwesend blickenden Augen und spiegelten panische Angst wider.

„Großer Gott! Sie?!“ rief sie aus.

Instinktiv wich sie zurück. Ich nutzte das aus, trat ein und schloß die Wohnungstür hinter mir.

„Ja, ich bin's“, sagte ich. „Mich haben Sie wohl nicht erwartet, was?“

„Doch, genau Sie“, hauchte sie. „Ich habe sogar das Gefühl, daß ich schon ewig auf Sie gewartet habe.“

Sie wich immer weiter zurück. Der Korridor war nicht sehr groß, und so standen wir schon bald in einem luxuriös ausgestatteten Salon.

„Ewig ist vielleicht etwas übertrieben“, relativierte ich. „Sagen wir, seit Sie Françoise Pellerin in den Tod geschickt haben.“

Aufstöhnend ließ sie sich auf einen Stuhl fallen, wie ein kaputter Hampelmann. Und wieder schauten ihre Augen abwesend ins Leere.

„Wie halten Sie das nur aus?“ fragte ich, aufrichtig mitfühlend.

„Ich halte es nicht mehr aus“, flüsterte sie.

„Haben Sie schon daran gedacht, sich der Polizei freiwillig zu stellen?“

„Ich habe noch an ganz etwas anderes gedacht, aber bisher fehlte mir der Mut.“

„Ach, Quatsch!“ Ich ging zu ihr hin und tätschelte ihr freundschaftlich die Schulter. „Ihr Selbstmord würde sie nicht wieder lebendig machen. Und außerdem war es doch ein Unfall! Man würde Sie nicht zum Tode verurteilen."

„Ja, es war ein Unfall", hauchte sie und sank noch mehr in sich zusammen. „Aber das würde mir niemand glauben."

„Doch! Wenn ich's schon erraten habe, dann werden es andere doch wohl glauben, denen man es erklärt."

„Ein Unfall", wiederholte sie. „Wie ... Wie haben Sie das erraten?"

„Erraten eben. Sie sehen nicht aus wie eine Mörderin. Eine richtige Mörderin erfindet keine Geschichte von angeblichen Schulden, um der bedürftigen Mutter des Opfers Geld zuzustecken. Dennoch haben Sie getötet. Folglich kommt nur ein Unfall in Frage. Andersherum: Es gab keinen Grund, Françoise Pellerin umzubringen. Trotzdem ist sie tot. Also war es ein Unfall."

„Niemand wird das glauben", insistierte sie.

„Doch. Ich werde Ihnen dabei helfen. Mal sehen ... Wir unterhalten uns jetzt ein bißchen miteinander, und dann gehen wir gemeinsam zu den Flics."

„Besser, wir gehen sofort! Dann ist es endlich zu Ende."

„Nein. Zuerst reden wir ... Also, ich glaube, daß es mit Ihrem Haß auf Lydia Orzy angefangen hat. Sie wollten Sie vernichten, stimmt's? Und dann haben Sie irgendwie erfahren, daß ihr Geliebter, Vivonnet, ein Gangster ist, der sich mehr oder weniger aus dem Geschäft zurückgezogen hat. Wenn das bekannt würde, haben Sie sich gesagt, käme es zu einem Skandal, von dem sich Ihre Rivalin nie wieder erholen würde. Richtig?"

„Ja", flüsterte Olga mit halbgeschlossenen Lidern.

„Erzählen Sie mir alles, dann wird es Ihnen besser gehen."

Folgsam lieferte sie mir den folgenden Bericht, mit leiser Stimme, unendlich müde, wie abwesend. Im großen und ganzen wurden meine Vermutungen bestätigt.

Ja, um Lydia zu schaden, wollte sie Vivonnet „entlarven". Zunächst wußte sie nicht, wie sie es anstellen sollte. Sie hätte zum Beispiel bösartige Gerüchte verbreiten können. Etwa durch die Zeitung, bei der der Journalist arbeitete, von dem sie erfahren hatte, womit der Liebhaber ihrer Feindin sein vieles Geld verdient hatte. Oder sie hätte bei der Polizei eine anonyme Anzeige erstatten können. Aber vielleicht hätte keine dieser Aktionen den gewünschten Effekt gehabt. Vielleicht zögerte Olga auch unbewußt, den riskanten Plan in die Tat umzusetzen. Schließlich war Vivonnet ein gefährlicher Gangster. Wenn er erfahren hätte, daß sie die Gerüchte in Umlauf gebracht hatte, wäre sie ihres Lebens nicht mehr sicher gewesen! Kurz gesagt, die Pläne wären hübsch in der Schublade geblieben, hätte nicht ich, Burma, die allgemeine Aufmerksamkeit auf den Fall Mairingaud gelenkt ... und damit auf mich. Die Zeitungen stellten mich als die Spürnase Nr. 1 hin, als den Mann, der Gangster entlarvte. Dazu noch als einen dynamischen Privatflic mit der Neigung, sich um Dinge zu kümmern, die ihn nichts angingen. Olga sagte sich: „Das ist mein Mann! Wenn es mir gelingt, ihn auf Vivonnet anzusetzen, dann werden die Fetzen fliegen, und es wird der nötige Staub aufgewirbelt!“ Zur Not hätte sie mich irgendwie darauf aufmerksam gemacht, um wen es sich bei Olgas Liebhaber handelte. Sie mußte nur auf die passende Gelegenheit warten, mich in Vivonnets Nähe zu bringen. Solch eine Gelegenheit waren die Dreharbeiten zu Lucots Fernsehspiel. Da Vivonnet Lydia häufig ins Studio begleitete, brauchte Olga mich nur zu veranlassen, ebenfalls am Buttes aufzutauchen. Aber wie sollte sie mich in die Rue Carducci locken, ohne selbst in Verdacht zu geraten? Denn sie wollte doch auf jeden Fall vermeiden, daß der Gangster im Ruhestand auf sie aufmerksam wurde. Die Lösung war ganz einfach: Olga nutzte die Ambitionen der naiven Fernsehansagerin aus und überredete sie, einen Privatdetektiv als Leibwächter zu engagieren. Es sei doch eine exzellente Reklame, Morddrohungen zu erhalten. Also erfinde man welche! Die Presse werde sich der Sache annehmen, und es würde ein herrliches Spektakel geben! Die dumme Gans sprang darauf an. Leider lief nicht alles so glatt ab, wie Olga es sich gedacht hatte. Ich erklärte Françoise frei heraus, daß ich sie für eine Schwindlerin hielt, die mich auf den Arm nehmen und benutzen wolle. Dann ließ ich sie mit ihren flatternden Nerven alleine. Sobald ich weg war, lief sie zu Olga und erzählte ihr, welche Wende die Sache genommen hatte. Die Krisensitzung der beiden jungen Frauen fand während einer Drehpause in Olgas Garderobe statt. Françoise war furchtbar nervös und gereizt. Warf Olga vor, sie habe sie da in etwas hineingezogen, das sie der Lächerlichkeit preisgeben werde. Seltsamerweise fügte sie hinzu: „Was steckt dahinter, hinter der ganzen Geschichte?“ Anscheinend hatten meine Worte ihr zu denken gegeben. Natürlich konnte Olga ihr nicht sagen, worum es eigentlich ging. Das Drehbuch lief nicht nach Wunsch. „Ich jedenfalls“, sagte Françoise, „lasse die Finger davon! Ich werde dem Detektiv sagen, daß du alles ausgeheckt hast.“ Und da verlor Olga den Kopf...

„Und da verlor ich den Kopf, sah nur noch eins: einen Skandal! Aber nicht den, den ich provozieren wollte. Er würde mich treffen, und Vivonnet würde erfahren, daß ich die Komödie ausgeheckt hatte, um ihm und damit Lydia zu schaden. Ich mußte Zeit gewinnen, einen Ausweg finden! Dafür war es nötig, daß Françoise sich beruhigte. Anstatt daran zu denken, daß es besser wäre, Ihnen alles zu gestehen und dadurch das Schlimmste zu verhüten ... Françoise selbst war der Meinung, ein wenig Ruhe könne ihr nicht schaden. Ich habe ihr vorgeschlagen, sie solle etwas zur Beruhigung nehmen, ihr aber verschwiegen, daß das Mittel, das ich bei mir hatte, ein Schlafmittel war. Sonst hätte sie es womöglich nicht eingenommen. Ich wollte jedoch, daß sie schlief! Wenn sie aufwachen würde, würde sie vielleicht darauf verzichten, Ihnen den Schwindel zu beichten. Das hoffte ich jedenfalls ... Kurz und gut, sie war einverstanden, legte sich in den Ruheraum, und dort habe ich ihr ... Großer Gott!“

Olga vergrub ihr Gesicht in beiden Händen und stöhnte wie ein verwundetes Tier. Ihre Knie zitterten.

„Ich war genauso aufgeregt wie Françoise, machte mir Sorgen ... Ich wußte nicht mehr, was ich tat...“

„Tja“, sagte ich. „Ihre Hand hat gezittert, und es sind viel mehr Tropfen in das Glas getropft, als es nötig gewesen wäre, um jemanden zu beruhigen oder für ein paar Stunden ins Reich der Träume zu schicken ... Haben Sie sie sterben sehen?“

„Um Gottes willen, nein! Als ich sie verließ, war sie noch nicht eingeschlafen.“

„Und als sie einschlief, war es für immer und ewig! Sie ist im Schlaf gestorben, ohne etwas zu merken. Als Sie von ihrem Tod erfuhren, hatten Sie noch das Fläschchen mit dem Schlafmittel, nicht wahr?“ Sie nickte. „Ihre erste Reaktion war mehr ein krimineller Reflex: Instinktiv haben Sie versucht, sich selbst zu retten. Was Sie dann nämlich getan haben, war alles andere als logisch. Und trotzdem haben Sie's getan! Im Studio herrschte große Aufregung. Die Polizei war noch nicht eingetroffen. Unbemerkt haben Sie das Fläschchen in die Tasche Ihres Opfers gesteckt, nachdem Sie vorher verräterische Spuren abgewischt hatten.“ Erneues Kopfnicken. „Und dann ... Na ja, dann haben Ihnen Ihre Nerven einen Streich gespielt. Sie hatten Gewissensbisse, aber nicht den Mut, sich der Polizei zu stellen. Statt dessen haben Sie versucht, sich ... wie sagt man noch? ... sich freizukaufen, nicht wahr? Als Sie erfuhren, daß Madame Pellerin in finanzieller Not war, haben Sie ihr Geld gegeben, unter dem Vorwand, daß Sie es der Toten schuldeten. Auch das ist weder logisch noch sonst was. Doch! Man könnte Ihr Verhalten beleidigend nennen; aber ich glaube, man sollte es nicht unter diesem Blickwinkel betrachten. Mir jedenfalls kam es von Anfang an seltsam vor. Ich habe mich erkundigt, wie hoch Ihre Gage beim Fernsehen ist. Aber auch ohne diese Information konnte ich mir denken, daß Sie finanziell besser gestellt sind, als es Françoise war. Höchst unwahrscheinlich also, daß die kleine Fernsehansagerin Ihnen auch nur einen Sou geliehen hatte! Zuerst habe ich Ihren Akt als eine elegante Form von Barmherzigkeit gedeutet. Doch dann habe ich nachgedacht, habe noch die eine oder andere Information hinzugefügt, und das alles hat dazu geführt, daß ich heute morgen zu Ihnen gekommen bin.“

Die Sonne schickte lustige Strahlen durchs Fenster und ließ Olgas Haare bläulich schimmern. Lustige Strahlen! So ein Jammer! Ich legte meine Hand auf die Schulter der Schauspielerin.

„Ziehen Sie sich einen Mantel über, wir gehen jetzt zu den Flics. Aber wenn ich Ihnen einen Rat geben darf: Legen Sie im Kommissariat nicht dasselbe Geständnis ab wie vor mir. Wenigstens nicht im Augenblick. Erzählen Sie nichts von Vivonnet. Auch nichts von den Rivalitäten zwischen Ihnen und Lydia! Ihre verhaßte Kollegin wird sich noch etwas gedulden müssen. Den Skandal nämlich, den Sie heraufbeschwören wollten, wird es geben. Es ist nur noch eine Frage von Tagen, und Lydia Orzy wird mit hineingezogen werden, keine Sorge!"

„Oh, das ist mir jetzt egal", seufzte Olga. „Ich habe schon zuviel Unheil angerichtet."

„Nun, wenn Sie nicht noch mehr anrichten wollen, dann sagen Sie den Flics nichts von Vivonnet. Es würde zu lange dauern, es Ihnen zu erklären, aber vertrauen Sie mir! Erzählen Sie lediglich, daß Sie Françoise ein Schlafmittel gegeben und dabei die Dosis überschritten haben, ohne es zu wollen."

Nach diesen Worten nahm ich den Hörer auf und rief die Kripo in der *Tour Pointue* an.

* * *

Kommissar Faroux saß hinter seinem Schreibtisch und las zum hundertsten Mal die Aussage von Olga Maîtrejean.

„Diese Weiber!" knurrte er. „Da hetzt die eine die andere so lange auf, bis diese Sie unter Vorspiegelung falscher Tatsachen engagiert, um die Aufmerksamkeit auf sich zu lenken. Als Sie den Schwinkel aufdecken, schnauzen sich die beiden gegenseitig an, und dem brillanten Hirn, das den ganzen Zauber ausgeheckt hat, fällt nichts anderes ein, als der Komplizin der Komödie ein Schlafmittel zu verpassen und dabei die Dosis zu überschreiten. Gottes Tierreich ist groß!"

Genauso hatte Olga nämlich die Geschichte präsentiert. Zu meiner großen Erleichterung hatte sie kein Wort über Vivonnet verloren. Das war äußerst wichtig für mich. Ich legte im Moment keinen Wert darauf, daß die Flics sich den Gangster zu genau ansahen. Ein unverhofftes, zusätzliches Glück war es, daß Olga nach ihrem Geständnis wieder die Nerven verloren hatte. Jetzt lag sie im Zentralkrankenhaus und würde dort noch mindestens zwei Tage liegen. Genau die Zeit, die ich brauchte, um meine Arbeit zu einem glücklichen Ende zu führen.

„Was für ein Durcheinander!" schimpfte Faroux. „Unglaublich! Hoffentlich ist sie nicht so verrückt, wie sie aussieht, und belastet sich nicht aus reinem Spaß an der Freude mit einem Mord … Auf jeden Fall, vielen Dank, Burma!"

„Keine Ursache. Sie hätten sie früher oder später sowieso geschnappt, aufgrund von Überprüfungen und Übereinstimmungen von Zeugenaussagen und so … Ich habe Ihnen lediglich ein paar Tage Arbeit erspart."

Ziemlich nachdenklich verließ ich die *Tour Pointue*. Faroux hatte mir gegenüber nichts über den Stand der Ermittlungen im Falle Frédéric Jean verlauten lassen. Auch die Beschattung, die er mir eingebrockt hatte – und die er vielleicht noch fortsetzen ließ! – hatte er nicht erwähnt. Kein Wort des Vorwurfs, weil ich Menschenfresser abgehängt hatte. Das gefiel mir ganz und gar nicht. Faroux mißtraute mir. Ich hatte Olga nur in sein Büro geschleppt, um in den Fernsehstudios am Buttes wieder freie Bahn zu haben. Doch der Kommissar hielt das Ganze anscheinend für einen Bluff und das Geständnis der Schauspielerin für erstunken und erlogen. Diese Überlegungen stimmten mich nicht grade froh. Dennoch beschloß ich, so zu tun, als würde alles zu meiner vollsten Zufriedenheit laufen.

Von einem Bistro aus rief ich Angela an und teilte ihr mit, daß ich für ein paar Tage verschwinden müsse. Wenn ich wieder auftauchen würde, gebe es vielleicht etwas Neues zu berichten, versprach ich ihr.

Dann fuhr ich in mein Büro, setzte Hélène über die letzten Ereignisse ins Bild und gab die Losung aus: Bis auf weiteres sei ich für niemand zu sprechen.

Als das alles erledigt war, holte ich meinen eigenen Wagen aus der Garage und fuhr – da ich wieder einmal nichts weiter tun konnte, als zu warten – aufs Land. Ich wollte frische Landluft atmen, entschlossen, mir meine Lungen so lange wie möglich damit vollzupumpen.

* * *

Wegen Faroux hatte ich mir zu Unrecht Sorgen gemacht. Ob er nun an die Richtigkeit des Geständnisses von Olga Maîtrejean glaubte oder nicht, er konnte gar nicht anders, als die Sache in der Rue Carducci zu überprüfen. Diesmal wußten seine Leute, in welcher Richtung sie nachzuforschen und welche Fragen sie an wen zu stellen hatten. So dauerte es nicht lange, bis sie sich davon überzeugt hatten, daß die Schauspielerin die Wahrheit gesagt hatte. Die Wirkung der Ursache: Wenn man noch nie soviele Flics in den Studios am Buttes gesehen hatte wie am Montagnachmittag und am Dienstag, so war am Mittwoch keiner mehr dort zu sehen.

Ich war am Zug.

* * *

Mit leichtem Herzklopfen betrat ich Mittwochnachmittag das Fernsehgebäude in der Rue Carducci. Ich ging so selbstsicher an dem Glaskasten des Portiers vorbei, daß er es nicht wagte, mich zu fragen, wohin ich denn wolle. Ich ging durch einen langen, kalten Flur, in dem meine Schritte widerhallten. Dann überquerte ich einen Hof und gelang zu mehreren baufälligen Gebäuden, die neben den modernen Bauten wie eine schäbige Kulisse wirkten. Der hilfsbereite Jacques Mortier, den ich ein letztes Mal angezapft hatte, hatte mir präzise topographische Informationen gegeben. Ich stieg mehr oder weniger gangbare Treppen hoch und gelangte schließlich, im Herzen einer verbotenen Zone, zu dem Korridor, der Dolguet zum Verhängnis geworden war. Am Ende des Korridors sah ich die Tür, die in eins der Requisitenlager führte.

Als der Rauch (zuerst) und die Flammen (danach) den Fernsehtechniker und Geliebten der Ansagerin in die Enge getrieben hatten, war er in diesen Korridor gerannt.

Warum?

Wenn der größere der beiden Schlüssel, die ich von Madame Dolguet mitgenommen hatte, diese Tür öffnen würde, hätte ich die Antwort.

Mit klopfendem Herzen steckte ich ihn in das Schloß. Es knirschte ein wenig, und ich mußte einen ziemlich starken Druck ausüben, aber schließlich drehte sich der Schlüssel. Mein Herz machte Luftsprünge. Kein Zweifel: Dolguet hatte den Schmuck von Madame Alderton in diesem „zweckentfremdeten" Lager versteckt. Und als er seine Beute vor dem Feuer in Sicherheit bringen wollte, hatte er den Tod gefunden.

Ich schob die Tür auf und schlüpfte in den dunklen Raum, in dem es muffig und nach Staub roch. Ich drehte den Lichtschalter. Irgendwo in einem Winkel ging eine schwache Glühbirne an und warf ein wenig Licht auf das abenteuerliche Wirrwarr mehr oder weniger gut erhaltener Möbelstücke aller Art und jeden Stils. Der andere Schlüssel, den ich in der Tasche hatte, der kleinere, mußte logischerweise zu einem der Schlösser passen. Aber zu welchem? Das richtige in dieser Rumpelkammer zu finden, war völlig ausgeschlossen.

Verzweiflung beschlich mich, als mein Blick auf drei Büfetts Henri II. fiel, die aus dem Haufen herausragten. Plötzlich kam mir ein Satz von Madame Dolguet wieder in den Sinn: „Henri und du, ihr seid zwei", hatte sie einmal zu ihrem Mann gesagt, was bei ihm einen Wutanfall und dann ein idiotisches Gelächter hervorgerufen hatte. Sollte nun zufällig...

In meinem Kopf arbeitete es fieberhaft. Wenn Dolguet den Schmuck in einem dieser Büfetts versteckt hatte, konnte er den Satz seiner Frau als Anspielung auf sein geheimes Versteck aufgefaßt haben. Das hatte ihn wütend gemacht. Doch dann war er sich schnell klar darüber geworden, daß zwischen den Worten seiner Frau und dem Versteck unmöglich ein Zusammenhang bestehen konnte. Die Beute wartete an dem geheimen Ort darauf, daß der Raub in Vergessenheit geraten würde und man den Schmuck zu Geld machen könnte! Dieser Gedanke hatte Dolguet über die Maßen erheitert. Ja, Henri (sein Kollege vom Fernsehen) und er, sie waren wirklich zwei! Und das dank des Büfetts Henri (ebenfalls zwei!). Dolguet hatte sich über die unfreiwillige Komik des Ausspruchs seiner Frau köstlich amüsiert. Ein richtiger Schlauberger, dieser Dolguet, und dazu ein Witzbold! Eins von beiden war ich ebenfalls. Entweder, meine Schlußfolgerungen waren richtig, oder aber sie waren ein einziger Witz. Es war nämlich gut möglich, daß ich das Opfer eines Interpretationsdeliriums geworden war. Kein Wunder bei all dem Zeug, das mein armer Kopf in der letzten Zeit zu verdauen gehabt hatte...

Auf keinen Fall jedoch konnte eine Überprüfung meiner Hypothese schaden. Zumal die Büfetts relativ leicht zu erreichen waren. Während ich noch das Für und Wider abwägte, war ich schon mittendrin im Gerümpel. Ich stellte ein paar Sessel zur Seite, wirbelte eine Tonne Staub auf, schluckte einen Teil davon und kämpfte mich so an mein erstes Ziel heran.

Seine Türen standen offen, und es war leer. Eine kleine Kriechpartie unter einem Tisch hindurch, und ich lag vor dem zweiten Büfett auf dem Bauch. Dieses Türchen nun war zu und, wie es schien, abgeschlossen. Mit einem Schlüssel. Sollte der kleine...

Das Geräusch, das der kleinere meiner beiden Schlüssel in dem Schloß verursachte, war in meinen Ohren so laut, als wäre eine Bombe eingeschlagen. Der Tisch stand vor dem Büfett und blockierte die Tür. Doch konnte ich sie einen Spaltbreit öffnen, und das genügte mir. Ich verdrehte ein wenig meinen Arm und langte ins Innere des Büfetts, stocherte herum ... und meine Hand stieß gegen etwas Ernstzunehmendes: eine prall gefüllte Aktentasche, die sich hart anfaßte. Es gelang mir, sie durch den Spalt ins Freie zu ziehen. Unter dem Tisch kauernd, in unbequemer Stellung vor dem Büfett hokkend, öffnete ich meinen Fund.

Der Schmuck befand sich in der Tasche!

* * *

Ohne aufgehalten zu werden, verließ ich das Fernsehgebäude. Ich ging zu meinem Wagen, legte die Beute auf den Beifahrersitz und startete den Motor. Ich fuhr auf gut Glück durch Paris. Es war mir ein dringendes Bedürfnis, tief durchzuatmen und meine Gedanken zu ordnen. Als ich nach einer Weile auf meine Armbanduhr sah, stellte ich fest, daß ich mich beeilen mußte, wenn ich die Sache heute noch zu Ende bringen wollte. Ich vergewisserte mich, daß mir niemand folgte, und fuhr auf Umwegen in die Rue Bleue. Dort hielt ich vor dem Juweliergeschäft meines Freundes Salomon. Er war nicht da. Ich wartete. Wieder verging eine Weile. Endlich, so gegen zwanzig Uhr, erschien Salomon mit seinem weißen Rauschebart. Ich zeigte ihm zwei funkelnde Ohrclips.

„Gute Arbeit", stellte mein Freund nach einem kurzen Blick auf die Schmuckstücke fest. „Wo haben Sie sie gestohlen?"

„Sagen wir, sie sind so etwas wie eine kleine Provision. Könnten Sie ihren Wert schätzen?"

„Nicht sofort. So was macht man nicht einfach so. Außerdem muß ich noch eine dringende Arbeit erledigen, und ich bin bereits im Verzug. Können Sie nicht bis morgen warten?"

Dann eben morgen! Auf einen Tag früher oder später kam es mir nicht an.

Gegen zehn Uhr fuhr ich zu mir nach Hause. Es war schon eine Ewigkeit her, daß ich einen Fuß in meine Wohnung gesetzt hatte. Man konnte meinen, ich hätte sie für immer aufgegeben. Sie machte einen verlassenen Eindruck. Doch der Schein trog.

Als ich die Haustür aufschloß, hörte ich hinter mir Schritte. Schnell drehte ich mich um. Angela!

„Guten Abend", sagte sie. „Habe ich Sie erschreckt?"

„Was machen Sie denn hier?"

„Na, na! Warum denn so brummig?"

„Ich mag es nicht, wenn man mir hinterherspioniert."

„Ich habe nicht spioniert. Ich ... Ach, verdammt nochmal! Ja! Seit Ihrem Telefonanruf am Montag stehe ich hier vor Ihrer Wohnung und schiebe sozusagen Wache. Ziemlich idiotisch, weil ich ja schließlich nicht vierundzwanzig Stunden ununterbrochen hier stehen kann, aber trotzdem ... Wissen Sie, ich habe sofort begriffen, daß Sie auf einer heißen Spur sind. Hab mir gedacht, früher oder später kommt er schon nach Hause. Nun ..."

„Haben Sie kein Vertrauen zu mir? Ich habe Ihnen doch versprochen, Sie auf dem laufenden zu halten."

„Ja, natürlich, aber ich ... Was haben Sie denn da unterm Arm?"

„Den ... Schmuck!" gelang es ihr dennoch hervorzustoßen, nachdem sie tief durchgeatmet hatte. „Um Gottes willen!" Ihre Finger umklammerten meine Hand. „Das darf doch nicht wahr sein! Sie machen sich über mich lustig."

„Kommen Sie, gehen wir hinauf. Dann werden Sie ja sehen."

Sie stieg die Treppe hoch, wobei sie sich ans Geländer klammerte. Ihre Knie zitterten. Wenig später, in meiner Wohnung, zitterten ihr nicht nur die Knie. Als sie vor dem Schmuck stand, der ausgebreitet auf dem Tisch lag, wurde ihr ganzer Körper von einer Art Schüttelfrost befallen. Immer wieder murmelte sie: „Um Gottes willen!" Sie wagte nicht einmal, den Schatz zu berühren. Ihre Finger kneteten fieberhaft ihre Handtasche.

„Nun?" fragte ich sie. „Sind das die Klunker Ihrer Gönnerin, oder sind sie's nicht?"

„Oh ... ja ... ja ..." stammelte sie und spannte all ihre Muskeln an, um ihre Beherrschung wiederzugewinnen. „Um Gottes willen!"

Es war verdammt heiß im Zimmer, und es roch etwas muffig, weil die Fenster geschlossen waren. Ich zog mein Jackett aus und warf es über einen Stuhl. Als ich zum Fenster ging, um es zu öffnen und die kühle Nachtluft hereinzulassen, klingelte das Telefon. Ich ging an den Apparat.

„Hier Salomon“, meldete sich mein Freund, der jüdische Juwelier. „Hören Sie, Burma, ich bin früher als vorgesehen mit meiner Arbeit fertiggeworden und hatte schon Zeit, mir Ihre Ware anzusehen. Gute Arbeit, wie gesagt, künstlerisch wertvoll und alles, aber leider sind die Ohrclips nicht echt. Sie sind hereingelegt worden, Burma.“

„Nein, nicht ich. So was Ähnliches hab ich mir schon gedacht. Gute Nacht, Salomon.“

Ich legte auf. In diesem Augenblick hörte ich die goldene Stimme der engelgleichen Angela.

„Hände hoch!“ befahl sie mir.

Ich gehorchte. Sie hielt meinen Revolver in der Hand, den sie aus meiner Jacke geklaut hatte. Müde sah ich sie an, ohne etwas zu sagen. So standen wir eine Ewigkeit lang mitten im Raum. Unten auf der Straße knatterte ein Moped vorbei. Der Schmuck auf dem Tisch funkelte im Lampenlicht. Er erinnerte mich an einen jener Tierkadaver, die man manchmal auf dem Lande am Wegesrand entdeckt und auf denen es von emsigen, grünlich schimmernden Fliegen nur so wimmelt.

11

Die letzte Leiche

„Dann ist es also soweit!“ stellte ich fest. „So was Ähnliches hab ich erwartet. Daß aber ein Revolver mit von der Partie sein würde, hätte ich nicht gedacht. Und dann noch meiner!“

„Wenn Sie damit andeuten wollen, daß ich nicht vorbereitet war, dann irren Sie sich gewaltig!“ erwiderte Angela. „Ich habe noch einen anderen in meiner Tasche. Aber besser, ich benutze Ihren. Der sieht leistungsfähiger aus.“

„Natürlich. Und daß Sie gut vorbereitet sind, weiß ich verdammt gut. Seit ich Ihnen mit meinem Telefonanruf in Cannes den Floh ins Ohr gesetzt habe, hängen Sie wie eine Klette an mir. Oh, ich weiß! Sie werden mir entgegenhalten, daß ich Ihnen die Überwachung erleichtert habe, indem ich zu Ihnen gezogen bin. Vielleicht. Andererseits hatte ich aber so die Gelegenheit, aus der Nähe festzustellen, mit welchem Interesse Sie jeden meiner Schritte verfolgten. So als wollten Sie unbedingt dabeisein, wenn ich den Schatz ausgraben würde. Und warum wohl? Weil Sie sich dazwischenwerfen wollten, zwischen mich und die Beute. Nun, der Augenblick ist gekommen ... Dann waren Sie also ebenfalls hinter dem Schmuck her, nicht wahr? Das Blöde daran ist, daß die Steinchen falsch sind! Jedenfalls sind es die beiden Proben, die ein Experte untersucht hat. Und wenn die Clips falsch sind, dann ist es der Rest logischerweise ebenfalls.“

„Nein“, sagte sie nicht übermäßig überzeugt.

„Doch, und Sie wissen das ganz genau.“

„Unwichtig! Falsch oder nicht, ich will den Schmuck haben.“

„Warum?“

„Nur so.“

„Nur so! Daß ich nicht lache! Ich werde Ihnen sagen,

warum Sie ihn haben wollen: Damit ich ihn nicht der Versicherungsgesellschaft aushändigen kann! Denn es ist Ihnen schnurzegal, ob ich die falschen Klunker habe oder nicht. Was Sie jedoch verhindern wollen, ist, daß die Gesellschaft sie zu Gesicht bekommt. Und warum? Weil Sie keine gewöhnliche Diebin sind, die sich das Hab und Gut anderer Leute aneignen will. Nein, Sie wollen das Ansehen Ihrer Gönnerin schützen. Deren Ansehen würde nämlich einen empfindlichen Schlag erleiden – von den juristischen Folgen mal ganz zu schweigen –, wenn herauskäme, daß Madame Alderton die *Reliance* betrogen hat. Denn darum geht es! Was sich vor zwei Jahren in den *Vier Pinien* abgespielt hat, war nie und nimmer ein Diebstahl, jedenfalls nicht im üblichen Sinn, sondern eine Komödie, die Madame Alderton inszeniert und für die sich der ihr ergebene Dubaille hergegeben hat. Wie sagten Sie noch? Ein netter Kerl! Ja, das muß er wohl gewesen sein. Er wußte, daß er als Dieb dastehen würde, wenn der ‚Diebstahl' bekannt würde. Er hat sich sozusagen geopfert, und das ist um so mehr das richtige Wort, da er Dolguet & Co. in die Hände fiel. Ein Programmpunkt, der im Drehbuch nicht vorgesehen war. Komödie! Tragödie! Versicherungsbetrug! Weil ich so etwas in der Art gerochen habe, habe ich die beiden Ohrclips von einem Experten untersuchen lassen. Und siehe da … Aber sagen Sie, könnte ich vielleicht meine Arme wieder herunternehmen?"

„Wenn Sie wollen."

Ich wollte.

„Danke. Und was haben Sie jetzt vor?"

„Madame Alderton hat mich aus der Gosse geholt", sagte Angela mit tonloser Stimme. „Ich verdanke ihr alles. Ohne sie wäre ich jetzt eine … eine … Hure. Deshalb will ich nicht, daß ihr Name beschmutzt wird. Das werde ich nicht zulassen! Ich hab mir geschworen, es nicht zuzulassen! Was geht mich die Moral an und die Gewinne und Verluste der Versicherungsgesellschaften? Ich bitte Sie deshalb, die ganze Sache zu vergessen, so zu tun, als wären wir uns nie begegnet, und mir den wertlosen Schmuck zu überlassen."

„Und wenn ich mich weigere? Werden Sie mich dann über den Haufen schießen?“ scherzte ich, bereit, mich unter den Tisch zu werfen; denn genau solche Scherze lösen manchmal ein wahres Feuerwerk aus.

Doch die Kanone schien ihr schwer zu werden. Der Revolverlauf war nicht mehr direkt auf mich gerichtet und verlor so an Gefährlichkeit. Angela starrte mich an, als sähe sie mich zum ersten Mal. Ihre haselnußbraunen Augen bekamen einen dunklen Schimmer und unsäglicher Schmerz zeichnete sich auf ihrem hübschen Gesicht ab. Sie schüttelte traurig den Kopf und stammelte:

„Ich ... Nein, ich ... glaube nicht.“

Plötzlich schrie sie „Nein!“, drehte sich um, ohne den Revolver loszulassen (war sie sich überhaupt bewußt, daß sie ihn immer noch in der Hand hielt?), ließ sich verzweifelt schluchzend in einen Sessel fallen und verbarg ihr Gesicht in der Armbeuge.

Ich wartete ein paar Sekunden und ging dann zu ihr. Sie fuhr hoch und packte mich an meiner Hemdbrust. Ihre Finger gruben sich in den Stoff. Der Revolver war verschwunden, wahrscheinlich saß sie darauf. Ich würde ihn später suchen.

„Verloren“, stöhnte sie, „ich habe im letzten Moment verloren ... Oh, ich flehe Sie an ... Ich flehe Sie an ...“

„Ein Schuß hätte die Probleme von Madame Alderton nicht gelöst“, sagte ich.

Ich hatte wirklich das Gefühl, mich entschuldigen zu müssen. Beinahe hätte ich sie gebeten, mir eine Kugel in den Kopf zu jagen, wenn ich sie damit hätte trösten können. Behutsam löste ich ihre Finger von meinem Hemd.

„Kommen Sie, beruhigen Sie sich“, sagte ich. „Was den Schmuck angeht, werden wir schon eine Lösung finden.“

„Oh, ich hasse ihn“, schluchzte Angela und bearbeitete das Kissen. „Und Sie, Sie hasse ich auch!“

Sie stammelte noch ein paar undeutliche Worte und weinte dann leise vor sich hin. Wie eine Flasche, die langsam geleert wird. Ich stand hilflos vor ihr. Die Tränen liefen lautlos über ihr Gesicht, ich sagte auch nichts, und so herrschte totale Stille in der Wohnung.

In diesem Augenblick glaubte ich etwas im Korridor zu hören. Es blieb mir keine Zeit nachzusehen, ob ich mich getäuscht hatte. Die Tür wurde aufgerissen, und zum zweiten Mal an diesem Abend forderte man mich auf, die Hände hochzuheben. Entweder hatte ich die Wohnungstür nicht richtig geschlossen, oder aber der neue Gast wußte, wie man ein Schloß verführte. Die zweite Möglichkeit erschien mir wahrscheinlicher.

Der neue Gast war Vivonnet, der Mann mit der Karnevalsmaske. Allerdings trug er sie jetzt nicht. Dafür hielt er eine nagelneue Mauserpistole in der Hand. Das Modell war der letzte Schrei (den man ausstößt, wenn die Pistole gesprochen hat!). Der Gangster stand im Türrahmen und pfiff anerkennend durch die Zähne, als er den Schmuck auf dem Tisch liegen sah. Er machte einen Schritt darauf zu. Offenbar war er alleine gekommen. Wie ein erwachsener Mann, der mit dem Dienstmädchen der Nachbarn ausgeht.

„Man könnte meinen, ich würde einen Ehekrach stören", lachte er mit ironischer Besorgnis. „Entschuldigen Sie! Los, Burma, in die Ecke mit dir, und keine Bewegung!"

Ich gehorchte mal wieder. Was hätte ich auch sonst tun können? Helden sehen alt aus, und ich empfand kein besonderes Verlangen danach, meine Hosen herunterzulassen, wenn ich das mal so sagen darf. Es gibt eben Situationen, in denen man sich fügen muß. Sicher, als Sieg kann man so etwas nicht verkaufen...

Vivonnet wandte sich Angela zu:

„Und du Heulsuse, du bleibst ganz brav da sitzen, wo du sitzt. Und versuch nicht, mich zu verführen! Später kannst du mir dann ja erzählen, wo dich der Schuh drückt ... Oh, was sehe ich denn da? Eine Handtasche! Bei den Dingern weiß man nie, was drin ist!"

Er ging zum Tisch, nahm die Tasche und schleuderte sie in eine Ecke. Ein vorsichtiger Mensch, dieser Vivonnet. Vorsichtig und schlau. Zum Totlachen!

„Na, Burma", fuhr er mit einem Blick auf den Schmuck fort, „was hab ich gesagt? Ich hatte recht, was? Du wußtest, wo der Schatz vergraben war! Oder sind das etwa nicht die Alderton-Juwelen? Würde mich aber wundern."

„Das sind die Alderton-Juwelen", sagte ich aus meiner Strafecke heraus.

„Wie das funkelt und glänzt! Herr im Himmel, wie das funkelt!"

„Ja, wie die Scheinwerfer eines Abbruchunternehmens. Zerstörung aller Art. Von Leben, von Illusionen und von Ruhe!"

„Was ..." Erstaunt riß er die Augen auf. „Was? ... Ach so!" Er lachte. „Laß den Quatsch und heb dir deine Sprüche fürs Fernsehen auf."

„Vom Fernsehen hab ich die Schnauze voll. Ich wollte damit nur sagen, daß ein Haar in der Suppe ist. Wir haben uns für die Katz abgestrampelt! Die Juwelen da sind genauso falsch wie die Liebe, die Lydia Orzy dir entgegenbringt."

„Was?"

Er tat einen Satz auf die Beute zu, bremste sich aber sofort wie jemand, der in letzter Sekunde merkt, daß er in eine Falle rennt. Argwöhnisch runzelte er die Stirn. Seine Knarre schien ihn zu imitieren. Er lachte kurz auf.

„Aber natürlich sind sie falsch!" rief er. „Nun, weißt du was? Ich nehme sie trotzdem mit!"

„Willst du dich auf deine alten Tage noch auf den Flohmarkt stellen? Den Grundstock an Waren hättest du schon. Du könntest dir einen Gemüsekarren mieten und einen Sack Sägemehl kaufen."

„Genau! Sing, Vögelchen, sing! Hör zu, Burma, du kannst mich nicht mit Schmus besoffen machen. Außerdem ... Wenn der Schmuck wirklich nicht echt ist, werd ich's bald wissen. Mach dir um mich keine Sorgen. Ich hab Besseres zu tun, als den Kram auf dem Flohmarkt zu verbimmeln. Werd mir die alte Schachtel vorknöpfen, diese Madame Alderton, und dann ..."

Jetzt überschlugen sich die Ereignisse. Ich hörte Angela ein

„NEIN!“ brüllen, das mir immer noch in den Ohren klingt. Dann fielen ein paar Schüsse. Vivonnet wirbelte herum, so als hätte man ihn in den Hintern getreten; aber in Wirklichkeit hatte es ihn zwischen den Schultern erwischt. Seine Waffe spuckte nun ihrerseits blaue Bohnen aus, von denen ich mir wenigstens eine gefangen hätte. Doch im Bruchteil einer Sekunde hatte ich mich auf den Boden geworfen und Schutz hinter einem Möbelstück gefunden.

Angela fuhr mit ihrem Schützenfest fort. Auch Vivonnet schoß noch einmal. Besser gesagt: Sein Zeigefinger zuckte im Todeskampf. Dann brach der Gangster zusammen. Im Fallen stieß er gegen den Tisch, und eine Halskette aus dem teuflischen Glitterzeug fiel auf seine Brust.

Ich stand auf. Es schien mir, als würde immer noch geschossen, diesmal jedoch weiter weg. Oder es war das Echo der Schießerei von eben. Ich horchte. Das Feuerwerk verlor sich in der Nacht. Es war ein zweites Moped (oder wieder dasselbe), das durch Paris knatterte. Ich stieß einen Seufzer der Erleichterung aus und sah zu Angela hinüber.

Das Mädchen stand da, starr, mit zerzaustem Haar und vor Schreck geweiteten Augen, und riß den Mund auf, um gleich hysterisch loszuschreien. Ich stürzte zu ihr hin, stieß sie in den Sessel zurück, verpaßte ihr zwei saftige Ohrfeigen und hielt ihr den Mund zu. Der Schrei bahnte sich seinen Weg durch meine Finger, und ich spürte das Zittern der Kinnladen. Der Rest war Schluchzen und Tränen.

Mit einem dumpfen Geräusch fiel der Revolver auf den Boden. Ich zog Angela aus dem Sessel hoch, brachte sie ins Badezimmer, zog sie halb aus und hielt ihren Körper unter die Dusche. Nach und nach beruhigte sie sich. Ich wickelte sie in meinen Bademantel, verabreichte ihr ein Beruhigungsmittel und legte sie auf mein Bett. Dann kehrte ich wieder an den Schießstand zurück.

Ich ging zum Telefon und rief Hélène an. Sie solle sofort in meine Wohnung kommen, es werde dringend eine Krankenschwester gebraucht. Sie versprach zu kommen.

Ich hob meinen Revolver auf, wischte ihn sorgfältig ab, um Angelas Fingerabdrücke zu tilgen, und versah ihn ausgiebig mit meinen. Ich legte ihn auf den Tisch und beugte mich über Vivonnet.

Er hatte ebensoviele Kugeln von vorn wie von hinten abgekriegt. Zwei von jeder Seite, auf den ersten Blick. Sehr gut. Ich versuchte zu bestimmen, wie oft er selbst geschossen hatte. Dreimal. Eine Kugel steckte im Schrank, die zweite in der Wand und die dritte unten in der Fußleiste. Diese Anordnung gefiel mir schon weniger gut, aber ich mußte mich mit dem, was ich konstatierte, zufriedengeben.

Nachdem ich das Ergebnis der Schießerei begutachtet hatte, verstaute ich den Schmuck wieder in der Aktentasche und sah dann nach Angela. Sie schlief nicht, war nur völlig benommen. Unsere Blicke trafen sich, aber wir sagten nichts.

Wenig später kam Hélène. Ich erzählte ihr, was vorgefallen war. Dann sagte ich:

„Sie werden das Mädchen jetzt nach Hause in die Rue d'Alboni bringen. Geben Sie ihr ein Schlafmittel, und bleiben Sie bei ihr, solange es nötig ist. Ein paar Tage, falls es sein muß. Nehmen Sie auch diesen Plunder mit." Ich zeigte auf die Aktentasche mit dem falschen Schmuck. „Man muß ihn nicht unbedingt hier bei mir finden. Verstecken Sie ihn irgendwo."

Hélène fuhr mit Angela, die immer noch stumm und stumpfsinnig vor sich hinstarrte, und den wertlosen Glasperlen weg.

Ich setzte mich neben das Telefon, zündete mir eine Pfeife an und wartete. Ich konnte Vivonnet sehen, aber er sah mich nicht.

Vivonnet, der alte Blödmann! Warum hatte er auch andeuten müssen, daß er Madame Alderton die Hölle heiß machen wollte? Warum wollte er den Schmuck unbedingt mitnehmen? Warum hatte er sich überhaupt dafür interessiert? Wir alle hätten uns für etwas anderes interessieren sollen. Und Angela, die nicht auf mich geschossen hatte, hatte auf Vivonnet geschossen. Wie ich vermutet hatte, hatte sie tatsächlich auf meinem Revolver gesessen, als der Gangster hereingeplatzt war.

Das Telefon klingelte.

„Ich bin's, Hélène", meldete sich meine Sekretärin. „Alles in Ordnung. Sie schläft."

„Hervorragend! Gute Nacht, ihr beiden."

Ich wählte die Privatnummer von Florimond Faroux.

„Hier Nestor Burma", sagte ich. „Ist in der Morgue noch ein Platz frei?"

* * *

Den ganzen darauffolgenden Tag verbrachte ich in der *Tour Pointue* damit, einem Heer von Flics mein kleines Märchen zu erzählen.

Sehen Sie, meine Damen und Herren, ich saß gemütlich bei mir zu Hause und rauchte mein Pfeifchen, als dieser Unbekannte hereingestürmt kam und mit seinem Schießeisen herumfuchtelte. Dann ist alles so schnell gegangen, daß ich jetzt gar nicht mehr mit Bestimmtheit sagen kann, wer von uns beiden das Feuer eröffnet hat, aber ... na ja ... äh ... also ...

„Hören Sie, Alter", sagte Faroux am späten Nachmittag zu mir, „wir weinen diesem Vivonnet keine Träne nach, ja? Er war den Strick nicht wert, an dem er hätte baumeln müssen. Aber trotzdem, wenn ich mir die Spuren der Schießerei in Ihrem Wohnzimmer so ansehe, dann habe ich den Eindruck, daß Sie einen etwas zu kurzen Prozeß mit ihm gemacht haben! Natürlich, er ist einfach so in Ihre Wohnung gekommen, mit vorgehaltener Waffe ... Na gut. Reden wir von etwas anderem. Oder besser gesagt: von demselben. Diese verrückte Schauspielerin hat ihre Aussage vom Montag ergänzt. Danach sieht es so aus, daß sie, Olga Maîtrejean, die Fernsehansagerin dazu veranlaßt hat, Sie, Burma, als Leibwächter zu engagieren. Durch Ihre bloße Anwesenheit sollten Sie Vivonnet einen Schrecken einjagen. Wie es der Zufall nämlich so wollte, war der Gangster der Liebhaber einer anderen Schauspielerin, auf die Olga Maîtrejean neidisch oder eifersüchtig oder beides war. Na ja, das übliche Weibergezänk! Und weil die Maîtrejean Schiß vor Vivonnet hatte..."

Er breitete die Geschichte, die ich bereits kannte und die mit dem Tod der unglücklichen Françoise Pellerin geendet hatte, vor mir aus.

„Na, dann ist ja jetzt alles klar, oder?" bemerkte ich erleichtert. „Vivonnet hat Wind von den Machenschaften gegen ihn bekommen und wollte mich einschüchtern."

„Hm... ja..." brummte der Kommissar. „Was wirklich klar ist, das ist die Tatsache, daß Vivonnet nicht viel wert war. Und daß er mit vorgehaltener Waffe bei Ihnen eingedrungen ist. Das ist Ihr Glück, aber reiten Sie nicht zu sehr darauf herum."

„In Ordnung", erwiderte ich. „Ich werde versuchen, nicht zu sehr darauf herumzureiten."

„Das rate ich Ihnen! Und jetzt verschwinden Sie!"

* * *

In der Rue d'Alboni öffnete Hélène mir die Tür.

„Freilassung auf Ehrenwort?" fragte sie.

„So ungefähr. Faroux ist nicht ganz von meiner Version der Ereignisse überzeugt. Er riecht den Braten. Wie geht's unserem Sorgenkind?"

„Schläft. Ich hab Ihren Freund kommen lassen, den Arzt. Nichts Ernstes. Nervenzusammenbruch. Morgen ist sie wieder auf den Beinen. Wie wär's, würden Sie mir jetzt vielleicht die ganze Geschichte erzählen? Schließlich bin ich Ihre Sekretärin, oder?"

Wir setzten uns in das Zimmer, in dem ich einige Tage lang gewohnt hatte, und ich kam Hélènes Wunsch nach Aufklärung nach.

„Wie sind Sie auf die Sache mit dem Versicherungsbetrug gekommen?" fragte sie, als ich ihre Wissenslücken geschlossen hatte.

„Durch ein paar winzige Details, die mir übrigens erst aufgefallen sind, nachdem Angela mit uns Kontakt aufgenommen hatte. Als sie sich nicht abschütteln ließ und sie mir auf Schritt und Tritt folgen wollte, habe ich Verdacht geschöpft. Da haben diese winzigen Details plötzlich an Bedeutung gewonnen. Viele sind es übrigens nicht. Genau gesagt: zwei. Erstens: Dubaille. Er hatte als bevorzugter Dauergast in der Villa *Vier Pinien* keinerlei Interesse daran, die Juwelen zu klauen. Zweitens: Madame Aldertons Nervosität während ihrer Abendgesellschaft."

„Waren Sie dabei?"

„Nein. Aber den Privatfilm, den Marcel gedreht hatte, den hab ich gesehen. Mutter Aldertons perfektes inneres Gleichgewicht ist sprichwörtlich. Aber auf dem Film zeigt sie sich seltsamerweise von ihrer nervösen Seite. Das wäre am Tag *nach* dem Diebstahl verständlich gewesen, aber nicht am Abend davor. Außerdem gibt es in dem kurzen Film eine Szene, in der Dubaille seine Geliebte zu beruhigen scheint. Ich habe mir gesagt, daß die gnädige Frau deshalb nervös war, weil sie wußte, daß etwas Schlimmes passieren würde, etwas sehr Riskantes. Kurz, ich habe mich gefragt, ob sie nicht beide – Liebhaber und Geliebte – unter einer Decke steckten, nicht nur unter einer Bettdecke. Mit anderen Worten: ob der Diebstahl nicht vom Opfer selbst inszeniert worden war. Davon ausgehend, drängte sich mir die nächste Frage auf: Warum ließ sich die Besitzerin der Juwelen ihren Besitz stehlen? Antwort: weil sie in die Schlagzeilen kommen ... oder weil sie an Geld kommen wollte. Der zweite Grund mußte wohl der wahre sein. Aber ... Wenn sie Geld brauchte, warum hat sie dann nicht einen Teil des Schmucks zu Geld gemacht?"

„Ja, warum nicht?"

„Aber ganz einfach, Hélène, weil dieser Schmuck nicht mehr zu Geld gemacht werden konnte. Und er konnte nicht mehr zu Geld gemacht werden, weil er bereits zu Geld gemacht worden war, ganz heimlich, still und leise! Übriggeblieben waren nur die Imitationen. Das alles war natürlich zuerst nur reine Vermutung. Um mir Gewißheit zu verschaffen, mußte ich den Schmuck, den Dolguet so gut versteckt hatte, finden und einem Experten zur Untersuchung vorlegen. Wenn die Juwelen echt waren, lag ein Diebstahl vor, und Angela wich nicht von meiner Seite, weil sie sich selbst die Beute unter den Nagel reißen wollte. Waren die Juwelen aber falsch, dann war das der Beweis für einen Versicherungsbetrug, und Angela wollte mich unbedingt daran hindern, das Corpus delicti der Versicherungsgesellschaft auszuhändigen. Was sie ja auch tatsächlich versucht hat, allerdings mit mäßigem Erfolg. Aber was soll's? Sie hat mich mit meiner eigenen Waffe bedroht, doch ich bin ihr deswegen nicht böse. Sehen Sie, Hélène, was immer man auch über die alte Alderton denken mag, mir ist es lieber, daß Angela aus Zuneigung und Ergebenheit so gehandelt hat. Im Laufe dieses Abenteuers sind mir soviele Schweine über den Weg gelaufen …"

„Apropos … Wie kam es, daß Vivonnet bei Ihnen hereingeschneit ist, einfach so, und das genau im richtigen Augenblick?"

„Davon überzeugt, daß ich 'ne Menge wußte und ihn früher oder später zum Versteck der Beute führen würde, muß er wohl jemanden auf mich angesetzt haben. Als ich Mittwochabend aus den Fernsehstudios am Buttes kam, hatte ich so ein Gefühl, daß ich verfolgt würde. Ich hab zwar niemanden bemerkt, bin aber trotzdem auf Umwegen zu Salomon gefahren und hab so meine Verfolger abgehängt. Aber sie hatten mich mit einer Aktentasche, die ich vorher nicht bei mir gehabt hatte, aus dem Studio kommen sehen. Diese Beobachtung müssen sie an Vivonnet weitergegeben haben, und der ist dann bei mir hereingeplatzt. Nicht ganz so zufällig, aber genau im richtigen Augenblick."

Im richtigen Augenblick, ja: als sein letztes Stündlein schlug.

* * *

Am nächsten Tag ging es Angela schon sehr viel besser, und am übernächsten war sie wieder so gut wie hergestellt. Dennoch blieb Hélène sicherheitshalber bei ihr, um Krankenwache zu halten. Von Zeit zu Zeit gab sie mir telefonisch den Krankenbericht durch.

Am Sonntag fuhr ich auf einen Sprung in der Rue d'Alboni vorbei.

„Sie kommen wie gerufen", sagte Hélène ganz aufgeregt. „Angela telefoniert gerade. Man hat sie aus Cannes angerufen. Soweit ich verstanden habe, will sie bald zurückfahren. Und das in ihrem Zustand!"

Kaum hatte meine Sekretärin den Satz beendet, da wurde die Bibliothekstür zugeknallt. Angela rannte verstört an uns vorbei, ohne uns anzusehen, und flüchtete in ihr Zimmer. Hélène ging ihr nach. Ich lief zum Telefon und rief die *Vier Pinien* an. Der Anruf hatte nur von dort kommen können. Ich verlangte Madame Alderton zu sprechen. Ein Dienstmädchen teilte mir mit, Madame Alderton sei am späten Morgen verstorben. Wer am Apparat sei, bitte? Ohne zu antworten, legte ich auf.

* * *

„Ich weiß, daß es nicht stimmt", sagte Angela, als wir kurz darauf unter vier Augen miteinander sprachen.

Sie war etwas ruhiger, aber ihre Stimme klang verändert.

„Das sagt man so in solchen Fällen: Zustand verschlechtert, aber nicht hoffnungslos, kommen Sie bitte sofort! ... Die üblichen Phrasen."

Man hatte ihr offenbar die bittere Pille versüßt.

„Madame Alderton ist bestimmt schon tot", fuhr sie achselzuckend fort. „Man will es nur vor mir verbergen. So ein Blödsinn! Ich werd's sowieso erfahren ..."

Erschöpft fuhr sie sich mit der Hand über die Augen. Dann sah sie mich an.

„Ich möchte ... morgen ... fliegen ... nach Cannes."

„Wer hält Sie davon ab?" fragte ich rhetorisch. „Sie stehen nicht unter Hausarrest."

Schweigen senkte sich über uns. Ein langes Schweigen.

„Was ich Ihnen noch sagen wollte ..." brachte sie schließlich hervor, „mit dem Schmuck ... Machen Sie damit, was Sie wollen."

„Das werde ich, Angela."

Ich stand auf und ging zum Fenster, um zum Eiffelturm hinüberzusehen, der von der Sonne vergoldet wurde.

„Ich bin der Meinung, diese Juwelen haben schon genug Opfer gefordert. Was hätte die *Reliance* davon, wenn ich den Betrug an die große Glocke hängen würde? Jetzt, da Madame Alderton ... Ich meine, sie ist zu krank, als daß die Justiz sie belangen könnte ... Letztlich würde es nur ein zusätzliches Opfer geben: Sie, Angela! Es würde Ihnen weh tun, wenn der Name der Frau, die Ihre Wohltäterin war und bleibt, in den Schmutz gezogen würde. Machen Sie sich keine Sorgen, Sie können ganz beruhigt ans Krankenbett von Madame Alderton eilen. In ein paar Tagen werde ich ein Päckchen machen, es gut verschnüren und in die Seine werfen."

Ich spürte, wie sie hinter mich trat.

„Danke", hauchte sie, „wegen Madame Alderton ... Wissen Sie, das Ganze war eine Sache zwischen Madame Alderton und Dubaille ... Sie hat's mir vor einigen Monaten gebeichtet. Ich war damals nicht eingeweiht ... wußte von nichts ..."

„Daran zweifle ich nicht."

„Sie ... Ich wollte Ihnen auch noch sagen ... möchte Sie fragen ... wegen neulich ... Warum habe ich nicht geschossen?"

„Das nennen Sie ‚nicht geschossen'?" lachte ich. „Fragen Sie mal Vivonnet ..."

„Erwähnen Sie dieses Schwein nicht! Den habe ich nicht gemeint!"

Sie stellte sich neben mich und sprach zu meinem Spiegelbild im Fensterglas.

„Warum habe ich nicht auf Sie geschossen?"

„Das wissen Sie doch."

„Ja, ich weiß es. Und Sie auch."

„Schon möglich. Nur, sehen Sie ... Es ist eben schlecht gelaufen, Angela."

„Ja, irgend etwas stand von Anfang an zwischen uns, nicht wahr?"

„Ja, der Schmuck. Er hat uns dazu gezwungen, nicht ehrlich miteinander umzugehen, sondern falsch. Wie die Juwelen!"

„Ich finde das sehr traurig", sagte sie, ohne auf meinen kleinen Scherz einzugehen. „Dieses verfluchte Zeug, dieses widerliche bunte Glas! Ich wüßte gerne ... Sagen Sie mir, warum habe ich nicht geschossen?"

„Weil das nichts geändert hätte."

„Aber auf den anderen habe ich geschossen!"

„Stimmt! Und geändert hat das auch nichts. Das Problem bleibt das gleiche. Für uns."

„Dann gibt es also keine Lösung?"

„Nein, es gibt keine Lösung."

„Vielleicht ... später ..."

„Ich weiß es nicht."

„Schade, daß es schlecht für uns gelaufen ist, wie Sie sagen, von Anfang an", flüsterte sie. „Seltsam. Wir reden über ein Problem, denken jeder an ein anderes, und die Worte sind dieselben ..."

Als sie zu mir sagte: „Gehen Sie jetzt", konnte ich sie kaum verstehen.

Am nächsten Tag verließ Angela Charpentier Paris, um an der Beerdigung der ehrenwerten Barbara Alderton teilzunehmen. „Vielleicht ... später ..." hatte sie gesagt.

Ich habe sie nie mehr wiedergesehen.

Inhaltsverzeichnis